btb
Aus Freude am Lesen

btb

Buch

An einem sonnigen Julitag des Jahres 1936 wird der sozialistische Journalist Diego aus dem Urlaub zurück in seine Madrider Redaktion gerufen. Als er abends versucht, zu seiner Frau Teresa und seiner kleinen Tochter Berta zurückzukehren, ist das nicht mehr möglich. Die Straßen sind gesperrt, Diegos Auto wird beschlagnahmt, jede Kommunikation unterbrochen – es ist Bürgerkrieg. Wo die Grenzen zwischen Bürgermilizen, Falangisten, Kommunisten, Arbeitern und Militärs verlaufen, ist nicht genau zu erkennen. Diego geht an die Front, um gegen Francos Truppen zu kämpfen, während Teresa mit Berta bei ihrer nationalistisch gesinnten Familie Zuflucht sucht. Als sie versucht, sich nach Portugal abzusetzen, wird sie verraten. Erst viele Jahre später wird Diego Berta wiedersehen, doch er wird es nicht über sich bringen, ihr von jener Zeit zu erzählen, in der eine innere Front Familien und Freundschaften, Dörfer und Städte zerstörte und über eine Million Menschen das Leben kostete.

Autor

Carlos Saura, geboren 1932, zählt zu den bedeutendsten Regisseuren des modernen europäischen Films. Während der Franco-Ära kreisten seine Filme um die »drei Monster der spanischen Gesellschaft«: die pervertierte Religion, die unterdrückte Sexualität und die Autoritätsgläubigkeit. Zu seinen wichtigsten filmischen Werken gehören »Garten der Lüste«, »Züchte Raben«, »Carmen« und »Goya«. »Dieses Licht« ist Carlos Sauras lang erwartetes Romandebüt.

Carlos Saura

Dieses Licht!

Aus dem Spanischen von
Karl A. Klewer

btb

Die Originalausgabe erschien
2000 unter dem Titel ¡Esa Luz! bei
Galaxia Gutenberg, S. A., Barcelona.

Umwelthinweis:
Alle bedruckten Materialien dieses Taschenbuches
sind chlorfrei und umweltschonend.

btb Taschenbücher erscheinen im Goldmann Verlag,
einem Unternehmen der Verlagsgruppe Random House GmbH.

1. Auflage
Genehmigte Taschenbuchausgabe Oktober 2002

Umschlaggestaltung: Design Team München
Umschlagfoto: Carlos Saura
Satz: Uhl + Massopust, Aalen
VS · Herstellung: Augustin Wiesbeck
Made in Germany
ISBN 3-442-73038-4
www.btb-verlag.de

Als vor Jahren bei den Filmfestspielen von Cannes das Publikum nach der Vorführung meines ersten Spielfilms *Die Straßenjungen* den Saal verließ, hörte ich eine überaus elegante Französin zu ihrer Nachbarin sagen: »*Quel pays de sauvages*« (Die reinsten Wilden!).
Ich hoffe, dass dieses Urteil von gestern heute nicht mehr zutrifft.

1

DIEGO UND TERESA

Beim Tode meines Vaters erbte ich das zweigeschossige Haus in den Bergen der Sierra von Madrid, in dem wir all unsere Sommer verbracht hatten. Der Gitterzaun um den Garten zog eine deutliche Grenze zu dem Berg, der hinter dem Haus aufragte, und zu den bäuerlichen Anwesen ringsum. Ein großer Garten voller Blumen und Sträucher sowie ein Wäldchen mit einigen hundert Kiefern und Zedern, deren Schatten die sengende Sonne des Sommers erträglich machte, umgaben das aus Granitmauern erbaute Haus, das ein mit roten Ziegeln gedecktes Dach und große zweiflüglige Fenster mit metallenen Rollläden hatte. Ein kleiner Teich, der als Schwimmbad diente, und ein von Bänken umstandener Tisch, gleichfalls aus Granit, auf dessen Platte das durch das Laub der Bäume fallende Sonnenlicht tanzte, vervollständigten dieses Refugium, in dem es sich angenehm leben ließ und das wie geschaffen für mich schien, um der Mühsal der Stadt zu entfliehen.

In diesem Haus und seinem ummauerten Garten verbrachten wir ohne übermäßigen Luxus unsere Sommer und *atmeten die nach Kiefern duftende reine Luft der Sierra von Guadarrama. Nach Ansicht der Ärzte gab es zur Vorbeugung sowie zur Heilung von Lungenleiden nichts Besseres als diese kühle und trockene Luft; aus diesem Grund hatte mein Vater das Haus gekauft, als meine Mutter erkrankte und man ihr den Aufenthalt in der Luft dieser Berge empfahl.*

Wir genossen die Ruhe jener Gegend und die kühlen Nächte, in denen wir leicht einschliefen, fern der erstickenden Hitze, die im Juli und August die Hauptstadt ausdörrte. Und so verhängte Teresa bei Anbruch des Sommers in der Stadtwohnung die Polstermöbel mit Laken, wir rollten die Teppiche ein, ließen die Rollläden herunter, stellten Wasser und Gas ab und verließen Madrid, um in San Rafael, auf der anderen, Segovia abgewandten Seite der Berge, ein neues Leben zu beginnen.

Im Schatten einer Zeder, eines Baums, der in den kleinen Dörfern der Sierra von Madrid im Wechsel mit Kiefern, Edelkastanien und verschiedenen Eichenarten häufig vorkommt, sitzt Diego in einem Korbsessel an einem hölzernen Klapptisch und arbeitet. Seine Haut ist gebräunt, das dichte Haar nach hinten gekämmt. Seine Augen sind lebhaft, seine Züge entspannt. Zu einem weißen Baumwollhemd, dessen Ärmel er aufgekrempelt hat, trägt er eine elfenbeinfarbene Sommerhose.

Mit seinen dreißig Jahren hat er sich einen gewissen Ruf als Journalist und Schriftsteller erworben. Jetzt, in den Ferien, der Pflicht enthoben, Tag für Tag Zeitungsartikel zu verfassen, bringt er einen Teil seiner Zeit damit zu, zum Vergnügen zu schreiben. Mit seinem dunkelgrünen Füllhalter der amerikanischen Marke Conklin, einem Geburtstagsgeschenk Teresas, füllt er die Seiten eines linierten Heftes mit seinen deutlichen und sauberen Schriftzügen.

Neben einem Stapel mit Papieren und den aktuellen Madrider Tageszeitungen, die sich auf dem Tisch türmen, stehen ein Krug Wasser und ein Glas auf einem bestickten Tuch. Diego hält inne, um etwas zu verbessern, streicht ein Wort durch und ersetzt es durch ein anderes. Aber etwas lenkt ihn ab; er hört auf zu schreiben, richtet sich auf und lauscht aufmerksam zum Haus hinüber. Klaviermusik dringt bis zu ihm. Es ist der Fandango von Scarlatti, den Teresa seit einigen Tagen einstudiert.

Er verschränkt die Hände hinter dem Nacken und streckt sich. Dann hebt er das Gesicht, schließt die Augen und hört zu. Eine Weile verharrt er so, mit geschlossenen Augen; schließlich öffnet er sie wieder und sieht sich bedächtig um.

Ihm kommt der Gedanke, dass das Glück möglicherweise gerade hier und jetzt zu finden ist und dass nur Augenblicke wie dieser es zu erklären vermögen. In diesem flüchtigen Moment, in dem die Zeit bedeutungslos wird, zeigt sich das Leben in seiner ganzen Pracht; für den, der sie zu deuten weiß, ist diese scheinbare Ruhe voller unauffälliger Hinweise darauf: Sie liegen im Geheimnis der Pflanzen verborgen, die sich Jahr für Jahr stumm erneuern; im Dasein der Bäume, die, obwohl sie im Boden verankert und zur Bewegungslosigkeit verdammt scheinen, jedes Jahr ein Stückchen wachsen; in den Blüten, die sich den durch den Garten summenden Bienen und Hummeln darbieten; im fernen Bellen eines Wachhundes, im bunt gemischten Chor der Vogelstimmen; in Bertas Lachen, in der Sonne, im Licht und den Farben, in der Musik und in einem Bild, das er jetzt vor Augen hat: Teresas Finger, die über die Tasten des Klaviers gleiten, flüchtige Schatten auf dem Elfenbein … Ein wollüstiger Schauer erfasst ihn, und im Geiste sieht er Teresa, wie sie ihm zulächelt und ihn erwartet, nackt, mit leicht geöffneten Beinen, schön und verwirrend.

Im angenehmen, verschwiegenen Halbschatten des Wohnzimmers spielt Teresa das Scarlatti-Stück. Sie ist etwa dreißig Jahre alt, dunkel, schön, schlank, ihre Bewegungen sind ebenso elegant wie ihre ganze Haltung. Ihr dünnes, weites Baumwollkleid verbirgt den üppigen Busen. Sie hält einen Augenblick inne, konzentriert sich auf die Noten, wiederholt eine Passage und spielt dann weiter. Gewandt und mit einer Präzision, wie man sie nur durch viele Jahre des Übens und Spielens erwirbt, eilen ihre Finger über die Tasten. Ihr Spiel ist geradezu virtuos; schon in ihrer Kindheit hatten ihr ihre Lehrer verkündet, dass sie das Zeug zur Konzertpianistin habe; und als Jugendliche hatte sie dann wirklich einige Konzerte gegeben. Doch als sie sich vor Jahren für ein Leben mit Diego entschied, hat sie diese mögliche Karriere aufgegeben. Inzwischen spielt sie nur noch in ihren Mußestunden, um die Beweglichkeit ihrer Finger, für die sie von klein auf geübt hat, nicht gänzlich einzubüßen. Jetzt halten ihre Finger inne, während sie sich erneut über die Noten beugt. Ihre dunklen Augen folgen den Linien, sie nickt leicht, wiederholt die Passage und fährt fort.

Im Garten hört man die Melodie von ferne. Diego, dessen Gedanken nach wie vor ziellos umherschweifen, gibt sich den Klängen mit Genuss hin. Er ist kein Experte, aber das Zusammensein mit Teresa hat seine Sinne empfänglich gemacht für die Schönheit der Musik.

Kennen gelernt habe ich Teresa bei einem Konzert im Kulturhaus von Zamora. Ich erinnere mich genau an jenen Tag, denn ich war dorthin gefahren, um den Bürgermeister – einen ziemlichen Dummkopf – für eine Reportage über seine Stadt zu interviewen. Einer meiner Kollegen lud mich zu dem Konzert ein. Ich hatte generell für solche kulturellen Veranstaltungen nicht besonders viel übrig, hatte aber an dem Abend nichts anderes vor und war neugierig. Wir nahmen auf hölzernen Thonet-Stühlen Platz, die unbequem, aber erfreulich schlicht und schön geformt waren. Überrascht stellte ich fest, dass der Saal überfüllt war. Vorab gab es eine Einführung mit den üblichen rhetorischen Versatzstücken: »Unser heutiger erlauchter Gast, eine hervorragende Künstlerin, erweist unserer Stadt die Ehre…« usw. Als Teresa die Bühne betrat, kam sie mir sehr mädchenhaft und schüchtern vor. Sie wirkte wie jemand, den die Anwesenheit des Publikums beunruhigt. Ohne Umschweife nahm sie vor dem Flügel Platz und konzentrierte sich einige Augenblicke mit entspannt nach unten hängenden Armen und leicht geneigtem Kopf. Irgendwo habe ich gelesen, dass große Pianisten diese kurze Zeit der Anspannung brauchen, um sich zu sammeln, das Gemurmel im Saal verstummen zu lassen und die Stille hervorzurufen, die der Darbietung eines anspruchsvollen Werks gebührt. Die Wartezeit erschien mir übertrieben lang. Als Ruhe eingetreten war, hob Teresa die Hände und begann voller Leidenschaft zu spielen – einer Leidenschaft und Kraft, die man einem so zierlichen jungen Mädchen nie zugetraut hätte.

Wir wurden einander vorgestellt; ich sagte ihr, wie sehr mir ihr Spiel gefallen habe. Das entsprach der Wahrheit: Es war ein virtuoses Konzert gewesen und ein großartiger Erfolg für sie. Mir gefiel ihre unkomplizierte und sympathische Art, ihre Reife; wir fanden rasch zueinander, trafen uns regelmäßig, kamen uns näher. Dann beschlossen wir, uns stan-

desamtlich trauen zu lassen, woran Teresas provinzielle, konservative und erzkatholische Angehörige Anstoß nahmen. Seit jener Zeit hatte ich nur wenig mit diesem Zweig der Familie zu tun und habe mich immer bemüht, Begegnungen zu vermeiden.

Er lässt den Blick durch den Garten schweifen. Ihm gefällt die unaufdringliche Ordnung, die hier herrscht. Jetzt im Sommer verdorrt das Gras rasch, wenn man es nicht regelmäßig sprengt. Im Frühjahr hätte er die Kastanie stutzen müssen, sie und die beiden Steineichen nahe dem Zaun sind seine Lieblingsbäume. Um die Blumen kümmert sich Teresa; sie hat viel Geschick im Umgang mit Pflanzen, die überdies sicherlich eher weiblicher Fürsorge bedürfen. Er legt keinen besonderen Wert auf Blumen im Garten, er bewundert sie lieber in der freien Natur. Er liebt die Wildblumen des Frühjahrs, die vor allem im Süden Spaniens weite Flächen mit einem Teppich aus gelben, roten und violetten Blüten überziehen. Als Kind hat er bei einer Fahrt mit den Eltern in den Süden durch die kleine Heckscheibe des Autos einmal beobachtet, wie die Bäume zu beiden Seiten der gepflasterten Straße rasch vorüberglitten und genau in ihrer Mitte der Kirchturm eines kastilischen Dorfs aufragte, unfähig, sich in der Zeit zu bewegen.

Dass sich die Erinnerungen in diesem Moment mit so atemberaubender Schnelligkeit einstellen, überrascht ihn ebenso wie der geheimnisvolle Mechanismus, der die Bilder der Gegenwart mit denen aus der Vergangenheit verbindet und dabei das leicht zerstörbare Spinnennetz der Erinnerung geschickt umgeht. Gefangen in diesem Taumel sind Bilder, Klänge, Düfte, ein Gesicht auf einem Foto, ein Blick, die dunkle Verworrenheit des Geschlechts, die Schmerzenslaute seiner todkranken Mutter... Zwischen dem Leben, das uns durch die Finger rinnt, und dem Tod, der uns auslöscht, blendet ihn diese plötzliche Klarheit.

Als Kind habe ich in diesem Hause lange und eintönige Sommer in Gesellschaft meiner Mutter verbracht; sie war stets krank und auf die Betreuung durch eine Pflegerin angewiesen. Eine Zeit lang leistete uns eine sympathische, blässliche junge Engländerin mit verwaschen wirkendem, blondem Haar Gesellschaft, von der ich Englisch lernen sollte. Sie trank ziemlich viel und brachte mir zwischen einigen Gläsern »Spanish cognac« so manches bei – nicht alles unbedingt geeignet für einen Zehnjährigen. Ich lernte von ihr nicht nur in einem holprigen Englisch zu radebrechen, dessen entsetzlicher Akzent bei jedem Kenner der Sprache ein Lächeln hervorrief, ich kam zugleich auch in den Genuss eines Intensivkurses in weiblicher Anatomie. Von meinen Eltern hatte ich nicht viel; sie verstanden sich nicht sonderlich gut und gingen über längere Zeiträume hinweg getrennte Wege. Es war das Beste, was sie tun konnten, denn die wenigen Male, die sie beisammen waren, stritten sie oder, schlimmer noch, schwiegen sich an. Während sich meine Mutter qualvoll die Lunge aus dem Leib hustete, bis sie schließlich starb, floh mein Vater, der sich nicht im Geringsten zum Krankenpfleger eignete und den Geruch von Alkohol und Medikamenten verabscheute, aus dem Haus, so oft er konnte. Mir gegenüber waren beide äußerst liebevoll und bemühten sich rührend darum, dass ich von ihrem ehelichen Zerwürfnis möglichst wenig mitbekam. Das gelang ihnen nur zum Teil, denn wenn auch in meinen Erinnerungen an sie die Herzlichkeit und Liebe, die sie mir zuteil werden ließen, alles andere überstrahlen, werde ich doch auch nicht das finstere

Gesicht meines Vaters vergessen und die Spuren, die Trauer und Krankheit im Laufe der Zeit in den Zügen meine Mutter hinterließen.

Die Stimme seiner Tochter Berta reißt ihn aus den Gedanken. Berta wird demnächst sechs; sie ist ein hübsches, lebhaftes Kind und erinnert in vielem an Teresa.

»Es gehört mir! Gib es mir wieder, gib es mir wieder! Mama hat es mir geschenkt!«

Sie versucht Maria etwas zu entreißen. Maria, eine kräftige und gesund wirkende vollbusige junge Frau von bäurischem Äußeren, hängt Laken über eine zwischen zwei Kiefern gespannte Leine. Durch das Dach der Bäume fällt das Sonnenlicht auf den weißen Stoff. Gutmütig sagt sie: »Hör doch auf, Berta! Warum kannst du mich nicht in Ruhe lassen? Hör auf damit! So werde ich nie fertig! Schluss jetzt! Bertaaa!«

Diego lächelt. Er streckt sich, während er die Szene beobachtet.

Berta kommt hinter den Laken hervor und rennt mit einem roten Tuch, das sie Maria hat fortnehmen können, durch den Garten auf das Haus zu. Mit einem glücklichen Lachen lässt sie es in der Luft flattern.

Diego sieht auf das Tuch in Bertas Händen, und, Geheimnis des Lebens, im Lachen des Kindes erstarrt die Zeit, ein Bild steigt aus der Vergangenheit empor wie eine fotografische Momentaufnahme.

Wer hätte damals ahnen können, dass dieser Tag meinem Leben eine andere Wendung geben und dies Bild auf immer in mein Gedächtnis eingebrannt bleiben würde? Wie sähe mein Leben heute aus, wenn die Zeit damals stehen geblie-

ben wäre? Wenn die Dinge von diesem Augenblick an einen anderen Verlauf genommen hätten? Doch ich weiß, dass niemand die Vergangenheit ändern kann. Das Schrecklichste an den großen Katastrophen ist die Schnelligkeit, mit der sie in Vergessenheit geraten.

Wie sehr mich die Erinnerung an jene Jahre schmerzt! Man hat mich der Möglichkeit beraubt, mit anzusehen, wie meine Tochter heranwuchs, wie sie sich jeden Tag veränderte. Man hat mich *der Möglichkeit beraubt, sie an mich zu drücken, und* sie *der Möglichkeit, mich zu umarmen, ihr heftig pochendes Herz nahe dem meinen, wie bei einem kleinen Tier, das Wärme und Schutz sucht. Gern hätte ich ihr diesen Schutz gewährt, ihren Körper und ihre seidenweiche Haut liebkost, sie beruhigt, ihr eine der Schauergeschichten voller Gespenster und Werwölfe erzählt, die sie so gern hörte.*

Als der Krieg vorüber war und ich Berta wiedersah, stockte mir der Atem. Ich konnte es nicht glauben – sie erinnerte mich so sehr an Teresa, dass es mich schmerzte, sie anzusehen! Damals dachte ich, Teresa sei, mit gewissen Unterschieden, in Berta wiedergeboren worden, und diese habe neben den Gesichtszügen und Wesensmerkmalen der Mutter auch ihre Haut geerbt, ihr Haar und vielleicht sogar, wenn sie eines Tages erwachsen sein würde, ihre Brüste und ihren schönen Frauenkörper.

Im Haus läutet das Telefon, und sogleich verstummt das Klavierspiel. Kurz darauf tritt Teresa in den Garten. Ein Lichtschimmer, ein Sonnenstrahl, der durch das Laub fällt, legt sich auf ihre Züge und blendet sie einen Augenblick.

»Diego! Für dich! Die Zeitung!«

Diego taucht aus seiner Versunkenheit auf und antwortet: »Ich komme!«

Er erhebt sich. Fast im gleichen Augenblick hört man die Kleine rufen: »Mama, Mama!«

So rasch ihre Beine sie tragen können, stürzt sie sich auf die Mutter, die vom Ansturm des kleinen Mädchens fast umgerissen wird. Teresa tadelt ihre Tochter, ist aber im Grunde glücklich, sie in den Armen zu halten.

»Wie wild du bist, Berta! Manchmal frage ich mich, von wem du das hast.«

Aus der Geborgenheit der mütterlichen Umarmung heraus lacht Berta, und Teresa drückt sie zärtlich an sich.

»Was für ein Wirbelwind du bist. Kannst du nicht einen Augenblick Ruhe geben?«

Diego tritt heran, streicht Berta über den Kopf und sagt: »Was diese Nervensägen wohl wieder wollen? Haben sie nichts gesagt?«

Teresa winkt verdrossen ab: »Nur dass es eilig ist. Ich hätte sagen sollen, dass du nicht da bist.«

Diego dreht das Lenkrad seiner Ford-Limousine, Baujahr 35, fährt rückwärts und wendet, bis der Kühler zum Gartentor zeigt. Dann hält er in Teresas Nähe an, neben ihr steht Berta. Es gibt ein Abschiedsritual, das sorgfältig eingehalten wird: Teresa hebt das Kind hoch, damit es seinem Vater durch das offene Wagenfenster einen Kuss geben kann.

»Auf Wiedersehen, mein Schatz.«

»Auf Wiedersehen, Papa.«

Teresa stellt Berta wieder auf dem Boden ab und sagt: »Geh und spiel mit Maria. Sag ihr, dass ich gleich zum Wäschebügeln komme...«

Zögernd blickt Berta den Vater an, der ihr mit einer liebevollen Handbewegung bedeutet, dass sie gehorchen soll.

Teresa sieht der Kleinen nach, die davoneilt und dabei im Rhythmus eines kindlichen Spiels ab und zu von einem Fuß auf den anderen hüpft. Sie lächelt beim Anblick der Munterkeit und Lebenskraft des kleinen Kindes, das inmitten von Geschichten und Spielen, von Kummer, Freude, Albträumen und Krankheiten heranwächst.

Diego ruft ihren Namen: »Teresa…«

Sie taucht aus ihrer Versunkenheit auf und beugt sich vor, um den Kopf durch das Fenster ins Auto zu strecken. Lächelnd sagt Diego: »Du hast gerade richtig verblüfft ausgesehen, als du Berta nachgeblickt hast. Woran hast du gedacht?«

»An nichts. Na ja, doch, daran, dass sie voller Leben steckt, wie ein kleines Tier, und es mich schmerzt zu sehen, wie sie heranwächst. Ich hätte es am liebsten, wenn sie ihr ganzes Leben lang so bliebe.«

Diego nickt zustimmend.

»Ja. Aber das Leben ist, wie es ist, Liebste. Ich fahre jetzt. Wenn ich Glück habe, bin ich zum Abendessen wieder da.«

Ihr Beschützerinstinkt lässt sie sagen: »Pass schön auf dich auf und fahr nicht so schnell.«

»Sobald ich in der Redaktion bin, rufe ich dich an. Ich glaube nicht, dass es was Wichtiges ist. Vermutlich mal wieder ein Gerücht über eine Verschwörung des Militärs in Marokko. Sicher alles halb so schlimm. Warte auf mich, ja? Denk dran, dass du mir noch etwas schuldig bist… Weißt du noch, was du mir versprochen hast?«

»Du hast gemogelt.«

»Von wegen!«

Teresa lächelt verschwörerisch und gleichzeitig aufreizend: »Ich bin gern bereit, mein Versprechen einzulösen, aber ich weiß nicht, ob du…«

Sie küsst ihn auf den Mund.

»Komm bald wieder. Ich warte. Und sag denen, dass sie deine Ferien respektieren und dich in Ruhe lassen sollen. Du arbeitest das ganze Jahr hindurch wahrlich genug.«

Diego hat etwas vergessen. »Tu mir den Gefallen und bring die Sachen ins Haus, die ich im Garten gelassen habe. Und warte auf mich!«, fügt er mit einer bittenden Geste hinzu. »Ich komme, so bald ich kann.«

Mit einem Lächeln gibt er Gas und fährt zum Gartentor hinaus. Kurz bevor er auf die Landstraße einbiegt, streckt er den Arm grüßend zum Wagenfenster hinaus.

Versonnen blickt Teresa dem Wagen nach. Schon bald ist er hinter den Pflanzen, die um den Gartenzaun stehen, nicht mehr zu sehen. Als sie auch das Geräusch des Motors nicht mehr hört, wendet sie sich wieder dem Haus zu. Es ist heiß. Die Mittagssonne brennt vom Himmel. Man hört, wie Maria mit dem Kind schimpft. Die Kleine weint. Im Schatten der Bäume geht Teresa langsam durch den Garten auf den Tisch zu, an dem Diego gearbeitet hat. Sie beginnt, seine Papiere einzusammeln. Ein Heft, auf dessen Deckel lediglich »Notizen« steht, erweckt ihre Aufmerksamkeit.

Sie setzt sich in den Korbsessel, macht es sich bequem und schlägt das Heft aufs Geratewohl auf. Die Stimmen Marias und des Kindes werden leiser, und während allmählich Stille im Garten eintritt, beginnt sie zu lesen: »Mir ist bewusst, dass ich nicht sonderlich praktisch veranlagt bin: Ich bin ein fauler und sehr sinnlicher Mensch. Stundenlang kann ich mich am Klang einer Melodie erfreuen, am Anblick einer Landschaft, kann staunend das Hin und Her der Insekten beobachten, die Reglosigkeit, mit der eine Katze ihre Beute belauert...« Sie blättert ein Stück weiter, bis ihr Blick an einer anderen Stelle hängen bleibt. Jetzt überlagert Diegos

Stimme die ihre: »Ich frage mich, ob meine Empfindsamkeit nicht eine gewisse Schwäche ist, macht sie uns doch schutzlos und anfällig. Ich bin nicht praktisch veranlagt, habe weder fest gegründete Überzeugungen, noch bin ich im Stande, bis zur letzten Konsequenz für etwas einzustehen, an das ich glaube. Wer das tut, muss rücksichtslos, starrköpfig, egoistisch und ein Fanatiker sein … All das bin ich nicht – daran kann man wohl nichts ändern.« Teresa liest weiter: »Ich glaube nicht an das Gute im Menschen: Wir haben das Gute wie das Schlechte erfunden, um unserem Tun einen Bezugsrahmen zu geben. Der Mensch ist weder gut noch schlecht, und ich bin überzeugt davon, dass ein großer Teil unserer Schwierigkeiten gelöst werden könnte, wenn wir uns über Feindschaft und Eifersüchteleien, über unterschiedliche politische oder religiöse Ansichten hinwegsetzen und versuchen könnten, die schönen Dinge, die uns das Leben bietet, mit unseren Mitmenschen zu teilen. Dazu aber müssten wir Neid und Missgunst als zerstörerisch und ungesund erkennen und ablehnen sowie starre Ideologien und Grundsätze hinter uns lassen. Möglicherweise aber ist dieser Großmut utopisch und wie alle Utopien ein Erbe der Engel.«

Diego war haargenau so, wie er sich in diesen aufrichtigen Zeilen beschrieb. Sie waren geradezu eine Art Glaubensbekenntnis. Er hatte seine Schwächen – wer hat die nicht? –, aber er war ehrlich und vertrat weder in der Politik noch in der Religion dogmatische Ansichten; er pflegte zu sagen, das Leben sei kompliziert genug, da brauche man es nicht noch zusätzlich in ein Korsett zu zwängen.

Diego steuert das Auto durch die Kurven, die durch die Kiefernwälder der Sierra von Guadarrama hindurchführen.

Es sind kaum Fahrzeuge unterwegs. Da er die Fenster heruntergekurbelt hat, fährt ihm der Wind durch die Haare und kühlt seine schweißbedeckte Haut: Juli, Mittag, Kastilien. In einem Anfall von Verlangen denkt er an Teresa, durch deren seidenes Nachthemd ihre Nacktheit schimmert, an ihre wohlproportionierten Brüste, an ihr Schamhaar und die geheimen Orte, die es verbirgt.

Eine enge Kurve bringt ihn in die Wirklichkeit zurück. Er versucht sich wieder auf die Straße zu konzentrieren, die bis zur Passhöhe des *Puerto de los leones* ansteigt und dann in Richtung auf Madrid mit zahllosen Spitzkehren durch die Ausläufer der Sierra hinab zum Dörfchen Guadarrama führt, nach dem das Gebirge benannt ist.

Teresa blättert weiter. Dann stutzt sie. Auf der nächsten Seite steht ganz deutlich: »Teresa! Für deine Neugier schuldest du mir ein Pfand: Ich küsse und streichle dich, du weißt schon, wo. Halte dich bereit!« Zuerst will sie das Heft sofort zuklappen, sieht sich um, ob jemand sie überrascht hat. Dann lächelt sie, als sie begreift, was für ein Spiel Diego da mit ihr treibt.

Unterdessen steuert dieser den Wagen durch das Gebirge; nach wie vor ist er abgelenkt, hängt seinen Gedanken nach. Er fragt sich, was der Grund dafür sein könnte, dass man ihn so dringend in die Redaktion gerufen hat.

Ich hatte Teresa nicht unnötig beunruhigen wollen, aber die Situation verschlimmerte sich, und immer deutlicher zeichnete sich die Möglichkeit eines Militärputsches unter der Führung reaktionärer Generäle wie Mola, Sanjurjo oder Franco ab. Alle drei hätten sich gern in der Rolle des Helden gesehen und verfügten über eine treue Gefolgschaft. Die Republik hatte sich einer Anzahl unzufriedener Militärs gegenüber schwach gezeigt; trotzdem behauptete die Regierung, über eine ausreichende Anzahl ihr ergebener Truppen zu verfügen, um jede Erhebung im Keim zu ersticken. Größere Sorge aber bereitete mir die Haltung der katholischen Kirche, die trotz der Versuche der Republik, ihren Einfluss zurückzudrängen, nach wie vor allmächtig war.

Ein Lastwagen, der sich durch die Kehren zum *Puerto de los leones* emporkämpft, taucht in der Kurve vor Diego auf. Um einen Zusammenstoß zu vermeiden, muss er bremsen und dicht an den Straßenrand fahren. Erschrocken und wütend will er den Fahrer zuerst beschimpfen, beschließt dann aber, sich besser auf die Straße zu konzentrieren.

Teresas Lächeln verfliegt, als sie aus ihrer Gedankenverlorenheit auftaucht. Ein sechster Sinn hat sie gewarnt. Sie lauscht, hört aber nichts Ungewöhnliches. Dennoch erscheint ihr die völlige Stille verdächtig: Nicht das leiseste Geräusch ist zu hören, weder Vogelgezwitscher, Bertas Geschrei und Marias Ermahnungen noch der Lärm, den die Motoren der sich die Passstraße heraufquälenden Lastwagen machen. Eine Weile verharrt sie in dieser Stille, die keine bestimmte Ursache zu haben scheint, dann hallen weit entfernte Schüsse von den Bergen wider. Sie fährt zusammen, versucht sich darüber klar zu werden, was für Geräusche das sind. Das unverwechselbare *Tack-tack-tack* eines Maschinengewehrs ertönt.

Voller Unruhe wendet sie sich in die Richtung, aus der die Schüsse kommen. Sie kann ein »Großer Gott!« nicht unterdrücken, steht auf und ruft: »Berta! Maria! Maria!«

Maria, die zu den Bergen hinübersieht, weil sie feststellen will, aus welcher Richtung die Schüsse gekommen sind, dreht sich hastig um. Hinter einer Hecke taucht Berta auf.

»Was ist das? Das klingt wie Schüsse.«

Kanonendonner hallt durch die Berge; sein Echo verliert sich in der Ferne.

Statt einer Antwort befiehlt die zu Tode erschrockene Teresa: »Schnell ins Haus. Ins Haus! Sofort!«

Das Kind läuft auf die Mutter zu, um sich in ihre Arme zu flüchten.

»Mama, Mama…«

Teresa durchquert das Wohnzimmer und schaltet das Radio ein. Zu Maria sagt sie mit fester Stimme: »Mach die Fenster zu und lass die Rollläden herunter!«

Während Maria dieser Aufforderung nachkommt, nimmt Teresa den Telefonhörer ab und wählt eine Nummer.

Als wäre in der Hauptstadt nichts Ungewöhnliches vorgefallen, singt Estrellita Castro im Radio ein beliebtes Lied, das von einer durch das Gebirge nach Jerez galoppierenden Stute erzählt: *Mi jaca galopa y corta el viento cuando pasa por el Puerto caminito de Jerez.*

Teresa bemüht sich, eine Verbindung zu bekommen. »Vermittlung! Vermittlung!«

Niemand meldet sich am anderen Ende. Immer wieder wählt sie die Nummer.

Während Maria die Rollläden herablässt, fallen in den Bergen vereinzelt Schüsse, immer näher. Dann hört man erneut Kanonendonner, dessen Echo von den Flanken der Berge zurückgeworfen wird.

Angstvoll drängt sich Berta an ihre Mutter und fragt: »Was ist das, Mama?«

Im Zimmer ist es dunkel, durch die schmalen Ritzen der Rollläden fallen nur noch einzelne dünne Lichtstreifen und verbreiten ein schwaches Licht.

Unaufhörlich ruft Teresa in den Telefonhörer: »Vermittlung! Vermittlung!«

Noch immer meldet sich niemand am anderen Ende. Den Hörer fest ans Ohr gepresst, wartet sie voller Sorge. Das Radio verstummt. Sie legt auf, geht zum Lichtschalter, dreht ihn und stellt fest, dass der Strom ausgefallen ist.

Ein Kanonenschuss, noch lauter als die vorigen, hallt durch das Gebirge, und unwillkürlich stößt Teresa, deren Furcht immer größer wird, abermals ein verängstigtes »Großer Gott!« hervor.

Ich rührte mich nicht vom Telefon, aber die Leitung war tot. Trotz aller Mühe bekam ich keine Verbindung mit Diego oder einem seiner Kollegen in der Redaktion. Das Radio war ausgefallen, wir waren von der Außenwelt abgeschnitten, und ich brachte nicht den Mut auf, das Haus zu verlassen. Ich wusste nicht, was ich tun sollte, und fand keine Antwort auf die vielen Fragen, die sich mir stellten.

2

MADRID, JULI 1936

Mitte Juli ist die Hitze in Madrid unerträglich. Die Straßen der Stadt liegen verlassen; wer nicht in die Dörfer des nahen Gebirges geflohen ist, hat sich für die Dauer der Ferien an die Strände im Norden oder an die Südostküste, die Levante, aufgemacht.

Die erdrückende Hitze im großen Redaktionsraum, dessen Wände einen neuen Anstrich vertragen könnten, wird durch den Ventilator und die geöffneten Fenster kaum gemildert. Das unermüdliche Klappern der Schreibmaschinen wird vom Klingeln der Telefone begleitet.

An einem der sechs Schreibtische im Raum arbeitet Marta, neben der Telefonistin Adriana die einzige Frau in der Redaktion. Schon seit geraumer Zeit bemüht sich die Hälfte der Männer dort erfolglos um die Gunst der bezaubernden jungen Frau mit den kastanienbraunen Locken.

Im Augenblick stehen alle um den etwa fünfzigjährigen Chefredakteur Ramiro herum, den man seinem Auftreten nach für einen Lebemann halten könnte. Er hat das Jackett abgelegt, den Krawattenknoten gelockert und raucht eine

Zigarette nach der anderen. Mit ernster Stimme erläutert er: »Begonnen hat der Putsch, den einige Verräter unter den Generälen angezettelt haben, in Marokko. Dann sind Einheiten der Fremdenlegion in Algeciras gelandet und haben sich nach Andalusien in Marsch gesetzt. Wir wissen, dass eine Sturmkolonne der Aufständischen Malaga angegriffen hat. In mehreren nördlichen und südlichen Provinzen haben sich Angehörige der regulären Truppen dem Aufstand angeschlossen. Es kann nicht den geringsten Zweifel daran geben, dass die Militärs den Putsch zusammen mit der Rechten höchst sorgfältig eingefädelt haben. Dazu gehören in erster Linie die Kirche, die Falange und die Karlistenverbände in Navarra. Die militärische Lage scheint im Augenblick keinen Anlass zur Besorgnis zu geben, da sich der größte Teil des Landes in den Händen der Regierung befindet. Dazu gehören neben Madrid und Barcelona ein Teil Andalusiens und der Extremadura, der ganze Südosten, die Levanteküste und der Nordwesten …«

Diego hat die Hemdärmel aufgekrempelt und wischt sich mit einem Taschentuch den Schweiß von der Stirn, während er aufmerksam den Darlegungen des Chefredakteurs folgt.

Marta meldet sich ungestüm zu Wort: »Wenn sich aber der Hampelmann Queipo de Llano mit den aufständischen Truppen im Norden verbündet, gibt es durchaus Anlass zur Besorgnis … Außerdem sollte man General Franco im Auge behalten. Dieser Ehrgeizling lässt sich von niemandem in die Karten schauen.«

Ramiro gibt ihr Recht und fügt hinzu: »Im Übrigen scheint sich fast das gesamte Offizierskorps der Marine der Rebellion angeschlossen zu haben …«

Einer der Redakteure, ein schlanker, hagerer Mann, der eine Brille mit dicken Gläsern trägt, fällt ihm ins Wort: »Was für ein Wahnsinn! Das käme einer Kriegserklärung gleich! Heutzutage macht ein solcher Putsch doch keinen Sinn mehr. Ende des vorigen Jahrhunderts mag das meinetwegen noch anders gewesen sein... Was wollen diese Verbrecher eigentlich?«

Die anderen können ihm nicht mehr antworten, denn gerade in diesem Augenblick öffnet sich die Tür, und ein junger Mann stürmt herein. Atemlos stößt er hervor: »General Molas Truppen rücken auf die Sierra von Guadarrama vor! Zu deren Verteidigung haben sich Volksmilizen gebildet. Man gibt Waffen an die Zivilbevölkerung aus!«

Diego richtet sich rasch auf und fragt beunruhigt: »Wie weit sind die Aufständischen schon gekommen?«

»Laut der offiziellen Mitteilung rücken sie in Richtung auf San Rafael vor.«

Diego springt auf und rennt aus dem Raum. Marta erklärt seinen plötzlichen Aufbruch: »Seine Frau und Tochter sind in den Bergen, in San Rafael.«

Eilig durchquert Diego den Saal, dessen große Fenster zur Straße gehen und in dem knapp zwei Dutzend Mitarbeiter Meldungen bearbeiten, Kommentare verfassen und Korrektur lesen. Hier findet sich keine Spur von der fieberhaften Hektik, die man aus Redaktionsräumen in amerikanischen Filmen kennt. Alle gehen gelassen und ruhig ihrer Arbeit nach. Underwood-Schreibmaschinen klappern, Telefone schrillen, aus einem Radio tönt Musik, und hier und da unterhält sich jemand...

Diego setzt sich an seinen Schreibtisch und dreht nervös die Wählscheibe des Telefons.

»Adriana, verbinden Sie mich bitte mit San Rafael... Es ist dringend... Was heißt das, es geht nicht?... Sagen Sie denen, dass es dienstlich ist... Dringend!«

An der Pinnwand aus Kork hängt ein Foto, auf dem Teresa mit der neugeborenen Berta zu sehen ist.

Im Haus in den Bergen klingelt das Telefon. Das schrille Geräusch lässt Teresa zusammenfahren. Sie legt die schlafende Berta vorsichtig aufs Sofa, eilt zum Telefon und nimmt den Hörer ab.

»Diego! Diego! Endlich!... Wo bist du? Ja, mir geht es gut. Und dir?«

»Rühr dich nicht vom Fleck! Geh nicht aus dem Haus!... Kannst du mich hören? Kannst du mich hören?« Die Verbindung ist gestört, Diegos Stimme verschwindet, kommt wieder. »Bleibt vor allem im Haus. Wartet, bis ich komme. Ich mache mich sofort auf den Weg...«

»Ich höre nichts! Ich höre dich nicht! Diego! Komm schnell zurück! Ich liebe dich!...«

Die Verbindung wird unterbrochen. Teresa versucht die Telefonistin zu erreichen. Sie hört einen widerlichen Pfeifton, der nicht aufhören will.

»Vermittlung! Vermittlung!«

Niemand antwortet; die Leitung ist tot. Immer noch hält Teresa den Hörer in der Hand, ohne zu wissen, was sie damit tun soll.

Maria sieht erwartungsvoll zu ihr hin, und Teresa versucht, ganz ruhig zu klingen: »Es ist alles in Ordnung. Er kommt. Wir sollen im Haus bleiben.«

Es ist entsetzlich heiß. Mit seinem Ford versucht sich Diego einen Weg durch die Menge zu bahnen, die zusammengeströmt ist, um die Soldaten vorüberziehen zu sehen. Er hupt mehrfach, aber es ist sinnlos. Niemand achtet auf ihn oder sein Auto.

Ein Arbeitermilizionär, den Diego fast umgefahren hätte, dreht sich zu ihm um. Er trägt einen blauen Overall und eine Baskenmütze, ein Gewehr über der Schulter und Patronengurte um den Leib. Drohend richtet er eine Pistole auf Diego.

»Wohin willst du, Angeber?«

Diego streckt den Kopf zum Fenster hinaus.

»Presse, Genosse. Ich hab's eilig!«

Der Milizionär zögert. Diego fügt hinzu: »Ich muss in die Berge; da ist der Teufel los…«

Damit gibt der Milizionär sich zufrieden und sagt lachend: »Pass nur auf, Schreiberling, dass du das Volk nicht über den Haufen fährst!«

Überall hört man Menschen voller Inbrunst das Revolutionslied singen: *»A las barricadas, a las barricadas, por el triunfo de la confederación.«* Eine Gruppe von Männern und Frauen der Volksmilizen zieht singend und mit emporgereckter Faust hinter einer Blaskapelle durch die Straße.

Etwas wachsamer fährt Diego langsam weiter. Dabei beobachtet er die Menschen um ihn herum. Die meisten Männer tragen den blauen Overall der Fabrikarbeiter und haben ein Mausergewehr oder eine Jagdflinte umgehängt. Nur wenige haben auch Pistolen, teils mit, teils ohne Tasche. Die überwiegend sehr jungen Frauen tragen ebenfalls meist Arbeitskleidung, manche Männerhose und Hemd. Doch man sieht auch knöchellange Röcke und sommerliche Blusen. Bewaffnet sind sie wie die Männer und tragen wie diese die Gewehrriemen über der Brust gekreuzt. Bei den Kopfbedeckungen herrscht eine ebenso große Vielfalt wie bei Bewaffnung und Ausrüstung: Neben dem Schiffchen des gemeinen Soldaten sieht man Tellermützen, wie Offiziere sie tragen, Stoßtrupphelme, gewöhnliche Alltagsmützen und Strohhüte. Auch das Schuhwerk ist bunt gemischt. Von Stoffschuhen mit Hanfsohle über Straßenschuhe bis hin zu Stiefeln ist alles vertreten. Viele der Zuschauer tragen ebenfalls eine Kopfbedeckung, meist Filzhüte oder Tuchmützen.

Das »Volksheer« zieht unter allgemeinem Jubel vorüber. Fäuste werden gereckt, man hört Hochrufe und Verwünschungen: »Tod dem Faschismus«, »Es lebe die Republik (Russland, der Kommunismus, der Sozialismus)« ... die UGT*, die CNT** beziehungsweise die FAI***... Außer den Fahnen und Transparenten verschiedener Gewerkschaften sieht man auch solche der Republikaner, der Anarchisten und der Kommunisten. Und immer wieder ertönt die Parole: »Waffen für das Volk!« Die ersten Tage des Krieges. Noch beseelt ein Hochgefühl die Menschen.

Aber nicht bei allen herrschte diese freudige Erregung vor, und viele Spanier schlossen in diesem Juli trotz der elenden Hitze aus Sorge vor dem, was geschehen konnte, die Fenster, ließen die Rollläden herunter und zogen die Vorhänge vor, als rechneten sie damit, dass demnächst ein Unwetter von apokalyptischem Ausmaß losbrechen würde. Die Familien verharrten gemeinsam im Halbdunkel ihrer Behausungen, hörten die neuesten Nachrichten im Radio und fragten sich, welche Folgen die näher rückende Katastrophe haben würde. Vor allem die Männer und Frauen ohne politische Überzeugungen hatten Angst vor der Zukunft: Menschen, die von einer kargen Rente lebten, kleine Ladeninhaber,

* *Unión General de Trabajadores*, eine sozialistische Gewerkschaft

** *Confederación Nacional del Trabajo*, der anarchistische nationale Arbeiterbund

*** *Federación Anarquista Ibérica*, der Anarchistische Iberische Bund

Hausfrauen, Männer, die man aufgefordert hatte, als Milizionäre an die Front zu gehen, aber auch Studenten und Anwärter auf Staatsämter. In den Köpfen der unbelehrbaren Rechten wiederum machte sich aufs Neue die Vorstellung breit, der bewaffnete Kampf sei die einzige Art, den Konflikt beizulegen. Ebendiese Leute waren verantwortlich für die Fortschrittsfeindlichkeit, unter der das Land litt, das Erbe einer Vergangenheit, in der Korruption und Vetternwirtschaft vorgeherrscht hatten und in der breite Volksschichten in Unwissenheit gehalten worden waren. So war die Republik allmählich zur Sache der einfachen Leute und der Linken geworden – Kommunisten, Sozialisten, Anarchisten –, die für das Großbürgertum nur Abschaum waren. Um diese Zeit rüsteten ehrgeizige Militärs, Anhänger der faschistisch geprägten Falange, Aristokraten, Traditionalisten, kirchentreue Katholiken, die täglich zur Messe gingen und daheim den Rosenkranz beteten, Landjunker, Industrielle, Priester und Ordensangehörige zu einem Kampf um ihre Ideale und Vorrechte. Wer darin Vorboten kommenden Unheils sah, sollte Recht behalten, denn in den drei darauf folgenden Jahren veränderte ein grausamer Krieg den Lauf der spanischen Geschichte. Er forderte das Leben tausender von Menschen, die für unterschiedliche oder auch ohne Ideale starben, als Opfer der Gewalttätigkeit, Unmenschlichkeit und Dummheit, aus denen Bruderkriege hervorgehen.

Als Diego endlich die Stadt hinter sich hat, gibt er Gas, und der Vierzylinder des Ford rattert durch die Calle de la Princesa am Stadtrand hin zur Fernstraße, die in die Berge und weiter nach Nordwesten führt: León, Zamora, La Coruña…

Der Ford kämpft sich die Gebirgsstraße zum *Puerto de los leones* empor. Die untergehende Sonne wirft lange Schatten und taucht, bevor sie hinter den Bergen verschwindet, die Kurve, in der Diegos Wagen auftaucht, noch einmal in helles Licht. Er begegnet Lastwagen mit bewaffneten Milizionären, die hochgestimmt auf dem Weg ins Kampfgebiet sind.

In der Ferne hört man Detonationen und Schüsse. Am Ausgang einer Kurve muss er scharf bremsen und anhalten, weil bewaffnete Milizionäre der FAI mitten auf der Straße stehen. Einer von ihnen – dunkelhäutig, zigeunerhaft, bärtig, den Stummel einer selbst gedrehten Zigarette im Mundwinkel – fragt ihn großtuerisch: »Wohin so eilig, Genosse?«

»In die Berge. Ich bin Journalist, arbeite für *El Socialista*.«

Der Mann nimmt den Zigarettenstummel aus dem Mund und kratzt sich an der Stirn. »So, so, Journalist also? Und von *El Socialista*?«

Er wendet sich zu seinen Gefährten um: »Das ist doch schon besser, oder etwa nicht?« Dann zeigte er auf drei von ihnen. »Los, Genossen, der Mann nimmt uns mit.«

Alle vier steigen in den Wagen. Drei setzen sich nach hinten, der Anführer lässt sich auf Diegos Jackett nieder, das auf dem Beifahrersitz liegt, und herrscht ihn an: »Mach schon, Genosse!«

Zähneknirschend gehorcht Diego und fährt an. Er muss sich an Personen- und Lastwagen vorbeiquetschen, die quälend langsam zur Passhöhe emporschleichen; sie sind voller Milizionäre. Ohne jede Ordnung strebt das bunt zusammengewürfelte Heer der Sierra von Madrid entgegen. Manche Milizionäre haben sich, wie es aussieht, Helme der regulären Truppen verschaffen können, die meisten aber haben nur Tuchmützen oder einfache Hüte auf dem Kopf.

Fast alle tragen einen blauen Arbeiteroverall, den sie wegen der Hitze weit aufgeknöpft haben. Über ihrer Brust kreuzen sich die Patronengurte. Berittene bahnen sich auf dem Trampelpfad neben der Fahrbahn ihren Weg. Einer der Männer singt volltönend das Lied vom bemitleidenswerten Zuchthäusler: »*Soy un pobre presidiario…*«

Diego nimmt dieses Bild in sich auf. Der Spontaneität und Begeisterung dieser Menschen, deren Gesang und lautes Rufen klingen, als ginge es zu einem beliebten Volksfest, wohnt eine gewisse Schönheit inne.

Es würde nicht lange dauern, bis an die Stelle dieser Festtagsfreude die Trauer um die Toten trat, der Kummer im Angesicht von Entbehrungen und Krankheiten, ein herzzerreißendes schmerzliches Klagen, schlaflose Nächte, die vom allgegenwärtigen Schreckensbild des Todes beherrscht wurden. Von der Front würden bald an der Zensur vorbei beunruhigende Nachrichten über einen Bürgerkrieg an die Öffentlichkeit dringen, in dem Angehörige und Freunde, Nachbarn und Stammtischbrüder einander nach den Vorgaben von Ideologie und Religion abschlachteten. Finstere Rachegelüste wurden befriedigt, Neid und Hass der Unterdrückten brachen offen aus; jene, die sich selbst zu Sachwaltern von Vernunft und Freiheit, zu Verteidigern von Recht und Gesetz ausgerufen hatten, begingen unvorstellbare Grausamkeiten. Bestärkt wurden sie von den Inhabern der politischen Macht, einflussreichen Finanziers, Vertretern der Kirche und des Militärs. Neben fanatischen und gewissenlosen Offizieren, die in diesem Krieg eine Möglichkeit sahen, ihre taktischen Kenntnisse in der Praxis zu erproben und zum Lohn für die auf dem Schlachtfeld erworbenen Verdienste rasch Karriere zu machen, waren die Drahtzieher auch politische Eiferer, die auf Zerstörung aus waren und einen völligen Neubeginn anstrebten.

Jetzt, aus dem Abstand vieler Jahre, glaube ich, dass sich dieser mörderische Bruderkrieg mit ein wenig Vernunft auf beiden Seiten hätte vermeiden lassen. Die meisten derer, die ihn überlebt haben, sind inzwischen gestorben. Manche haben auch jede Erinnerung an diese Jahre aus ihrem Gedächtnis getilgt, vermutlich, um nicht länger peinigende Bilder mit sich herumtragen zu müssen, Gräuel, die man besser vergisst, oder Untaten, die so verabscheuenswert sind, dass man sie niemandem anvertrauen kann. Andere, die die Erinnerung an diese Zeit wach halten wollen, Menschen, die sich nach Pulverdampf und Adrenalinstößen sehnen, tun dies bei Kameradschaftstreffen und in markigen Reden am Wirtshaustisch. Die Jüngeren haben von jenen schmerzlichen Jahren höchstens einige ausgeblichene Schwarzweißbilder aus alten Filmen sowie ein Foto Robert Capas in Erinnerung, auf dem ein Milizionär, während er über einen Graben springt, von einer Kugel getroffen wird. Oder ein Bild, das Kinder aus Madrid zeigt, auf deren Gesichtern sich die Angst vor einem Bombenangriff widerspiegelt. All dies vermittelt nur unzulänglich eine Vorstellung von dem, was wirklich passiert ist, hier ganz in der Nähe, in den teils gutbürgerlichen, teils von Arbeitern bewohnten Stadtvierteln Cuatro Caminos, Tetuán und Vallecas, in den Straßen Argüelles und Gran Vía… Städte wie Dörfer haben unter den ›Schrecken des Krieges‹ gelitten, wie Francisco de Goya y Lucientes seinen Bilderzyklus nannte. Sein Schicksal hat ihn in einem anderen Jahrhundert Zeuge der gleichen Art von Blutrünstigkeit und Brutalität, von Hinterlist und Tod werden lassen. Die Geschichte wiederholt sich, doch die Zahl der Toten nimmt stärker zu, je konsequenter man den wissenschaftlichen Fortschritt in den Dienst des Krieges stellt.

In diesem Gewirr aus Parolen und Täuschungen, Siegen und Niederlagen zeigen uns die Bilder Milizionäre und Soldaten, die querfeldein laufen und springen wie Marionetten, auf die von Zeit zu Zeit jemand schießt. Mit Feuerwaffen aus dem späten Mittelalter, Flinten für die Rebhuhnjagd, Gewehren aus dem Ersten Weltkrieg, die man nach jedem Schuss nachladen muss, Geschützen und Panzern, die wie Spielzeug aussehen, Doppeldeckern mit Weißblechbeplankung, deren Modelle der Großvater im Regal zusammen mit einem Erinnerungsfoto aufgehoben hat, auf dem er neben einem Blindgänger steht. Vielleicht ist es das, was von einem Bürgerkrieg bleiben wird, in dem Spanien einen so entsetzlichen Blutzoll leisten musste; das und die Schmach derjenigen Länder, die zugesagt hatten, die Sache der Republik zu verteidigen, wie auch jener anderen, denen der Krieg lediglich als Vorwand zur Erprobung neuer Waffen diente. Zurück blieb ein vom Tod und der Politik des Vergessens verwüstetes Spanien.

Vereinzelt sind auch bewaffnete Frauen mit Militärmützen auf dem Kopf dabei. Da sie Hosen oder Arbeiteroveralls tragen, unterscheiden sie sich kaum von den Männern. Eine, hübsch und mit einer üppigen Figur, rennt mit wehendem Haar hinter dem Auto her und ruft frech: »Wohin wollt ihr so eilig? Könnt ihr mich nicht mitnehmen?«

Diego lächelt ihr zu, und die Männer rufen: »Komm mit uns an die Front, Schätzchen« und »Hat der ein Glück, der dich mal heiratet!«

Die Sonne verschwindet hinter den Berggipfeln; es wird dunkel. In einer Kehre geht es nicht mehr weiter, zwei Lastwagen versperren die Straße. Vor ihnen bemüht sich ein Offizier der republikanischen Truppen, Ordnung in eine Gruppe Milizionäre zu bringen. Bei seinem Anblick sagt der anarchistisch gesinnte Milizionär zu seinen Gefährten: »Mir gibt niemand Befehle, und schon gar nicht dieser Heini da, der sich als Offizier verkleidet hat! Mir nach, Genossen, wir knöpfen uns die Schweinehunde vor!«

Sie springen aus dem Wagen. Diego sieht ihnen nach, wie sie den Hang emporklettern und schon bald zwischen den Büschen verschwinden.

Weitere Lastwagen treffen ein; sie haben jetzt die Scheinwerfer eingeschaltet. Ganz in der Nähe hört man Schüsse und Artilleriefeuer.

Diegos Auto wird von einer Explosion erschüttert.

Die ersten Verwundeten kommen mithilfe ihrer Kameraden die Bergflanke herabgewankt.

Ein Angehöriger der Volksmiliz tritt an Diegos Ford und reißt ihn mit den Worten »Ist das dein Wagen?« aus seinen Gedanken.

Diego bejaht die Frage. Mit amtlicher Miene erklärt der Mann: »Er ist im Namen der Volksfront beschlagnahmt.«

Diego ist nicht bereit, so mit sich umspringen zu lassen, und erwidert: »Kommt überhaupt nicht in Frage. Ich bin Korrespondent für *El Socialista* und brauche ihn für meine Arbeit.«

»Kannst du das beweisen?«

»Selbstverständlich!«

Er will die Brieftasche hervorziehen, doch der Mann winkt ab: »Lass gut sein. Bring einfach so viele Verwundete nach Madrid, wie du kannst.«

Diego hat keine Möglichkeit mehr, sich zu weigern. Schon werden die hinteren Türen geöffnet, und man setzt ihm zwei Verwundete ins Auto. Einer hat einen Kopfverband und muss sich auf einen Kameraden stützen, der andere trägt einen Arm in der Schlinge.

Diego versucht Zeit zu gewinnen und sagt zu dem Milizionär: »Meine Familie ist drüben in San Rafael...«

»Das ist in den Händen der Faschisten. Die Scheißkerle haben auch schon den *Puerto de los leones* besetzt.«

Die Mitteilung trifft Diego wie ein Schlag.

Der Mann fährt fort: »Wir werden diese Hosenscheißer um jeden Preis aus den Bergen vertreiben.«

Man setzt einen schwer verwundeten jungen Mann auf den Beifahrersitz. Er stöhnt vor Schmerzen. Sein Brustverband sitzt schlecht. Der Milizionär zieht seine Pistole und richtet sie auf Diegos Kopf. »Vorwärts, auf nach Madrid, verdammt noch mal! Los, dreh um!«

Diego verlegt sich aufs Bitten: »Meine Frau und meine kleine Tochter sind in San Rafael. Ich kann sie doch nicht im Stich lassen. Ich lasse dir auch das Auto hier.«

Er will aussteigen, doch der Milizionär entsichert seine Waffe. »Nach Madrid, oder ich jag dir 'ne Kugel in den Schädel.«

Diego wirft einen Blick auf den Verwundeten neben ihm, dessen Verband sich immer stärker rötet. Ein Junge, fast noch ein Kind. Er gibt nach, wendet und beschleunigt. Es wird immer dunkler. Er schaltet die Scheinwerfer ein. In ihrem Licht sieht er einen endlosen Strom von Lastwagen voller Milizionäre, die der Passhöhe entgegenstreben. Inmitten des Lärms von Schüssen und gelegentlich detonierenden Artilleriegranaten hört man Rufe und Gesang.

Eine Kerze wirft ihren düsteren, gelblichen Schimmer auf Teresa. Sie sitzt am Tisch neben dem Telefon und schläft, den Kopf auf die Arme gelegt.

Maria ist erschöpft in einem Sessel eingeschlafen, und die Kleine schlummert in eine dünne Decke gewickelt auf dem Sofa.

Teresa schreckt hoch. Anfangs weiß sie nicht, wo sie ist, und blickt sich unsicher um, kehrt dann aber rasch wieder in die Wirklichkeit zurück. Sie hält ihre kleine Armbanduhr ins Kerzenlicht: zwei Uhr.

Sie trifft eine Entscheidung, steht entschlossen auf, nimmt den Leuchter vom Tisch und geht nach oben. Schwankend erhellt der Lichtschein die Treppe zum Obergeschoss.

Im Zimmer ihrer Tochter stellt sie die Kerze auf den Nachttisch. Dann öffnet sie die Schubladen des Schranks und beginnt Kleidungsstücke herauszunehmen. Eine Spinne taucht auf und verschwindet rasch zwischen den Kleidern. Teresa fährt zusammen. Sie hat Angst vor Spinnen, deren Körper über den Beinen zu schweben scheint. Neulich hat sie in einer Zeitschrift eine Fotografie von Spinnenaugen unter dem Mikroskop gesehen; sie hatten etwas Grausames und Furchterregendes.

Es ist eine herrliche Sommernacht. Die Sterne stehen deutlich sichtbar am klaren Himmel der Sierra von Madrid. Teresa geht, ein Tuch um die Schultern gelegt, am Gartenzaun auf und ab, lässt die Straße nicht aus den Augen, wartet auf Diego.

Die Schüsse haben aufgehört; die Nacht ist ruhig. Doch sie kann sich nicht lange an der Stille freuen, denn in der Ferne hört sie den Lärm eines Motors, begleitet von einem unangenehmen metallischen Knirschen.

Aufgeschreckt tritt sie ans Gitter, um zu sehen, woher dieser Lärm kommt.

Aus Richtung Madrid nähert sich ein Traktor mit eingeschalteten Scheinwerfern. Er zieht ein Geschütz. Ihm folgen an die zwanzig bestens für den Kampf ausgerüstete junge Soldaten. Sie unterhalten sich.

Teresa verbirgt sich in den Büschen. Fasziniert starrt sie den Traktor an, der mit knallendem Auspuff und schrillem Kettengeklirr langsam weiterfährt. Ängstlich kauert sie sich nieder, als er auf ihrer Höhe ist, und einen Augenblick lang leuchten ihre Augen im Licht der Scheinwerfer des nachfolgenden Lastwagens auf, das über den Zaun gleitet.

Ich stellte mir die Schlimmste aller Möglichkeiten vor: dass ich ihn ein paar Tage lang nicht sehen würde. Der bloße Gedanke daran machte mir Angst, und ich wies ihn gleich wieder von mir. Wir liebten einander. Es gibt Paare, die ihr Leben damit zubringen, sich zu streiten und einander zu kränken. Ich verstehe nicht, warum sie zusammenbleiben. Oder vielleicht verstehe ich es doch: Das Alleinsein ist schwer zu ertragen. Ich konnte nicht ohne Diego sein. Sogar in seine Schwächen – wer ist schon frei davon? – war ich vernarrt: seine bisweilen lächerlich anmutende Eitelkeit, sein Hang zur Rechthaberei. Beispielsweise hätte er nie im Leben zugegeben, dass er geradezu besessen war von dem Wunsch, »etwas Bedeutendes« zu schaffen. »Für die Zeitung schreiben heißt für den Papierkorb zu schreiben«, war eine seiner stehenden Redewendungen. Daher hatte er den ganzen Sommer hindurch Blatt für Blatt gefüllt, mit der Absicht, seinen ersten Roman zu verfassen.

Teresa schreckt aus ihrer Gedankenversunkenheit auf. Der Traktor, der das Geschütz schleppt, entfernt sich über die Landstraße und mit ihm die Soldaten.

Und was soll ich jetzt tun? Ob Diego etwas zugestoßen ist? Nein! Nein! Bestimmt kommt er morgen, sobald er kann.

Sie sagt sich, dass es am vernünftigsten ist, wenn sie sich beruhigt und auf den kommenden Tag wartet.

Allmählich verhallt das laute Brummen des Motors in der Dunkelheit, und Teresa dreht sich um, gequält von den unbestimmten Vorahnungen, die sie immer wieder heimsuchen. Sie geht zum Haus zurück, dessen Umrisse in der sternklaren Nacht vor ihr aufragen.

Madrid räkelt sich im ersten Tageslicht. Auf den Straßen herrscht kaum Leben; hier und da ein Fußgänger, vereinzelt ein Radfahrer, gelegentlich ein Auto, der Karren eines Lumpensammlers.

Die Straßenbahn hat die Haltestelle erreicht und bleibt stehen. Diego steigt aus. In der Kühle des frühen Morgens hat er das Jackett angezogen. Auf seinem Gesicht liegen die Spuren einer schlaflos verbrachten Nacht. Er wartet, bis der langsame Karren des Lumpensammlers vorüber ist: Wie einen Schatten sieht er den Mann mit gekrümmtem Rücken auf dem Bock sitzen, in der Hand die Zügel eines klapperdürren Gauls. Dumpf hallt der Hufschlag des Tieres, das den Weg wohl auswendig kennt, auf dem Pflaster. Die Situation ruft eine ferne Erinnerung in ihm wach, als zeige das Rattern der Räder auf den Steinen den Ablauf der Zeit einer asynchron gehenden Uhr an, einer Zeit, die zugleich gegenwärtig und fern ist. Vor Erschöpfung kann er nicht mehr klar denken.

Er überquert die Straße und wendet sich zur Avenida de Menéndez y Pelayo. Nachdenklich geht er über den von Gaslaternen erhellten Plattenweg in der Mitte der Straße.

Zu seiner Rechten liegt der Gitterzaun, der sich vom Retiro-Park bis zu der Mauer erstreckt, die den Zoo umgibt. Zu seiner Linken ragen Häuser auf. Ihre dunklen Umrisse zeichnen sich nach und nach immer deutlicher vor dem heller werdenden Himmel ab. Er hebt den Blick und sieht die Bäume im Park; sie liegen vor ihm wie eine einzige finstere Masse, doch auf die Wipfel der höchsten von ihnen fällt schon ein wenig frühes Morgenlicht. Erst spät merkt er, dass über die Allee ein schwankender Schatten auf ihn zukommt: ein junger Mann von bäuerlichem Aussehen mit einem Gewehr über der Schulter. Nach der Mühe zu urteilen, die es ihn kostet, sich auf den Beinen zu halten, hat er erheblich mehr getrunken, als gut für ihn ist.

»He, du!«

Diego bleibt stehen und sieht ihn sich genauer an. Das unmittelbar von oben einfallende Licht einer Gaslaterne wirft einen gelblichen Schein auf das unrasierte Gesicht des jungen Mannes. Seiner verschmutzten Kleidung entströmt der saure Geruch von billigem Wein. Er fragt Diego: »Hast du mal 'ne Zigarette für mich, Genosse?«

Diego hält ihm sein Zigarettenetui hin, und der Mann bedient sich.

»Hast du auch Feuer?«

Geduldig gibt ihm Diego die Schachtel mit den Streichhölzern. Der Mann reißt eines an und versucht mit der Flamme die Zigarette zu treffen, die er im Mund hält. Nach mehreren Versuchen gelingt es ihm, sie anzustecken. Er salutiert zu Diego hin: »Danke, Genosse. Es lebe die Republik!«

Dann entfernt er sich unsicheren Schrittes.

Über dem Gebirge dämmert der Morgen. Die ersten Sonnenstrahlen streifen die Berge, die Wipfel der Bäume und das rötliche Dach des Hauses.

Knisternd erlischt die Flamme der Kerze im Wohnzimmer. Durch die Ritzen der Rollläden dringt zögernd das Licht eines neuen Tages.

Schweigend und mit offenen Augen sitzt Teresa im Sessel. Ihr Gesicht trägt die Spuren der weitgehend schlaflos verbrachten Nacht; sie wirkt mit einem Mal alt. Auf der Stirn und um die Mundwinkel zeigt die sonst glatte Haut Fältchen, und unter den Augen liegen tiefe Schatten. Zu ihren Füßen stehen eine Reisetasche und ein Koffer.

Es herrscht verdächtige Stille, die sprichwörtliche Stille vor dem Sturm …

Mit großem Ernst, als befolge sie ein Ritual, begrüßt sie den neuen Tag und sagt ganz leise: »Hoffentlich geht es Diego gut! Hoffentlich nimmt alles ein gutes Ende! Ein gutes Ende! Ein gutes Ende! …« Dann bekreuzigt sie sich, sie, die vor etlichen Jahren ihren Glauben aufgegeben hat.

Vor dem Eingang zum Haus Nummer 33 an der Avenida de Menéndez y Pelayo bleibt Diego stehen. Er holt einen Schlüsselbund aus der Tasche, um das Gitter zu öffnen, doch gerade in diesem Augenblick taucht drinnen der Hausmeister Jacinto auf.

»Guten Morgen, Don Diego.«

Trotz seiner Müdigkeit gelingt Diego ein spöttisches »Von wegen ›Don Diego‹ – ›Genosse‹«.

Der Hausmeister, ein rötlich-blonder untersetzter Mann aus dem Norden, hat noch Schlaf in den blauen Augen.

»Na? Die Nacht durchgemacht?«

Diego lächelt beim Gedanken an seine »durchgemachte«

Nacht und begnügt sich mit der Frage: »Ist etwas für mich gekommen?«

»Nein ... Die letzten Briefe hab ich Ihnen nach San Rafael geschickt, wie Sie es mir aufgetragen haben.«

In diesem Augenblick ertönt aus dem Zoo gegenüber das Gebrüll eines Löwen, gefolgt vom hysterischen Gelächter der Hyänen, dem Heulen der Wölfe und dem Trompeten der Elefanten ... Dieser Chor, mit dem die Tiere über die hohe Ziegelmauer hinweg, die sie von der Straße trennt, den neuen Tag begrüßen, lenkt Diego ab, und eine Weile lauscht er ihm aufmerksam.

Jacinto sagt: »Die Biester sind unruhig.« Diego vermutet, dass dieses Klagen und Brüllen nichts Gutes zu bedeuten hat. Er tritt ins Haus und verschwindet im Halbdunkel, erschöpft und besorgt.

Der Aufzug ist ein Käfig aus Metall, an dessen Decke eine schwache Glühlampe hängt. Ihr gelbliches Licht lässt Diego leichenblass erscheinen, bleich wie die Marmorstufen der Treppe, die um den Aufzug herumläuft.

Begleitet vom Surren des Antriebsmotors und dem Quietschen der Drahtseile, fährt der Aufzug in die Höhe, ein Lichtfleck im Treppenhaus. Diego überlegt, was aus seinem Auto geworden sein mag, das die Volksmiliz beschlagnahmt hat. Morgen, nimmt er sich vor, wird er von der Zeitung aus die nötigen Schritte unternehmen, um es zurückzubekommen. Heute ist für einen Tag zu viel geschehen, und er will nichts als schlafen. Die Müdigkeit überwältigt ihn, seine Lider fallen zu, seine Augen brennen; es kostet ihn Mühe, nicht auf der Stelle im Stehen einzuschlafen, ans Metallgitter des Aufzugs gelehnt. Er verspürt nur noch den einen Wunsch, in die Wohnung zu gelangen und sich ins

Bett zu legen. Bisweilen kommt ihm sein Zuhause wie der Mutterleib vor, in dem man sich wohlig hin und her dreht, um zu sich selbst zu finden, die letzte Zuflucht, das Ende des Weges. Er nimmt alle verbliebene Energie zusammen, um das Gitter des Aufzugs aufzuschieben; die Tür öffnet und schließt sich mit dem gewohnten Geräusch. Dann tritt er in den Flur. Man sieht kaum etwas, vor allem, als der Aufzug wieder nach unten gleitet und die nackte gelbliche Glühlampe mit sich nimmt. Er tastet nach dem Lichtschalter, doch der ist defekt. Er entzündet ein Streichholz und nimmt den Schlüsselbund aus der Tasche.

Gerade als er den Schlüssel im Schloss herumdrehen will, tritt ein Mann aus dem Schatten, den Hut tief in die Stirn gezogen, und stürzt auf ihn zu.

Diego zuckt erschrocken zusammen. Bevor er etwas tun oder sagen kann, flüstert der Mann ängstlich: »Ich bin es, Mario, dein Vetter Mario. Du musst mir helfen.«

Zuerst will ihn Diego wütend anfahren, doch dann senkt er die Stimme. »Du hast mir einen fürchterlichen Schreck eingejagt. Was zum Teufel treibst du hier?«

Dann schließt er die Tür auf und lässt seinen Vetter eintreten.

Er macht Licht im kleinen Vorraum, dann betreten die beiden die Wohnung. Der Mann mit dem Hut murmelt kaum hörbar Entschuldigungen: »Du musst mir unbedingt helfen, Diego, ich flehe dich an … Ich kenne sonst keinen Menschen, an den ich mich wenden kann, und dann kam mir der Gedanke, vielleicht könntest du …«

Diego sieht seinen Vetter an, der den Kopf gesenkt hält. Undeutlich sieht man seine unrasierten Wangen. Die Augen bleiben im Schatten der Hutkrempe verborgen.

»Lass uns ins Wohnzimmer gehen. Mach schon …«

Diego geht durch den Flur voraus, der im Halbdunkel liegt. Er schiebt eine verglaste Tür auf und tritt ins Wohnzimmer. Dann geht er zu einem der beiden Fenster und zieht den knirschenden Rollladen hoch. Die ersten Sonnenstrahlen fallen auf die mit Laken verhängten Polstermöbel, den Couchtisch und die beiden Anrichten. Auf einer von ihnen steht ein Foto, auf dem Teresa und Berta einander umarmen. An den Wänden hängen Bilder, das größte stammt von einem impressionistischen Maler.

Beim Eintreten nimmt Mario den Hut ab und kneift angesichts des plötzlichen grellen Lichts die Augen zusammen. Ohne den Hut wirkt er jünger. Er ist mittelgroß und eher beleibt. Das Haar trägt er kurz geschoren; am Hinterkopf sieht man die Spuren einer Tonsur. Die Haut seines breiten Gesichts ist rosig, und er hat kleine dunkle Augen. Wieder entschuldigt er sich leise und furchtsam: »Ich wusste nicht, an wen ich mich sonst hätte wenden können, ich kenne doch niemanden … Na ja, eigentlich schon, aber ich hatte keine Möglichkeit, mit den Leuten in Verbindung zu treten.«

Diego lässt sich in einen der verhängten Sessel fallen, auf die jetzt der Sonnenschein fällt. Er sieht zu seinem Vetter hoch, der völlig am Ende zu sein scheint.

»Nun beruhige dich doch und setz dich erst mal.«

Mario gehorcht, nimmt im anderen Sessel Platz, holt tief Luft und versucht zur Ruhe zu kommen. Flüsternd sagt er mit zitternder Stimme: »Sie sind ins Kloster gekommen und haben jeden erschossen, den sie gefunden haben. Es war entsetzlich. Den Prior haben sie in der Kirche umgebracht. Vorher haben sie ihn gezwungen, sie vom Altar aus zu segnen, dann haben sie immer wieder auf ihn geschossen … Es war unsagbar grausam. Einfach grauenvoll! Und ich konnte nichts unternehmen! Was hätte ich auch tun können? Ich war da und habe alles mit angesehen. Sie haben ihn in den Kopf geschossen, das Blut ist bis an den Altar gespritzt, und dann ist er auf die Stufen niedergestürzt.

Gott im Himmel, wie ist so etwas Teuflisches nur möglich? Sie haben die Heiligenbilder geschändet. Ein wunderbar geschnitztes Tafelbild haben sie mit ihren Gewehrkolben zertrümmert. Ich konnte ihnen entkommen und habe mich im Gartenhaus in einem Schrank versteckt. Dort habe ich die ganze Nacht ausgeharrt, ohne mich zu regen, während die Barbaren die Heiligenbilder verbrannt und auf gotteslästerliche Weise ihre Schandtaten gefeiert haben.

Als sie fort waren, habe ich diese Kleider angezogen, den Hut aufgesetzt und bin zu Fuß durch die Straßen der Stadt hierher gekommen, wobei ich mich von Versteck zu Versteck geschlichen habe. Es war entsetzlich, einfach entsetzlich!«

Diego, der sich den Bericht voller Besorgnis angehört hat, fragt: »Und was wirst du jetzt tun?«

Mit einer Geste der Hilflosigkeit erwidert Mario: »Ich bin zu dir gekommen, weil ich nicht weiß, an wen ich mich sonst wenden könnte. Lass mich nur diese eine Nacht hier schlafen. Gleich morgen früh verschwinde ich wieder.«

»Und wohin willst du?«

Mario sieht seinen Vetter wortlos an. Er zögert.

Diego begreift. »Sag nichts. Es ist besser, wenn ich nichts davon weiß.«

Er steht auf und sagt: »Ich glaube, wir können beide eine Tasse Kaffee vertragen.«

3

DER EXODUS

Im Schein des ersten Tageslichts rückt ein Trupp von etwa zwanzig Soldaten lautlos gegen das Haus in den Bergen vor. Sie sichern die Umgebung, als sei jeden Augenblick mit einem Angriff zu rechnen. In der Ferne hallt hin und wieder Geschützdonner von den Flanken der Berge.

Der etwa vierzigjährige Offizier in Khakiuniform und Tellermütze führt den Trupp mit gezogener Pistole an. Sein Gesicht ziert ein dünner Schnurrbart. Dicht neben ihm geht ein von Wind und Wetter gegerbter dürrer Bauer in der Uniform der Falange. Er hält ein Gewehr in den Händen und trägt eine Pistole im Gürtel. Als Erster durchquert er das Gittertor zum Garten. Mit einer weit ausholenden Handbewegung gebietet der Offizier seinen Männern auszuschwärmen und das Haus zu umstellen. All das geschieht schweigend und geordnet.

Auf Geheiß des Offiziers donnert der Bauer mit dem Gewehrkolben gegen die Tür und ruft mit lauter Stimme: »Ist da jemand? Aufmachen, oder wir brechen die Tür auf!«

Nach einer Weile wird die Tür geöffnet, als er erneut dagegen hämmern will. Teresa tritt heraus und fragt: »Sie wünschen?«

Niemand antwortet ihr. Der Falangist drängt sie ins Haus und folgt ihr dann zusammen mit dem Offizier und mehreren lärmenden Soldaten. Der Offizier wendet sich an Teresa und fragt sie in scharfem Ton: »Wohnt hier Diego Larios?«

Sie sieht die Männer an.

Der Offizier mäßigt seinen Ton, spricht jedoch mit dem gleichen Nachdruck wie vorher. »Sagen Sie uns, ob der Journalist Diego Larios hier wohnt!«

Teresa, um Standhaftigkeit bemüht, bejaht seine Frage.

Der Offizier gibt den Befehl: »Das Haus durchsuchen!«

Teresa erklärt: »Er ist nicht da. Er ist in Madrid.«

Der Offizier wendet sich an seine Männer: »Das Haus wird durchsucht! Vorwärts, wir haben keine Zeit zu verlieren!«

Der Offizier sieht sie an und reckt dabei sein Kinn leicht vor. Er ist es nicht gewohnt, dass man seine Befehle in Frage stellt. Er setzt zu einer schroffen Antwort an, überlegt es sich aber anders, wohl, weil er mit einer Frau spricht, und fragt: »Wer wohnt hier sonst noch?«

»Meine Tochter und Maria.«

Der Falangist mischt sich ein: »Weit kann er nicht sein. Ich hab ihn gestern noch im Dorf gesehen.«

Teresa sieht ihn überrascht an: »Was haben wir dir getan, Zacarías?«

»Sie nichts. Aber Ihr Mann ist Sozialist.«

Bevor Teresa darauf antworten kann, wendet sich der Bauer an Maria: »Wann ist er fort?«

Maria sieht Teresa an. Sie will sie nicht in Schwierigkeiten bringen und sagt: »Ich weiß es nicht…«

Der Bauer brüllt sie wütend und in drohendem Tonfall an: »So, du weißt es also nicht? Womöglich weißt du auch nicht, wo sich dein Bräutigam aufhält!«

Zornig dreht sich Maria zu ihm um: »Was hast du gegen ihn?«

»Willst du etwa sagen, du weißt nicht, dass er Kommunist ist?«

Maria schweigt.

Die Soldaten kommen die Treppe herunter. Ihr Anführer berichtet: »Oben ist auch niemand, Herr Hauptmann.«

Der Offizier ist sichtlich verärgert. Er sagt zu Teresa: »Sie befinden sich hier in der vordersten Linie des Kampfgebietes und müssen das Haus sofort räumen!«

Ratlos sieht sich Teresa um und fragt: »Und wohin sollen wir gehen?«

Der Offizier macht auf dem Absatz kehrt, ohne sie einer Antwort zu würdigen. Nach ihm verlassen die Soldaten das Haus. Der Bauer ist zurückgeblieben und flüstert ihr zu: »Ich an Ihrer Stelle würde ins Dorf gehen. Die Leute werden mit Lastwagen von da weggebracht. Hier wird es bald ziemlich schlimm zugehen.«

Auf dem Dorfplatz drängen sich Fahrzeuge, Menschen laufen durcheinander. Unter der sengenden Sonne beaufsichtigt ein Soldat die Evakuierung. Frauen, alte Männer und Kinder klettern auf die Ladefläche eines Lastwagens und suchen sich zwischen den aufgehauften Bundeln und Koffern einen Platz. Ein mit bewaffneten Milizionären beladener Lieferwagen, an dem die spanische Fahne und die Standarte der Aufständischen flattern, überquert den Platz in ziemlich schneller Fahrt, wobei der Fahrer unaufhörlich hupt.

Der Soldat hilft einem schlanken, älteren Mann, der leicht hinkt und sich auf einen Stock stützt, auf den Lastwagen. Er ist elegant gekleidet, trägt einen dunklen Anzug, Weste, ein weißes Hemd und eine gestreifte Krawatte. Die Hutkrempe verbirgt seine Augen.

Teresa verabschiedet sich von Maria. Es fällt ihr sichtlich schwer, ohne ihre Unterstützung auskommen zu müssen.

»Ich kann nicht mit Ihnen kommen. Es geht nicht.«

»Ganz wie du willst... Mach dir keine Sorgen. Man kann sowieso nichts ändern.«

Maria nimmt Berta in den Arm und küsst sie: »Meine Kleine. Vergisst du mich auch nicht?«

Berta küsst sie auf die Wange.

»Du wirst uns fehlen.«

»Und ihr mir. Meine kleine Berta! Ich wünsche euch alles Gute!«

Sie hilft Mutter und Tochter auf den Lastwagen und reicht ihnen die Reisetasche, ihr einziges Gepäckstück. Dann geht sie fort, nachdem sie den beiden eine letzte Kusshand zugeworfen hat.

Teresa versucht einen Platz zwischen den rund zwei Dutzend Menschen zu finden, die sich auf der Ladefläche drängen. Es sind überwiegend Ältere, Frauen und Männer, nur zwei jüngere Frauen haben Kleinkinder auf dem Schoß. Eine von ihnen, beinahe noch eine Halbwüchsige, trägt ein Tuch auf dem Kopf und gibt ihrem Säugling die Brust.

Der elegant gekleidete ältere Herr rückt bereitwillig beiseite. Teresa dankt ihm, stellt ihre Reisetasche auf die Bündel, die sich am Boden stapeln, und beugt sich zu Berta hinab, die auch einen Platz gefunden hat. »Du wirst sehen, hier sind wir in Sicherheit. Bist du müde?«

Die Kleine verneint. Neugierig betrachtet sie die Menschen um sich herum. Der elegante Herr lächelt ihr zu, und sie erwidert sein Lächeln.

Teresa streicht ihr über das Haar. »Wir machen eine Reise. Wie gefällt dir das?«

Als sie sich aufrichtet und auf den Platz sieht, fällt ihr Blick auf eine Gruppe von Männern, die sich nähert. Ein Dutzend mit Gewehren und Pistolen bewaffneter Falangisten treiben drei Bauern mit erhobenen Händen sowie einen schlanken bebrillten Mann von etwa fünfzig Jahren vor sich her, dem man mit einem Strick die Hände auf dem Rücken gefesselt hat.

Eine alte Frau auf dem Lastwagen, die ein schwarzes Kleid trägt und ein Tuch um die Schultern gelegt hat, erkennt den Mann und ruft: »Sie nehmen den Lehrer mit. Es ist Florencio!« Vermutlich ist sie aus dem Dorf.

Boshaft sagt eine andere: »Er wird schon was Entsprechendes angestellt haben.« Sie hat ein faltiges Gesicht und stechende Augen.

Eine Gruppe von Frauen läuft auf die Falangisten zu. Eine von ihnen schreit verzweifelt: »Florencio! Florencio! Wo bringen sie dich hin? Er hat nichts getan! Er hat nichts getan!« Vergebens versuchen die anderen, sie zu beruhigen.

Aufgewühlt fragt Teresa: »Was wird man mit ihm tun?«

Einer der Falangisten hält die schreiende Frau fest und will sie zu Boden stoßen. Andere Frauen aus dem Dorf, die ihn daran zu hindern versuchen, werden brutal zurückgedrängt. Der Anführer der Gruppe herrscht die Frau an: »Halt's Maul, oder du kommst auch dran!«

Die anderen Frauen weichen zurück.

Von der Höhe des Lastwagens herab sieht Teresa, wie der Anführer den Gefangenen befiehlt, sich vor die Mauer eines alten Hauses zu stellen. Sie kann sich nicht zurückhalten und ruft: »Großer Gott, die bringen sie um! Was haben sie denn getan? Das ist doch Wahnsinn!«

Der Mann, der das Beladen der Lastwagen überwacht, gebietet ihr knapp zu schweigen.

Teresa sieht ihn an. Er hat eine unförmige Nase und helle Augen. Eine speckige schwarze Baskenmütze verdeckt seine Kahlheit, eine selbst gedrehte Zigarette hängt ihm im Mundwinkel. In drohendem Ton fügt er hinzu: »Seien Sie vorsichtig mit dem, was Sie sagen! Es könnte Sie das Leben kosten!« Er steigt ein, setzt sich neben den Fahrer und sagt: »Los, Luis. Hier gibt es nichts mehr für uns zu tun.«

Der Wagen ruckt so heftig an, dass sich Teresa festhalten muss, um nicht zu fallen. Der Fahrer umrundet den Platz, um auf die Hauptstraße zu kommen. Unter dem Eindruck des Erlebten setzt sich Teresa neben ihre Tochter auf die Bündel, ohne auf die Reste von Schmierfett und die Abfälle am Boden zu achten. Umgeben von unbekannten Menschen und deren Gepäck, schließt sie erschöpft die Augen und drückt ihre Tochter an sich. Neugierig sieht Berta zu, wie die Häuser des Dorfes vorübergleiten, während die Passagiere des Lastwagens sich entlang der Bordwand einrichten, so gut es geht.

Während sie durch das Dorf fahren, werden sie abwechselnd in Licht und Schatten getaucht. Unvermittelt ertönt eine Gewehrsalve, deren Hall durch die Mauern der Häuser in Unheil verkündender Weise verstärkt wird. Das darauf folgende Wehklagen geht im Lärm des Motors und im Rattern des Fahrzeugs unter.

Angstvoll schließt Teresa die Augen. Durch den Schleier ihrer Tränen betrachtet sie ihre Reisegefährten: Manche sitzen auf Decken und Sackleinen, andere stehen. Alle scheinen sich stumm in ihr Schicksal ergeben zu haben.

Ein alter Mann, der eine Brille trägt und einen Krückstock in der Hand hat, betrachtet Berta mit ausdruckslosem Gesicht. Auf seinem Kopf, der einem Totenschädel ähnelt, sitzt eine Tuchmütze.

Inzwischen rollt der Lastwagen an den letzten Häusern des Dorfes vorüber der Landstraße zu.

Der Lastwagen hat die kurvenreiche Fernstraße erreicht, die von Madrid nordwärts nach La Coruña führt. Zur Rechten erhebt sich das grau getönte Massiv der Sierra von Guadarrama, das auch hier noch die Landschaft beherrscht. Ihm gegenüber erstreckt sich die von der Dürre ausgetrocknete, unfruchtbare Ebene; dahinter kündet eine leicht geschwungene Hügellandschaft, in der immer wieder dunkelgrüne Kiefernwäldchen aufscheinen, die weiten Felder um Segovia an.

An die seitliche Wand des Lasters gelehnt, sitzt Teresa inmitten der rund zwei Dutzend Menschen auf den aufgehäuften Bündeln. Sie bemüht sich, Berta vor der sengenden Sonne zu schützen. Die Kleine schläft in ihren Armen und bekommt nichts von dem mit, was um sie herum geschieht. Einige stehen und halten sich an der Rückwand des Fahrerhauses fest. Sie kehren dem peitschenden Wind den Rücken zu und entkommen auf diese Weise für eine Weile der glühenden Sommerhitze, die den Boden verbrennt und in der flirrenden Luft Trugbilder auf die Straße zaubert.

Etwa zweihundert Meter weiter kommen dem Lastwagen Soldaten entgegen, die in Richtung Madrid marschieren. Der Fahrer schaltet zurück und bremst, bis der Wagen langsam am Straßenrand ausrollt.

Alle heben den Blick, weil sie mitbekommen wollen, was los ist.

Berta wacht auf und schaut um sich. Teresa lächelt ihr zu, küsst sie auf die Stirn und drückt sie an sich.

»Wie geht es dir, mein Schatz?«

»Gut, Mama. Wo bringen die uns hin?«

»Bald fahren wir wieder nach Hause, Wart's nur ab.«

In jenem Augenblick hatte ich nicht den geringsten Zweifel, dass dieser Albtraum bald ein Ende haben und unser Leben wieder in gewohnten Bahnen verlaufen würde. Alles würde wieder sein wie vorher, und Berta und ich würden die Annehmlichkeiten des Hauses in den Bergen oder der Wohnung in Madrid genießen. Bald würden wir wieder mit Diego zusammen sein und miteinander über das reden, was uns in diesen beklemmenden Stunden widerfahren war, so, wie man von unerhörten Abenteuern berichtet, bei denen man zum Spielball der Mächte eines unvorhersehbaren Schicksals wird.

Neugierig erhebt sich auch Teresa, um zu sehen, was die Aufmerksamkeit ihrer Reisegefährten erregt hat.

Etwa dreihundert Uniformierte mit Gewehren, der spanischen Flagge und der Standarte der Aufständischen kommen näher. Maultiere tragen MG und zerlegte Mörser.

Als die Standarte der Aufständischen vorübergetragen wird, nimmt der elegant gekleidete Herr auf der Ladefläche feierlich den Hut ab und reckt den rechten Arm zum faschistischen Gruß: *»Viva España!«*

Der Hauptmann an der Spitze der Formation hebt ebenfalls den rechten Arm und erwidert mit lauter Stimme: *»Arriba, España!« Auf, Spanien!*

Der Alte gibt mit der gleichen Begeisterung zurück: *»Arriba, España!«*

Die meisten Männer und Frauen auf dem Lastwagen stimmen ein.

Teresa, die die Begeisterung der anderen nicht teilt, hat Angst, versucht aber, sich nichts anmerken zu lassen. Dann ertönt ein Ruf: »Ein Flugzeug«!

Tatsächlich hört man das Brummen eines näher kommenden Flugzeugmotors.

Alle Blicke richten sich zum Himmel, an dem sich ein antiquiert wirkender Doppeldecker zeigt. Der Hauptmann gibt einen Befehl, und der Trupp macht Halt.

Teresa sieht, wie sich die Maschine langsam nähert. Berta ruft begeistert aus: »Ein Flieger, Mama! Ein Flieger!«

Wie ihre Mitreisenden lässt Teresa den Doppeldecker nicht aus den Augen.

Er geht tiefer und gleitet in geringer Höhe auf den Trupp Soldaten zu. Jetzt erkennt man den Piloten. Er trägt eine Lederkappe und eine Fliegerbrille mit großen Gläsern.

Eine alte Frau fragt ängstlich: »Ob das einer von den unseren ist?«

Die Antwort kommt sogleich. Am Bug des Flugzeugs zuckt Mündungsfeuer auf, und gleich danach hört man das Bellen eines Maschinengewehrs. Die Einschläge ziehen eine Spur quer durch das Feld. So laut er kann, brüllt der Hauptmann: »Volle Deckung!«

Menschen schreien panisch auf, die Soldaten werfen sich flach in den Straßengraben. Auf dem Lastwagen herrscht großes Durcheinander. Männer und Frauen suchen Deckung hinter den Bordwänden. Teresa beugt sich vor und schützt Berta mit ihrem Körper.

Das Flugzeug entfernt sich.

Der Hauptmann steht auf und sieht sich um. Er fragt einen Unteroffizier: »Verluste?«

Die Soldaten erheben sich einer nach dem anderen. Befehle hallen. In ihren Reihen herrscht erkennbar Verwirrung.

Man hört jemanden stöhnen. Soldaten zeigen einem Offizier den Verwundeten. Es ist ein junger Bursche, sein Arm ist blutbedeckt. Er schreit vor Schmerzen.

Jemand bemerkt, dass seinem Nebenmann eine Kugel durch die Stirn gegangen ist. Seine Augen sind glasig. Er bewegt ruckartig Arme und Beine. Sie sehen zu, wissen nicht, was sie tun sollen. Der Mann hört auf sich zu bewegen: Er ist tot.

Unterdessen wendet das Flugzeug langsam.

»Er kommt zurück! Er kommt zurück!«

»Alles runter! Volle Deckung!«

Ein Offizier versucht mit mehreren seiner Männer ein MG aus der Halterung zu zerren, mit der es auf dem Rücken des Maultiers befestigt ist. Die Offiziere brüllen, inzwischen deutlich nervös: »Runter, runter! Deckung!«

Das Flugzeug nähert sich rasch.

Einzelne Soldaten machen ihre Gewehre schussfertig und zielen auf das Flugzeug, wobei sie ihre Deckung vernachlässigen. Rasch wird das Maschinengewehr auf dem Boden in Stellung gebracht, doch das Flugzeug ist schon nah herangekommen, und die Garbe seines MG zieht eine Spur von Tod und Verwüstung durch das Feld. Mehrere Soldaten, die sich in der Schusslinie befinden, sinken tot oder verwundet um. Das in Stellung gebrachte Boden-MG wird mitsamt seiner Bedienungsmannschaft schwer getroffen. Ein Maultier stürzt zu Boden und bleibt liegen.

Auf dem Lastwagen wird die halbwüchsige Mutter getroffen, die gerade ihr Kind stillte. Sie ist tot. Perlmuttweiß schimmert ihre entblößte Brust inmitten der Kleidungsstücke. Das Kind weint in ihren Armen. Eine der älteren Frauen stößt hasserfüllt hervor: »Meine Tochter! Mörder! Mörder! Mörder!«

Benommen sieht Teresa das Blut, das der jungen Frau langsam aus dem Mund sickert. Jemand bedeckt ihre Brust, um sie vor den Blicken der Männer zu schützen.

Von jenem Tag an sollte der Tod unser ständiger Begleiter werden. Nie im Leben werde ich dieses Bild vergessen. Nie werde ich den Hass in den Augen dieser Frau vergessen. Hätte sie in jenem Augenblick die Möglichkeit gehabt zu töten, sie hätte ohne das geringste Zögern auf den Abzug gedrückt, hätte die Hälfte der Menschheit ausgelöscht. Das Entsetzliche am Bürgerkrieg war, dass er den Groll, den Hass und die Rachsucht freilegte, die bis dahin unter einer dünnen Schicht der Zivilisation verborgen gewesen waren.

4

DIE NACHT

Es ist Nacht. Diego sitzt in Hemdsärmeln in der Redaktion von *El Socialista* und geht mit dem Füller in der Hand seinen kurz zuvor getippten Artikel noch einmal durch. Man sieht ihm an, wie müde er ist. Er nimmt den Hörer ab und versucht aufs Neue Verbindung zu dem Haus in San Rafael in der Sierra von Madrid zu bekommen.

»Zentrale! Zentrale!… Ja… Ich bin's noch mal. Adriana… Nichts? Ja, ich verstehe, die Leitung ist tot. Nun, da kann man nichts machen… Auf jeden Fall vielen Dank.«

Er legt auf und wendet sich erneut seinem Artikel zu. Dann schraubt er die Kappe des Füllers zu, ordnet die Blätter und steht auf. Er streckt sich, nimmt sein Jackett, seinen Hut und den Artikel.

Trotz der vorgerückten Stunde arbeiten in der Redaktion fast alle. Man hört das Klappern der Schreibmaschinen, aus einem Radio kommen volkstümliche Klänge, Telefone klingeln…

Diego durchquert den Raum und geht auf Ramiros Tisch zu. Dieser ist gerade mit Bürstenabzügen und dem Umbruch eines Artikels beschäftigt. Diego gibt ihm seinen Beitrag: »Sieh ihn dir doch mal an …«

Während der Chefredakteur einen Blick darauf wirft, fragt Diego: »Gibt es was Neues?«

»Allmählich scheinen die Dinge wieder ins Lot zu kommen … Die Regierung hat die Situation im Griff. Nur im Süden sieht es nicht so gut aus. Sevilla ist nach wie vor in der Gewalt der Aufständischen. Zwar stecken die andalusischen Großgrundbesitzer und der Dummkopf Queipo de Llano mit dem zuständigen Kardinal unter einer Decke und machen gemeinsame Sache gegen die Republik, doch käme heutzutage wohl kein Mensch mehr auf die Idee, deswegen einen Militärputsch anzuzetteln! Immerhin leben wir nicht mehr im neunzehnten Jahrhundert, sondern schreiben das Jahr 1936!«

»Dein Wort in Gottes Ohr«, antwortet Diego spöttisch.

Sogleich warnt Ramiro ihn in ernstem Tonfall: »Sei vorsichtig mit Späßen über die Religion.« Mit gesenkter Stimme fährt er fort: »Gerade haben wir die Meldung hereinbekommen, dass sie sich de Silva vorgenommen haben. Erinnerst du dich an ihn?«

Diego ist tief getroffen.

»Soll man das für möglich halten? Ein guter Mann. Womöglich übertrieben konservativ, aber ein guter Mann. Und was ist passiert?«

»Man hat ihn mit einem Genickschuss im Straßengraben in der Nähe des königlichen Jagdschlosses aufgefunden.«

»Das ist ja unglaublich!«

Ramiro fügt hinzu: »Wenn es der Regierung nicht gelingt, mit diesem Pack fertig zu werden, können wir uns auf etwas gefasst machen. Man hört bereits, sie sei unfähig, die öffentliche Ordnung aufrechtzuerhalten. Genau um diese Frage geht es übrigens in unserem heutigen Leitartikel.« Er gibt ihm einige bedruckte Seiten. »Wirf mal einen Blick drauf, wenn du Lust hast.«

Diego nimmt die Blätter entgegen, scheint aber keinen Augenblick länger bleiben zu wollen. Er sieht auf die Wanduhr: eine halbe Stunde nach Mitternacht.

»Ich nehme das mit nach Hause und lese es mir in Ruhe durch. Und lege mich eine Weile aufs Ohr, ich bin völlig kaputt. Du kannst mir ja Bescheid geben, wenn was ist … Und bleib bitte an der Sache mit dem Wagen dran.«

»Wir tun, was wir können. Es würde mich aber wundern, wenn du den wiedersiehst! Weiß der Geier, wo der gelandet ist! Auf jeden Fall habe ich mit Emilio Sanz Villar gesprochen, und der hat mir versichert, sie würden sich darum kümmern. Er meinte, du solltest Geduld haben, er würde schon wieder auftauchen … Fragt sich, in welchem Zustand.«

»Bis morgen. Viel Glück!«

Gegen Mitternacht hält der Lastwagen auf dem Vorplatz eines ausgedehnten Gebäudekomplexes: ein Kloster, das man als Behelfslazarett eingerichtet hat. Ständig treffen neue Ambulanzfahrzeuge ein, Krankenschwestern und Sanitäter mit Tragen kommen und gehen. Das Licht der Lastwagenscheinwerfer, die von Zeit zu Zeit die Mauern streifen, und die sparsam verteilten gelblichen Glühlampen verleihen dem Gebäude ein geisterhaftes Aussehen.

Aus der Ferne hallt Geschützdonner herüber, Detonationen, Einzelfeuer von Gewehren, ein MG, aber all das wird übertönt von den Schmerzenslauten der Verwundeten, die man aus einem Ambulanzfahrzeug des Roten Kreuzes auslädt.

Die hintere Klappe des Lastwagens wird heruntergelassen, und die ersten Evakuierten klettern herunter. Der Mann mit der schwarzen Baskenmütze, der aus dem Fahrerhaus gestiegen ist, treibt sie zur Eile an.

»Tempo, Tempo! Worauf wartet ihr? Runter mit den Sachen. Wir haben keine Zeit zu verlieren.«

Sein Verhalten ist unverschämt. Er raucht eine selbst gedrehte Zigarette, seine kleinen Augen glitzern in der Dunkelheit. »Was trödelt ihr so herum, verdammt noch mal? Beeilung!«

Männer und Frauen verlassen mit ihren Bündeln und Koffern die Ladefläche. Die jüngeren helfen den älteren, eine Frau reicht Teresa Berta herunter, die im Halbschlaf vor sich hin dämmert. Teresa dankt ihr für die Hilfe und folgt den anderen, das Kind auf dem Arm, die Reisetasche hinter sich herzerrend.

Sie betreten das Gebäude. Hinter der Eingangstür befindet sich ein riesiger, schlecht beleuchteter Saal, aus dem die Schmerzenslaute Verwundeter zu hören sind. Eine etwa fünfzigjährige rundliche Nonne eilt rasch herbei und fragt übellaunig: »Was wollen Sie hier? Woher kommen Sie?«

»Aus dem Gebiet um Madrid.«

»Wir haben keinen Platz.«

Angesichts ihrer verzweifelten Situation und da ihre Reisegefährten schweigen, beschließt Teresa, die Sache in die Hand zu nehmen, und sagt in recht entschiedenem Ton: »Hören Sie, Schwester, wir haben eine anstrengende Fahrt hinter uns und müssen uns irgendwo ausruhen. Wir rühren uns hier nicht vom Fleck. Wir können nicht mehr.«

Mit einem Blick auf die alten Leute weist die Nonne in einem Anfall von Großmut in den Saal: »Gehen Sie nach rechts und dann ganz nach hinten. Dort wird sich eine Schwester um Sie kümmern.«

Sie machen sich auf den Weg, durchqueren den schlecht erleuchteten Saal voller Pritschen und Tragen, auf denen Verwundete liegen, meist Soldaten und Falangisten. Einige von ihnen ringen mit dem Tod. Ärzte, Krankenschwestern und Nonnen eilen hin und her und versorgen sie, so gut sie können.

Entsetzt nimmt Teresa diesen Anblick, die Klagen, die Schmerzensschreie in sich auf. Berta wird wach und sieht sich verwundert um. Genau in diesem Augenblick kommt eine Nonne vom Orden der Barmherzigen Schwestern an ihnen vorüber; eine hübsche junge Frau. Ihr Anblick nimmt Berta gefangen, und sie folgt ihr fasziniert mit den Augen. Teresa bemerkt Bertas Faszination, und ein Gedanke, eine Frage, lenkt sie von dem Grauen um sie herum ab.

Was tat diese schöne junge Nonne an einem solchen Ort? Sie kam mir vor wie ein in die Tiefen der Hölle hinabgestiegener unbefleckter Engel. Und ihre Haube? Ich habe diese weißen Vögel mit ihren geschwungenen Flügeln auf dem Kopf schon immer bewundert.

»Kommen Sie mit, bleiben Sie nicht stehen.«

Ohne sich umzudrehen, um festzustellen, von wem die Aufforderung kommt, geht Teresa weiter. Das Gewicht des Kindes beginnt unerträglich auf ihr zu lasten. Sie versucht, Bertas Körper besser auf ihrer Hüfte abzustützen, und verspürt sogleich eine gewisse Erleichterung. Die Tür mit der Glasscheibe kommt immer näher. Dieser Anblick gibt ihr neue Kraft.

Teresa tritt in den Raum, den man den Flüchtlingen zugewiesen hat und in dem sich rund dreißig Personen befinden. Die

Nonne, die sie betreut, ist ebenjene, die Bertas und ihre Aufmerksamkeit erregt hat. Sie bewegt sich völlig ungezwungen unter den Flüchtlingen, verteilt Decken, gibt Anweisungen und Ratschläge. Jetzt sieht Teresa, dass sie noch jünger ist, als sie vorhin geglaubt hat: Ein Mädchen ordnet dieses Chaos ... Sie sieht bezaubernd aus, hat eine sehr helle Haut, klare Augen und einen sanften Blick. Während sie Teresa einige braune Militärdecken mit Streifen in einem helleren Farbton gibt, rät sie ihr warmherzig: »Decken Sie die Kleine zu. In den frühen Morgenstunden wird es ziemlich kühl.«

Teresa sieht sie an und dankt ihr herzlich. Die Nonne antwortet ihr mit einem Lächeln und sagt: »Ich wünsche Ihnen eine gute Nacht.«

Sie hat es in aller Unschuld gemeint, doch kann Teresa eine Geste des Zweifels nicht unterdrücken. Die wenigen Stühle und Bänke, aus denen die Einrichtung des Raums besteht, sind besetzt, sodass die Neuankömmlinge, nach Familien oder Bekanntschaftsgrad gruppiert, für die Nacht mit dem Fußboden vorlieb nehmen müssen.

Eine der älteren Frauen fragt die junge Nonne mit dem engelsgleichen Aussehen: »Bleiben wir die ganze Nacht hier?«

Sie bekommt zur Antwort: »Ruhen Sie sich jetzt erst einmal aus. Morgen wird man entscheiden, was mit Ihnen geschehen soll. Wenn Sie sich waschen wollen, im Hof ist ein Brunnen.«

Der Mann, der zu der Frau gehört, sagt: »Ich würde gern etwas essen. Ich habe seit heute Morgen keinen Bissen mehr zwischen die Zähne bekommen.«

Die Nonne beruhigt ihn: »Später wird Essen verteilt. Ruhen Sie sich bis dahin aus.«

Teresa lässt die Reisetasche auf dem Boden stehen. Sie

breitet eine Decke aus und setzt sich darauf. An die Wand aus Stein gelehnt, nimmt sie ihre kleine Tochter in den Arm, die die junge Nonne nicht aus den Augen lässt.

»Wollen wir nicht ein bisschen schlafen?«

Berta stimmt zwar zu, folgt aber mit ihren Blicken weiterhin jeder Bewegung der Nonne.

»Komm jetzt, schlaf ...«

Teresa sieht sich um: Einige der Flüchtlinge unterhalten sich leise, andere schlafen; die Klagen der Verwundeten dringen abgeschwächt bis in diesen Raum. Ein Stück weiter gibt es einen hell erleuchteten Bereich, und hinter der großen Tür zeichnet sich der Kreuzgang des Klosters ab. Dort sieht man bisweilen jemanden umhergehen: Militärangehörige, Falangisten, Ordensschwestern und geschäftig hin und her eilende Pflegerinnen.

Teresas Blick bleibt auf einem Zivilisten ruhen, der mit zwei uniformierten Soldaten spricht. Sie glaubt ihn zu kennen, ist sich ihrer Sache aber nicht sicher ... Sie setzt das Kind auf den Boden, legt ihm eine Decke um die Schultern und steht auf.

»Ich bin gleich wieder da, Berta.«

Sie geht auf die Gruppe zu. Jetzt erkennt sie ihn – er ist es. Endlich ein Freund! Sie ruft: »Santiago! Santiago!«

Der Zivilist dreht sich um.

Erfreut und voll neuer Hoffnung eilt Teresa auf ihn zu. Santiago, ein Mann von gut dreißig Jahren, der unter Haarausfall und Kurzsichtigkeit leidet, erkennt sie. Er entschuldigt sich bei den beiden Uniformierten und geht ihr entgegen. Als er herangekommen ist, fragt er überrascht: »Was machst du denn hier?«

Teresa weiß sich vor Freude nicht zu fassen. Sicher kann er ihr etwas Genaueres berichten, ihr helfen ...

»Santiago! Wie schön!«

Der Mann hält ihr die Hand hin, die sie gefühlvoll drückt.

»Was machst du hier? Woher kommst du? Aus Madrid?«

»Wir waren in den Bergen, als das angefangen hat.«

Sie dreht sich um und weist voll Zärtlichkeit auf Berta, die in die Decke eingehüllt schläft.

»Man hat uns aus unserem Haus vertrieben und auf einen Lastwagen geladen … Eine schreckliche Fahrt! … Ich weiß überhaupt nicht, wo mir der Kopf steht … Wie schön, dich zu sehen!«

Santiago sieht zu der Kleinen hin. »Deine Tochter?«

»Die Ärmste. Sie ist völlig durcheinander.«

Santiago hat eine passende Antwort parat: »Die halten mehr aus als wir, Teresa.«

Sie gehen zu dem Kind hinüber. Santiago betrachtet sie aufmerksam und sagt: »Sie ist sehr hübsch. Ganz die Mutter.«

Teresa ringt sich ein Lächeln ab. Als wolle er auf etwas Bestimmtes hinaus, fragt Santiago sie: »Und wie geht es Diego? Alles in Ordnung?«

Die Frage, die teils argwöhnisch, teils spöttisch klingt, erfüllt Teresa mit Unruhe, und so sagt sie: »Sicher … Warum fragst du?«, fügt sie besorgt hinzu. »Ist etwas passiert?«

»Aber nein, nein.«

Ein wenig beunruhigt erklärt sie: »Er ist in Madrid. Er musste etwas in der Redaktion besprechen. Was ist bloß los, Santiago?«

Er antwortet bestimmt: »Wir hatten mehr Schwierigkeiten als erwartet. Aber allmählich kommt Ordnung in die Sache, und ich denke, dass dieser Albtraum in ein paar Wochen vorbei sein wird.«

Teresas Züge hellen sich auf. »Und kann ich jetzt nach Madrid zurück?«

Schlagartig ändert sich sein Verhalten, und leise, als äußere er etwas Verbotenes, sagt er: »Jetzt nach Madrid? Bist du verrückt? In der Stadt herrscht Belagerungszustand.«

Von seiner unübersehbaren Besorgnis angesteckt, sieht sich Teresa erschreckt um, doch niemand scheint auf die beiden zu achten.

Mit ebenso gedämpfter Stimme wie zuvor fährt Santiago fort: »Pass auf, was du sagst, Teresa. Kein falsches Wort. Die Leute hier sind alle fürchterlich überreizt. Geh nach Zamora zu deinen Verwandten, da bist du in Sicherheit. Und vergiss nicht, es ist Krieg.« In noch vertraulicherem Tonfall fügt er hinzu: »Das bleibt jetzt ganz unter uns – die Sache wird sich ziemlich lange hinziehen.«

Mit zitternder Stimme fragt Teresa: »Aber wann kann ich wieder nach Madrid?«

Knapp teilt ihr Santiago mit: »Sobald wir die Stadt besetzt haben.«

Er sieht ihr in die Augen, als suche er darin etwas, und sagt dann geradezu freundschaftlich: »Gib auf dich Acht, Teresa. Ich möchte nicht, dass dir etwas zustößt.«

Er entfernt sich und lässt sie verwirrt zurück.

Von ferne hört man einen Verwundeten schreien, der seine Schmerzen nicht mehr ertragen kann. Ein Unheil verkündender Schauer überläuft Teresa.

Von einem Tag auf den anderen hatte sich alles verändert. Wer gestern dein Freund war, konnte heute unversehens zu deinem Feind geworden sein. Argwöhnische Blicke, die Furcht, verraten zu werden, und die Angst vor Racheakten würden ab sofort an der Tagesordnung sein.

Die Glühlampe an der Decke leuchtet auf, und Diego tritt ins Schlafzimmer. Auf der einen Hälfte des Ehebetts ist ein Laken ausgebreitet. Er schaltet die Nachttischlampe ein und betätigt den Schalter im Fuß des schwarz glänzenden Ventilators auf der Kommode. Sofort ertönt das Summen des Motors, und die goldfarbenen Ventilatorflügel setzen sich in Bewegung.

Er legt sein Jackett auf den Stuhl. Einen Augenblick lang bleibt er stehen und betrachtet das Foto auf dem Toilettentisch. Teresa, Berta und er, lächelnd und einander umarmend. Der Anblick bewegt ihn, und als handle es sich um ein Ritual, das er jeden Abend vor dem Schlafengehen vollzieht, flüstert er: »Teresa, Berta. Ich liebe euch. Ich vergesse euch nicht.«

Er nimmt die Armbanduhr ab und zieht sie auf, wie jeden Abend, bevor er sie auf den Nachttisch legt, neben ein Foto Teresas von vor einigen Jahren. Sie lächelt und sieht sehr hübsch aus. Angekleidet lässt er sich auf das Bett fallen. Er schlägt die Beine übereinander und streift die Schuhe ab, die laut zu Boden poltern. Dann löscht er das Licht, und sein Körper verschwindet im Halbdunkel. Seine Pupillen blitzen kurz auf, dann dreht er sich auf die Seite, schließt die Augen und versucht einzuschlafen. Das Brüllen der wilden Tiere im Zoo dringt zu ihm herüber; heute Nacht klingt es ein wenig friedlicher.

Wir wollen ein wenig näher an ihn herantreten. Wenn ein unsichtbares Wesen im Stande wäre, durch seine Haut, hinter das leichte Zucken seiner Lider, in seinen Geist vorzudringen, würde es als Erstes Scarlattis Fandango hören. Vielleicht ist es diese Musik, mit deren Hilfe Erinnerung und Vorstellungskraft Diego in eine andere Zeit versetzen: Der Raum ist derselbe, hat sich aber stark verändert. Auf

Teresas Nachttisch bedeckt ein orangefarbenes Seidentuch den Lampenschirm, dämpft das Licht, das sanft und warm schimmert. Das Bett, die Stühle, der Toilettentisch und sogar der Teppich vor dem Bett, die gerahmten Fotos, die Bilder an den Wänden, alles ist in dieses sanfte Licht getaucht. In einem seidenen Nachthemd, das die Umrisse ihres Körpers erahnen lässt, liegt Teresa, halb vom Laken bedeckt, und kehrt Diego den Rücken zu.

Er hat sich gerade den Pyjama angezogen und legt sich nun neben sie, wobei die Matratze unter ihm nachgibt. Er sieht Teresa an, die sich nicht rührt, und fragt sich, ob sie sich vielleicht nur schlafend stellt. Dabei betrachtet er sie liebevoll. Sie hat alles, was er sich von einer Gefährtin wünscht; sie ist klug, einfühlsam, schön und begehrenswert. Die glatte und verführerische Haut ihrer Arme verlockt dazu, sie zu streicheln; ihre langen feingliedrigen Finger, die jetzt still auf dem Laken ruhen und die sie »Pianistenfinger« nennt, unterscheiden sich deutlich von seinen. Hals und Schultern, der Schwung von Taille und Hüften, lassen ihn an die Venus des Velázquez denken. Immer schon hat er ihre Taille als beinahe übertrieben schmal empfunden. Als sie einander kennen lernten, konnte er sie fast mit beiden Händen umfassen. Und jetzt? Inzwischen ist Teresa nicht mehr mädchenhaft, sondern reifer, fraulicher, üppiger geworden. Sie ist gewachsen, wie auch er an ihrer Seite gewachsen ist, beide darum bemüht, einander zu verstehen. Immer wieder überrascht ihn ihr Urteilsvermögen, ihre Bodenständigkeit und ihre durch nichts zu erschütternde Bereitschaft, sich für das einzusetzen, was ihr im Leben wichtig erscheint.

Diego beugt sich ein wenig vor, um den Ansatz ihrer Brüste zu betrachten; unter der Seide zeichnen sich die Brustwarzen ab. Er weiß, dass sie nicht wirklich schläft, sondern nur so tut; er kennt ihr Verlangen, erahnt es zumindest. Nein, er hat es nicht eilig. Er lässt sich gern so viel Zeit, wie nötig ist. Zweifellos ist sie bereit, wartet mit kaum wahrnehmbarem Lächeln auf den Lippen darauf, dass er sie in die Arme schließt...

Diego wendet sich zur Seite und zieht im Sitzen seine Armbanduhr auf, so wie er es jeden Abend tut. Dann nimmt er sie ab, wie immer, wenn er mit Teresa schlafen möchte. Er mag das Metall nicht auf seiner Haut spüren, und noch weniger möchte er, dass sie es spürt. Er legt die Uhr auf den Nachttisch, und diesen Augenblick nutzt Teresa dazu, die Augen zu öffnen und verstohlen zu Diego hinüberzublinzeln. Er dreht sich um und bekommt noch mit, wie sie die Augen wieder schließt. Sie lächelt, fordert ihn zum Spiel auf. Er hat sie ertappt! Jetzt ist er ganz sicher, dass sie auf ihn wartet. Beide brechen in Lachen aus; nach einer Weile dreht sie sich zu ihm um und sieht ihn mit ihren dunklen Augen an. Sie ist schön und verlockend; ihre Augen leuchten.

Wortlos sehen sie einander mit wachsendem Verlangen an, zögern ganz bewusst den Augenblick der Vereinigung hinaus...

Schließlich trifft Teresa die Entscheidung. Wie ein wildes Tier wirft sie sich spielerisch mit Gebrüll auf ihn und reißt ihn aufs Bett nieder. Sie umarmen einander. Er spürt Teresas Haut, den Druck ihrer Brüste. Er liebkost sie... Sie zerwühlen die Laken.

Das Licht auf dem Nachttisch beleuchtet Diego, der im Bett liegt. Seine Stirn ist schweißbedeckt. Man hört das Geräusch des Ventilators. Diego hält reglos den Blick auf die goldfarbenen Flügel gerichtet, die sich mit einem katzengleichen Schnurren drehen.

Er sieht sich um. Sein Blick fällt auf das Foto von Teresa, das auf dem Nachttisch steht. Mit dem Handrücken wischt er sich den Schweiß von der Stirn. Er nimmt die Armbanduhr vom Nachttisch: vier Uhr. Tief in Gedanken versunken, versucht er wieder einzuschlafen, doch es gelingt ihm nicht.

Ich war nicht mehr derselbe wie früher; mein Leben wurde einem tief greifenden Wandel unterworfen. Die Welt stand auf dem Kopf, und ich hatte mich verändert. Meine Überzeugungen gerieten ins Wanken, ich begann zu zweifeln. Der Lebensabschnitt, in dem man mich zu dem erzogen hatte, der ich war, und in dessen Verlauf ich gewachsen war, war zu Ende gegangen. Andere Menschen, weniger rücksichtsvoll und anständig, standen im Begriff, einen Fanatismus und die dazugehörige Verhaltensweise zu entfesseln, von denen man geglaubt hatte, dass sie der Vergangenheit angehörten: ein Ausmaß an Rachsucht, Gewalttätigkeit und Grausamkeit, wie es sich vorher niemand hätte ausmalen können. In diesem Augenblick wurde mir mit aller Deutlichkeit bewusst, dass Spanien kurz vor einer unvorstellbaren Katastrophe stand, vor einer Erschütterung, welche die Menschheit erschaudern lassen würde, und vor meinem geistigen Auge überlagerten sich zwei Gemälde Goyas, die mich schon immer beeindruckt hatte: Die Leiber des Kolosses und Saturns verschmolzen zu einem einzigen titanischen Wesen, das Unheil bringend und blutrünstig alles zerstörte und verschlang, was ihm in den Weg kam.

In ihre Decken gehüllt versuchen sich Männer und Frauen im Saal des Behelfslazaretts auszuruhen, so gut es geht. Nur ein gelegentlicher Atemzug oder das ferne Klagen von Verwundeten unterbricht die Stille.

Auf ihrer Decke schläft Teresa. Sie wirft sich unruhig hin und her und murmelt etwas Unverständliches. In ihrem tiefen Kinderschlaf am Boden zusammengerollt, drängt sich Berta dicht an die Mutter.

Eine Hand legt sich auf Teresas Schulter und rüttelt sie wach. Verängstigt fährt sie hoch, als müsse sie einen Albtraum abschütteln. Auf ihrer Stirn glänzen Schweißperlen. Vor ihr steht Santiago und flüstert: »Wach auf, Teresa! Wach auf!«

Sie sieht ihn an; erkennt ihn nur mit Mühe. Dann setzt sie sich auf.

»Es war nicht einfach, aber ich habe dir einen Passierschein besorgt, mit dem du zu deinen Angehörigen kannst.«

Er übergibt ihr einige Papiere.

Schlagartig wird Teresa wach und fragt hoffnungsvoll: »Heißt das, ich kann nach Madrid?«

Seine Antwort ist knapp und ernüchternd: »Red keinen Unsinn! Du gehst zu deiner Mutter und deinen Schwestern nach Zamora! Da bist du in Sicherheit!«

5

MARIO

Hoch aufgerichtet und mit ernster Miene geht Mario immer wieder um den Tisch. Im Radio laufen Nachrichten. Ein Sprecher verliest Meldungen über den Krieg. »Das Neueste zur Lage. Unsere Truppen leisten dem Feind an der Front von Toledo und im Tal des Jarama erbitterten Widerstand. Dabei ist es ihnen gelungen, ihre Stellungen um Brihuega und Guadalajara auszubauen. An der Nordfront haben sie dem Feind einen schweren Schlag versetzt. Erobert wurden …«

Durch die Ritzen des halb herabgelassenen Rollladens dringt Licht. Mit auf dem Rücken verschränkten Händen geht Mario auf und ab. Diego verzweifelt fast, als er sieht, wie unbeholfen sich sein Schüler anstellt.

»Nein! Wenn du die Hände so hältst, haben sie dich gleich. Geh doch wie ein normaler Mensch. Der Teufel soll dich holen, du lernst es nie! Halt dich gerade. Den Kopf hoch, Mann Gottes!«

Mario bleibt stehen und richtet sich auf. Wie ein Kind, das Angst vor dem Lehrer hat, fragt er: »Ist es besser so?«

Diego kann ein wohlwollendes Lächeln nicht unterdrücken: »Viel besser... Lassen wir es fürs Erste mal damit gut sein. Jetzt der Sprechunterricht. Fluch mal.«

Mario überlegt einen Augenblick und sagt dann: »Mist.«

»Für den Anfang gar nicht schlecht. Aber mach ruhig mehr Dampf. Sag etwas wie ›Scheiße‹, ›Verdammt‹, ›Himmel, Arsch und Wolkenbruch‹, was weiß ich, vielleicht ›Gottverdammich‹!«

Mario ist entsetzt: »Das kann ich nicht.«

Diego schüttelt den Kopf und sagt im Brustton der Überzeugung: »Die machen dich fertig. Die bringen dich um, sobald du auch nur einen Fuß auf die Straße setzt. Du wirst schon sehen. Willst du deine Haut retten oder als Märtyrer sterben?«

An Marios Gesichtsausdruck sieht er, dass er zu weit gegangen ist. In verändertem Tonfall sagt er: »Die sind hinter dir her, bevor du drei Schritte getan hast. So kannst du hier nicht weg. Du musst dir Mühe geben und vergessen, was du bist, wenn dir dein Leben lieb ist. Das ist mein voller Ernst, Mario. Es geht für uns beide um Leben und Tod. Willst du weiterleben oder lieber in Heiligkeit sterben?«

Mario setzt sich Diego gegenüber auf einen Stuhl. Er sieht verzagt aus.

»Tut mir Leid, ich kann das nicht...«

Diego setzt sich ebenfalls. Er sieht seinen Vetter an und bemüht sich, ihn zu verstehen. »Was ist bloß mit dir passiert? Du warst doch früher nicht so. Ich kann mich noch erinnern, dass du in der Schule ein ziemlicher Rabauke warst... und jetzt, kaum hast du die Soutane an, kannst du nicht mal mehr gehen wie ein normaler Mensch...«

»Es stimmt nicht, dass ich kein normaler Mensch bin, Diego. Ich bin ein Priester, nichts weiter.«

Diego scheint nicht zu hören, was Mario sagt, und fährt fort: »Aber wie konnte es nur so weit kommen? Früher haben dir die Mädchen gefallen … Und jetzt? Wie kommst du damit zurecht?«

»Ich weiß nicht, wovon du redest.«

»Das weißt du ganz genau, stell dich nicht dümmer, als du bist.«

Man sieht deutlich, dass Mario keineswegs so einfältig ist, wie er sich gibt. Er antwortet mit einer Gegenfrage: »Was glaubst du denn?«

»Ist es dir peinlich, wenn wir darüber reden?«

Mario macht eine verneinende Geste, die nicht besonders überzeugend wirkt.

Diego erklärt: »Ich begreife nicht, wie jemand enthaltsam leben kann. Das scheint mir krankhaft. Wie also kommst du damit zurecht? Wichst du regelmäßig, bist du schwul, oder was?«

Mario ergibt sich in sein Schicksal.

»Du möchtest also mit mir darüber sprechen?«

Diego besteht nicht darauf, das Thema weiter zu vertiefen.

»Nein … Von mir aus. Wie du willst …«

»Dieses Thema beschäftigt mich im Augenblick nicht besonders. Am Anfang ja, da war es schwer. Wir bemühen uns, Versuchungen mit Reue und Buße zu begegnen. Der Mensch vergeudet die Hälfte seines Lebens damit, seinem Geschlechtstrieb zu folgen. Wer die Dinge aus einem gewissen Abstand heraus betrachtet, dem erscheint es widersinnig, dass Sexualität und Geld in der Welt den Ton angeben. Wenn es uns gelingt, die Schwächen unseres Leibes zu überwinden, erwarten uns weit intensivere und höhere Empfindungen.«

Diego denkt über diese Worte nach und sagt dann: »Zum

Teil bin ich einverstanden mit dem, was du sagst. Aber was soll schlimm daran sein, uns so zu akzeptieren, wie wir sind, mit all unseren Schwächen und Tugenden, mit unseren Trieben und Bedürfnissen: Wir kacken, pissen, kopulieren...«

Mario fällt ihm ins Wort: »Das kannst du nicht verstehen, weil du zu sehr an den irdischen Dingen hängst.«

In lehrerhaftem Ton kommentiert Diego: *»Sic transit gloria mundi.«*

Mario gibt ihm Recht, fügt aber hinzu: »Du machst dich über mich lustig.«

Diego lächelt. Dann wird er wieder ernst und fährt fort: »Eins will mir nicht in den Kopf: Wie kann sich die Kirche in diesem Krieg nur auf die Seite der Aufständischen schlagen?«

»Die Kirche steht über der Politik.«

»Dass ich nicht lache! Seit wann denn das? Das kann nicht dein Ernst sein. Denk doch nur an die Geschichte der letzten Jahrhunderte!« Mario sieht ihn an; er wartet darauf, dass Diego weiterredet. »Wenn ich Christ wäre, würde ich die Besitzlosen nicht im Stich lassen.«

Mario fällt ihm entschieden ins Wort: »Darüber möchte ich lieber nicht mit dir diskutieren.«

Seine Reaktion überrascht Diego. Mit einem spöttischen Lächeln lenkt er ein: »Ganz wie du willst«, und fährt fort, wobei er eine berühmte Stelle aus *Don Quijote* ironisch verfremdet: »Die Kirche ist nicht das, was wir jetzt brauchen.« Dann wechselt er das Thema. »Was hast du vor? Wie willst du da rauskommen?«

Mario zuckt die Achseln und klagt Diego sein Leid: »Was kann ich schon tun? Wenn ich denen in die Finger falle, stellen sie mich an die Wand. Ich habe gar keine andere Wahl, als in unsere Zone zu fliehen.«

»Und wie willst du das anstellen?«

»Keine Ahnung…« Doch er will nicht lügen. »Es ist besser, wenn du nichts davon weißt. Du hast schon mehr als genug für mich getan, deshalb möchte ich dich nicht auch noch in Schwierigkeiten bringen.«

Diego nickt und sagt dann ganz ernst: »Wir setzen beide unser Leben aufs Spiel, Mario. Wenn jemand dahinter kommt, dass du hier bist, erschießt man uns beide – dich, weil du untergetaucht bist, und mich, weil ich dich nicht ans Messer geliefert habe.«

Bedrückt nickt Mario. »Ich weiß. Gott möge es dir lohnen.«

Mit einer hilflosen Handbewegung gibt Diego ihm zu verstehen, dass er ein hoffnungsloser Fall ist.

Mühsam und keuchend wie ein erschöpftes Tier schleppt die Lokomotive eine große Zahl von Personenwagen durch Kastilien und stößt dabei große Rauch- und Dampfwolken aus. Der rötliche Schimmer des Tagesanbruchs überzieht den Himmel, an dem schokoladenbraune Wolken stehen wie im Hintergrund eines romantischen Gemäldes. In der Ferne ragen bläulich die Umrisse der Berge empor.

In den Wagen der dritten Klasse sind die Gänge brechend voll. Männer, Frauen und Kinder stehen oder hocken dicht gedrängt inmitten von Koffern, Bündeln und Rucksäcken, dösen vor sich hin oder schlafen Rücken an Rücken. Auch auf den hölzernen Bänken der Abteile drängen sich Menschen verschiedenster Herkunft dicht an dicht. Die meisten kommen vom Land, es sind vorwiegend ältere Leute, die vor den Granaten und Bomben aus ihren Städten und Dörfern in eine Gegend fliehen, in der sie sich mehr Sicherheit erhoffen.

Drei Frauen mittleren Alters, elegant gekleidet wie für ein Fest, heben sich deutlich von den anderen ab. Sie haben sich zurechtgemacht, Mund und Augen geschminkt, und tragen überaus modische Hüte. Unter den Reisenden sind auch Verwundete auf Genesungsurlaub. Ein leichenblasser Falangist, dessen eines Auge verbunden ist, unterhält sich mit einem grauhaarigen dürren Alten, der das faltige Kinn auf die Krücke seines Stocks gestützt hat. Einer der Soldaten, ein wohl erst vor kurzem eingezogener junger Mann, trägt einen Arm in der Schlinge. Der Soldat neben ihm hat einen Kopfverband. Ein Unteroffizier schläft; der eng anliegende Stehkragen seiner Uniform hält seinen Kopf übermäßig gerade. Der Geruch nach Schweiß und Zigarettenrauch hängt in der Luft. Man hört Soldatenlieder.

Inmitten dieses Gewühls sitzt Teresa am Fenster, und dicht neben ihr mustert Berta neugierig ihre Umgebung. Wie ein Kind fährt Teresa mit dem Zeigefinger über die beschlagene Scheibe. Sie wischt eine kreisförmige Fläche frei und versucht etwas von der Landschaft draußen zu erkennen, auf die sie von Zeit zu Zeit durch den Rauch der Lokomotive und die beschlagene Scheibe einen Blick erhascht. Sie sieht, wie durch den Morgennebel die rot glühende Sonne über den fernen Bergen aufgeht.

In Madrid zerteilt die glühende Julisonne die Stadt am Mittag in zwei krass gegensätzliche Bereiche: den im Licht und den im Schatten. Schwitzende Fußgänger suchen den Schutz der über den Straßen aufgespannten Sonnensegel, drängen sich dicht an Mauern entlang oder wählen Schatten spendende Passagen.

In der Redaktion stehen die Fenster offen. Diego tippt auf der Underwood einen Artikel. Er schreibt rasch und sicher und schiebt den Wagen mit einer automatischen Bewegung zurück, die er schon hunderte von Malen ausgeführt hat.

Eilig tritt Marta zu ihm. Zu einer Bluse, deren Schnitt ihren Busen betont, trägt sie einen dunklen, geknöpften Rock.

»Diego! Wir haben eine Verbindung mit San Rafael!«

»Tatsächlich?«, fragt Diego und fährt hoch.

Er dankt ihr mit einer raschen Handbewegung und nimmt den Hörer ab.

»San Rafael... Ja?...«

Der Mann, der im Haus in den Bergen den Hörer in der Hand hält, ist korpulent, hat kaum noch Haare, eine spitze Nase und schmale Lippen, auf denen ständig ein geringschätziges Lächeln liegt. Eine schwarze Hose und schwarze Schuhe zeigen in Verbindung mit dem blauen Hemd, auf dem das rot über dem Herzen eingestickte Falangesymbol aus Joch und Pfeilbündel prangt, welchem Lager er angehört. Er räkelt sich auf dem Wohnzimmersofa, auf dem er geschlafen hat. Durch die weit geöffneten Fenster strömt Licht in den Raum. Zwei Falangisten und ein Heeresoffizier beugen sich über die auf dem Tisch ausgebreiteten Lagekarten.

»Ja, hier San Rafael. Was wollen Sie?«

»Ist das nicht das Haus von Diego Larios in San Rafael?«

»Doch, hier ist San Rafael...«

Der Falangist wird aufmerksam. Er rappelt sich hoch und versucht, seinen Halbschlaf abzuschütteln.

»Was wollen Sie?«

»Mit meiner Frau Teresa sprechen... Wer sind Sie? Was tun Sie in meinem Haus?«

»Wer spricht denn da?« Unruhig setzt sich der Mann auf und fragt: »Von wo aus rufen Sie eigentlich an?«

»Aus Madrid.«

Das überrascht ihn. Er versucht die Aufmerksamkeit der anderen auf sich zu lenken.

»Aus Madrid? Nicht zu fassen. Und wie sieht es da aus? Wie stehen die Dinge in Madrid?«

Er legt die Hand auf die Sprechmuschel und dreht sich zu dem Falangisten um, der mit der Karte beschäftigt ist.

»Enrique, hör mal, da ruft jemand aus Madrid an!«

Der Angesprochene, ein schlanker Mann mit einem schmalen Gesicht, hebt den Kopf. Dabei sieht man, dass er eine billige Brille mit kreisrunden Gläsern trägt. Überrascht sagt er: »Das geht doch gar nicht!«

Der grauhaarige Offizier, ein ziemlich kleiner, schon etwas älterer Mann, bekräftigt: »Die Leitungen sind gekappt!«

Der Falangist mit der Brille nimmt den Hörer und fragt: »Hallo? Sie rufen aus Madrid an?«

»Ja, verdammt noch mal. Was ist mit meiner Frau und meiner Tochter?«

»Wer spricht da? Sind Sie Diego Larios?«

»Ja, und wer zum Teufel sind Sie?

»Alfonso Santo Pachecos, von der spanischen Falange. Ihre Frau ist evakuiert worden, in den Norden des Landes.« Er lässt eine Pause eintreten. »Erinnern Sie sich nicht an mich, aus dem Schreibwarengeschäft?«

»Ach so. Doch. Und wie geht es Ihnen?«

»Wir sehen uns bestimmt bald wieder. Madrid steht kurz vor dem Fall.«

»Das wird sich zeigen! Wissen Sie sonst nichts von meiner Frau?«

»Sie ist in den Norden gereist, zu ihren Angehörigen.«

»Danke.«

Diego legt auf.

Überrascht behält der Falangist den Hörer noch eine Weile in der Hand. Zu dem Offizier, der das Gespräch verwirrt mit angehört hat, sagt er: »Das war der Journalist, dieser Larios. Schade, dass er auf der Gegenseite steht; er schreibt wirklich gut. Aber wieso funktioniert das Telefon?«

Spöttisch gibt der Offizier zurück: »Es ist eben ein Bürgerkrieg. Es wird viel Mühe kosten, Ordnung in dieses Chaos zu bringen. Fragen Sie mal die Telefonistin, was da los ist. Und sorgen Sie dafür, dass die Leitung diesmal wirklich gekappt wird.«

6

DIE PROVINZHAUPTSTADT

Buntes und lautes Treiben herrscht auf dem großen Platz im Zentrum der Provinzhauptstadt und den angrenzenden Straßen. Schiebend und stoßend versuchen die Menschen die besten Plätze für das angekündigte Schauspiel zu erhaschen. Die Stadt hat ihr Festtagsgewand angelegt, und an den Fenstern und Balkonen, auf denen sich vor allem Frauen und Kinder drängen, weht neben der rot-golden gestreiften Fahne Spaniens die Standarte der Aufständischen. Manche der Frauen, mit Mantille und hohem Zierkamm, wie beim Stierkampf, wedeln sich Kühlung mit Fächern zu, die aufwändig mit Blumenmotiven und bukolischen Landschaften verziert sind.

Man hört eine Militärkapelle. Zum Takt der Musik ziehen im Marschtritt Angehörige der paramilitärischen Karlistenverbände und bewaffnete Falangisten vorüber. Sie führen spanische Flaggen und Standarten der Falange mit sich. Auf einer von ihnen kann man deutlich »Es lebe der Faschismus« lesen. Ein Stück weiter hört man Menschen im Chor singen:

Isabel y Fernando
el espíritu impera.
Moriremos besando
la sagrada bandera…

(Isabella und Ferdinand
euer Geist herrscht.
Noch im Sterben küssen wir
die heilige Fahne…)

Teresa versucht sich einen Weg durch die Menge zu bahnen. Da sie an der einen Hand Berta hält und mit der anderen die Reisetasche schleppt, kommt sie nur schwer voran. Dennoch gelingt es ihr unter großer Mühe, den Rand der Straße zu erreichen, durch die die Parade führen soll.

Vor ihr zieht ein Trupp kleiner Jungen und Mädchen in der Uniform der Falange dahin, von einem Erwachsenen angeführt: eine rote Baskenmütze auf dem Kopf, blaues Hemd mit dem rot gestickten Falangeemblem von Joch und Pfeilbündel, die gleichzeitig auch die Symbole der Herrscher Isabella und Ferdinand sind. Sie singen die Hymne der Falange: *Cara al sol.*

Gebannt sieht Berta die uniformierten Kinder vorbeiziehen. Um sie herum grüßen die Zuschauer mit erhobenem rechten Arm und fallen in die Hymne der Falange ein:

Cara al sol con la camisa nueva,
que tú bordaste en rojo ayer,
me hallará la muerte si me llega
y no te vuelvo a ver…

(Das Gesicht zur Sonne im neuen Hemd,
das du gestern rot bestickt hast.
Der Tod wird mich finden, wenn meine Zeit kommt,
und ich sehe dich nicht wieder…)

Gleich hinter den Kindern zieht ein Trupp der Frauenabteilung der Falange vorüber. Auch sie tragen eine rote Baskenmütze zu blauer Bluse, schwarzem Rock und schwarzen Schuhen mit halbhohen Absätzen. An der Spitze marschiert als Anführerin eine hoch gewachsene, hübsche junge Frau mit blondierten Haaren, die maskulin wirkt und laut *Cara al sol* singt. Verblüfft sieht ihr Teresa nach. Es ist ihre Schwester Margarita.

Eine scharfe Stimme fährt sie an: »Sind Sie vielleicht ein Krüppel? Heben Sie den Arm!«

Teresa dreht sich um. Inmitten der Zuschauer, die begeistert singen, beharrt ein äußerst gepflegt wirkender Herr von etwa vierzig Jahren, der Anzug und Krawatte trägt, auf seiner Forderung: »Worauf warten Sie noch?«

Teresa sieht, wie Berta den Arm zum faschistischen Gruß hebt. Widerstrebend tut sie es ihr gleich.

Arriba escuadras a vencer,
que en España empieza
a amanecer!
España! Una! España! Grande!
España! Libre! Arriba, España!

(Auf, Schwadronen, zum Sieg,
damit es in Spanien tagt!
Spanien! Einig! Spanien! Groß!
Spanien! Frei! Auf, Spanien!)

Sie lässt den Blick über die Menge und über die Balkone gleiten. Auf allen sieht man die gleichen Symbole, wehen die gleichen Fahnen. Jeder in der Menge stimmt in das Geschrei und die Hochrufe ein. Erneut werden die Trommeln gerührt.

Nicht weit von der Stelle, von der aus sie die Parade beobachtet hat, kommt Teresa an einen kleinen Platz. Auch dort noch hört man die Rufe und den Lärm der Menge. Mit hoher Geschwindigkeit fährt ein Auto über den Platz. Aus seinen Fenstern ragen zwei Fahnenstangen, an denen die Standarte der Falange im Fahrtwind flattert. Man kann kaum die Insassen erkennen, die noch jung zu sein scheinen. Teresa wartet, bis das Auto verschwunden ist. Dann nimmt sie Berta fest an der Hand und geht zielstrebig auf ein erst kürzlich erbautes zweistöckiges Haus zu, das den verlassenen kleinen Platz beherrscht.

Das Geschäft mit der Aufschrift »Stoffe Rubio« nimmt eine Hälfte des Erdgeschosses ein. Zwischen den Balkonen im ersten Stock spannt sich eine ungewöhnlich große spanische Flagge. Am Stockwerk darüber fällt die Standarte der Falange ins Auge.

Sie bleibt vor der gläsernen Ladentür stehen und sieht angespannt hindurch, als wolle sie ihr Spiegelbild mit Blicken durchdringen. Dann stößt sie die Tür auf und betritt mit der Kleinen den Laden. Der Klang einer Glocke kündigt ihr Eintreten an.

Ich war sechs Jahre alt, als mein Vater starb. Von da an musste sich meine Mutter um das Geschäft und um die Erziehung ihrer drei Töchter kümmern. Das dürfte einer Frau nicht leicht gefallen sein, die nicht nur stets über mehrere

Dienstmädchen für die Schmutzarbeit verfügt hatte, sondern es auch gewohnt gewesen war, nach Gutdünken über ihre Zeit zu verfügen und sich dem süßen Nichtstun hinzugeben.

Mein Vater war Schneider. Er hatte das Geschäft begründet und erreicht, dass die Angehörigen der höheren Stände der Stadt, eine ausgesuchte Kundschaft, dort die erlesensten und elegantesten Stoffe kauften und sich Kleider und Anzüge daraus machen ließen. Er nahm seinen Kunden persönlich Maß, vermerkte alle Angaben gewissenhaft in einem Büchlein mit karierten Blättern und stellte die Schnittmuster für die Bekleidung eigenhändig her.

Das Holz der langen Verkaufstheke passte zu dem der Regale an den Wänden, die alles Mögliche enthielten: von Kartons mit Knöpfen bis hin zu den Stoffballen, die nach Art und Qualität des Materials geordnet waren, Samt, Baumwolle, Wolle oder Seide. Die Schubladen enthielten allerlei Posamenten sowie Kleidermotten, Spinnen und Mäuse. Diese Schädlinge wurden, vor allem im Sommer, bekämpft, indem man gegen die einen Insektenpulver versprühte und gegen die anderen in der Nähe ihrer Schlupfwinkel Arsen auslegte. Eine verschiebbare Leiter ermöglichte den Zugang zu den obersten Regalreihen unter der hohen Decke. Dort oben, wo es noch dunkler war als im übrigen Laden, hielt ich mich zur Verzweiflung meiner Mutter als kleines Mädchen am liebsten auf. Vor allem aber fesselte mich die trotz der großen Fenster recht düstere Schneiderwerkstatt. Der seltsame Geruch der feuchten Stoffe, wenn die in den Kohlebecken erhitzten Bügeleisen darüber glitten, faszinierte mich ebenso wie das Rattern der Nähmaschinen der Marken Alfa und Singer, an denen drei Frauen und zwei Männer saßen. Auf einem riesigen Tisch wurden mit großen Scheren, die dem von der grün-blauen Schneiderkreide vorgezeichneten Weg folgten, kostbare Stoffe zugeschnitten. Außer Anzügen und Kleidern für Männer, Frauen und Kinder entstanden dort auch aufwändige Braut- und Erstkommunionkleider. Da meine Mutter weder über die Leidenschaft noch die Begabung meines Vaters für die Schneiderei verfügte, gab sie die Werkstatt nach seinem Tod auf und beschränkte sich auf den Verkauf von Stoffen, Posamenten und Zubehör. Was für ein Mensch mein Vater gewesen ist? Ich erinnere mich, dass er immer gut gekleidet war, mit Krawatte und ordentlich zugeknöpfter Weste. Sein volles Haar war grau, sein Blick offen und freundlich, seinen Töchtern gegenüber verhielt er sich liebevoll, wenn auch zurückhaltend, als scheue er sich davor, zu einfühlsam und feinfühlig zu erscheinen. Und die Beziehung zwischen ihm und Mama? Darüber wusste ich nichts. Später hörte ich gerüchtweise, er habe in Salamanca eine Geliebte gehabt…

Es ist schrecklich, wie Erinnerungen zu nichts zerfließen und von anderen, stärkeren, verdrängt werden. In Wahrheit sind mir von meinem Vater nur die Abbildungen auf den unscharfen Familienfotos geblieben, die eine oder andere liebevolle Geste, sonst kaum etwas… Ich war die unfolgsame Tochter, Margarita hingegen war sein Liebling, und Irene, die Jüngste, war von klein auf krank gewesen.

Die beiden Verkäuferinnen sehen Teresa an. Die ältere erkennt sie: »Señorita Teresa! So eine Überraschung!

»Guten Tag, Paquita.«

»Und so ein hübsches kleines Mädchen…«

»Wo ist meine Mutter?«

Ohne das geringste Zögern hebt Paquita die Klappe in der Verkaufstheke und lässt Teresa hindurchgehen.

»Sie ist oben, weil sie die Parade von dort aus besser sehen kann…«

Als hätte sie ihr Leben lang nichts anderes getan, durchquert Teresa den Durchlass und öffnet die Tür, die vom Laden ins Innere des Hauses führt.

Sie steigen die hölzerne Treppe empor. Teresa sieht nach oben zum gläsernen Oberlicht. Ihre Hand gleitet über den Handlauf des Geländers. Sie senkt den Blick und bleibt einen Augenblick stehen. Sie will innerlich zur Ruhe kommen. Dann geht sie müde weiter. Die Kleine setzt sich auf eine der Stufen und betrachtet alles voll Neugier.

Hier, in diesem Haus, habe ich meine Kindheit und Jugend verbracht. Ich erinnere mich an diese Zeit als an lange Perioden der Einsamkeit und des Unverstandenseins, die hin und wieder von fröhlichen Augenblicken, kindlichem Freudengeschrei, einer vom ersten Augenblick an zum Scheitern verurteilten Liebe und unerfüllten Wünschen unterbrochen wurden. Seit ich fortgegangen war, um ein neues Leben zu beginnen, schien die Zeit dort stehen geblieben zu sein. Alles war wie früher: derselbe Geruch nach Mottenkugeln in den Schränken, derselbe Geruch nach verbranntem Kerzenwachs im ganzen Haus, dieselben Zeichen des Verfalls. Die Erinnerung an die unverwechselbare Frische der ersten Regentropfen eines Sommergewitters wurde wieder wach. In der Frühe hörte man das Miauen der Katzen, einen Wolfshund, der nach seinen Jungen bellte, die Glocken der ersten Zugtiere, das Auspuffknallen des Ford, wenn jemand vergeblich versuchte, den Motor anzulassen, die Stimmen der Frauen, die auf den Straßen der Stadt den ersten Rosenkranz des Morgens hersagen: »Gegrüßet seist du, Maria, voll der Gnade, der Herr ist mit dir. Du bist gebenedeit…«

Einen Teil meines Lebens hatte ich dort zurückgelassen, in jenem Haus; ein Teil davon gehörte zu mir. Dieser Gedanke gefiel mir nicht, aber so war es nun einmal, und in jenem Augenblick, während die Umgebung lange vergessene Gerüche und Klänge in mir wachrief, drängten sich Empfindungen in mein Bewusstsein, die ich mit voller Absicht in die Tiefen des Gedächtnisses verbannt hatte: die herzlichen Beziehungen zu meiner Familie, die jedoch nur selten wirklich innig gewesen waren. Es gab keine körperliche Nähe, weder einfache Berührungen noch gar Liebkosungen zwischen uns, Streicheln oder Küsse, als gehe von einer Berührung Gefahr aus, als wäre sie schon der erste Schritt auf dem Weg zur Sünde. Man hatte Angst vor einer geheimnisvollen Geschlechtlichkeit, von der man nichts wissen wollte. In meiner Einfalt und Vertrauensseligkeit erfuhr ich davon erst sehr spät, als ich die persönliche Freiheit erlangte, die ich aus tiefstem Herzen ersehnt hatte und die zu erlangen man mir so schwer gemacht hatte.

In jenem Haus trafen Anfang und Ende von etwas aufeinander, das sich nicht näher fassen ließ, das Ende einer bestimmten Lebensweise und der Anfang einer anderen. Auf ihm lastete das Gewicht eines Traditionsbewusstseins, das die Gegenwart leugnete und dessen Hauptmerkmale unerbittliche Strenge und hochtrabende Begriffe waren wie Vaterland, Ehre, Familie, Religion, Gott… Über den Betten hingen die Symbole einer herrschsüchtigen Kirche, die der Heuchelei den Nährboden bereitete; Darstellungen der Muttergottes und der Heiligen hatten im Wohnzimmer und Esszimmer einen Ehrenplatz; die schwarzen Messbücher und in Leder gebundenen Gebetbücher voller Heiligenbildchen in der Schublade des Dielenschrankes gleich hinter der Eingangstür erfüllten das ganze Haus mit einem Geruch nach Kerzenwachs und Soutane; hinzu kamen Rosenkränze, Kerzen und ölgefüllte ewige Lichter... Bei Einbruch der Dunkelheit wurde gemeinsam der Rosenkranz gebetet, man versammelte sich um den Tisch, unter dessen abnehmbarer Platte im Winter das Kohlebecken ein wenig Wärme spendete; und am ersten Freitag jeden Monats ging man zur Kommunion, um den versprochenen vollständigen Erlass der Sünden zu erlangen. Sonntags besuchte die Familie selbstverständlich vollzählig die heilige Messe.

Aber es wäre ungerecht zu sagen, dass alles nur schlecht war. Dieses Haus, das mich immer an englische Romane des neunzehnten Jahrhunderts erinnert hatte, aber auch vieles vom mittelalterlichen und klerikalen Spanien bewahrte, besaß trotz allem eine anheimelnde Atmosphäre, die aufs Neue wachzurufen mir später nie gelang, wie sehr ich mich auch darum bemühte. Als ich mich gegen den Widerstand meiner Familie von all dem löste, atmete ich endlich den Duft der Freiheit. Fortan war ich allein für mein Tun verantwortlich und beging natürlich auch Fehler – doch nur auf diese Weise lernt man. Die Bilanz – wenn man denn eine Bilanz seines eigenen Lebens ziehen kann – war positiv, und aus heutiger Sicht kann ich sagen, dass ich mich in diesen Jahren von manchem befreit und viele Entdeckungen gemacht habe. Ich erlebte verzehrende Leidenschaft – und die eine oder andere Enttäuschung.

Doch in diesen Jahren ging mir auch etwas verloren, das ich später zurückzugewinnen versuchte: ein stiller, anheimelnder Raum voller Behaglichkeit, mit wenigen, aber unverwüstlichen Möbeln, einem dicken Teppich und vor allem einem englischen Ohrensessel, an dessen hohe Lehne man sich Schutz suchend anschmiegen und in dem man bequem schmökern und dabei romantischen Klängen lauschen konnte, einer Melodie von Schubert, Schumann oder Chopin…

Damals kannte ich die Verletzungen noch nicht, die einem enttäuschte Gefühle zufügen können, den Schrecken unheilbarer Krankheit, die Leere des Todes…

Pilar öffnet in ihrer schlichten Dienstmädchentracht. Sie ist klein und nicht mehr besonders jung.

»Guten Tag, Pilar.«

Nach einer ganzen Weile kommt die Antwort: »Señorita Teresa! Berta, wie du gewachsen bist! Da wird sich Ihre Mutter aber freuen, Señorita Teresa!«

Sie eilt voraus, um Teresas Mutter den unerwarteten Besuch anzukündigen. Man hört ihre Stimme durch den Flur hallen: »Gnädige Frau, gnädige Frau. Señorita Teresa ist da!«

Teresa wartet mit Berta in der Diele. Sie stellt die Reisetasche auf den Boden. Ihr Blick fällt auf eine bogenförmige Mauernische, hinter deren Glasscheibe im Licht eines Öllämpchens eine Madonna steht, eine Muttergottes der Immerwährenden Hilfe.

Berta sieht ihre Mutter an, als wolle sie sagen: »Und was machen wir jetzt?« Teresa streicht ihr über den Kopf. Schon bald reißt der Klang einer jugendlichen Frauenstimme sie aus ihren Gedanken. Es ist ihre Schwester Irene.

»Teresa, Schwesterherz!«

Ein Lächeln erhellt Teresas Züge.

»Berta, lauf. Wir wollen deiner Tante guten Tag sagen.«

Auf dem Flur kommt ihr die Mutter entgegen: etwas über fünfzig, dunkel gekleidet, schlank und sehnig.

»Aber Kind, wie kannst du uns nur so überfallen! Welche Überraschung! Als mir Pilar gesagt hat, dass du da bist, konnte ich es gar nicht glauben. Wir haben uns solche Sorgen gemacht, weil wir so lange nichts von euch gehört hatten, mein Kind.«

»Na, jetzt sind wir ja hier, nicht wahr, Berta? Geh und gib deiner Großmutter einen Kuss.«

Teresa hebt ihre Tochter hoch, damit sie ihrer Großmutter die Wange küssen kann. Diese erwidert die Begrüßung der Enkelin mit einem pflichtgemäßen Kuss, kühl und ohne jede Herzlichkeit.

Teresa dreht sich um, als sie erneut die Stimme ihrer Schwester vernimmt: »Teresa! Wo bleibst du denn?«

Sie gehen weiter durch den endlosen Flur. Die Decke ist hoch, die Wände sind tapeziert.

Hier und da steht eine der Türen offen, die auf den Flur gehen, und durch sie sieht man die weit geöffneten Balkontüren. Bis dorthin hallen die vaterländischen Parolen aus den Lautsprechern: Der Sieg ist nahe, alle müssen sich zum Kampf gegen den Kommunismus zusammenschließen. Die Mutter sagt: »Wunderbar, dass du dich entschlossen hast herzukommen. Über Madrid hört man ja entsetzliche Dinge.«

Teresa hält einen Augenblick inne und fragt besorgt: »Was denn? Was hört man über Madrid?«

»Auf den Straßen bringen sie alle anständigen Leute um…«

Teresa setzt zu einer Antwort an, beschließt dann aber zu schweigen. Überdies haben sie gerade das Zimmer ihrer Schwester erreicht. Sie öffnet die Tür und bleibt stehen, sieht zu Irene hin. Unterdessen fährt ihre Mutter fort: »Hier leben wir, Gott sei es gedankt, in Frieden…«

Irene, die jüngste der drei Töchter, liegt auf Kissen gestützt in einem großen Bett, umgeben von Kinderspielzeug und anderem Krimskrams, ein Hinweis darauf, dass ihre

Persönlichkeit noch nicht voll entwickelt ist. Ungeduldig wartet sie darauf, dass Teresa eintritt. Irene hat noch jugendliche, ja geradezu kindliche Züge. Sie ist schlank, hat dunkle Augen und kastanienfarbenes Haar. Mit der bleichen Haut eines Menschen, der nie an die Sonne kommt, ist sie von einer durchgeistigten Schönheit.

Teresa sieht die Schwester voller Zärtlichkeit an. Dann lässt sie ihren Gefühlen freien Lauf und eilt auf sie zu.

»Irene!«

»Schwester, liebe Schwester! Wie geht es dir? Lass dich ansehen ...«

Sie umarmen einander innig. Teresa löst sich von Irene und sieht sie aufmerksam an.

»Wie geht es dir?«

Irene zuckt die Achseln.

»Gut, wie immer, das siehst du ja. Na ja, du weißt schon, es ist ziemlich langweilig. Aber du siehst wirklich gut aus.«

»Ach, weißt du ... Eigentlich bin ich ziemlich am Ende.«

»Und was ist mit Diego?«

»Er ist in Madrid geblieben. Wir waren gerade in den Bergen, als diese entsetzliche Geschichte angefangen hat. Sie haben ihn angerufen, und er musste nach Madrid fahren. Ich erzähle dir die Einzelheiten, wenn wir ein bisschen mehr Zeit haben ...«

Die Mutter, eifersüchtig auf die Vertrautheit der beiden Schwestern, unterbricht sie: »Der Arzt hat gesagt, dass sie sich bewegen soll, aber sie will einfach nicht. Auf mich hört sie nicht, mal sehen, ob du erreichst, dass sie aufsteht. Es kann unmöglich gut sein, wenn ein Mensch den lieben langen Tag im Bett verbringt.«

Irene begehrt auf; es ist deutlich zu sehen, dass es in der Beziehung von Mutter und Tochter nicht zum Besten steht;

es scheint sogar eine gewisse Feindseligkeit zwischen ihnen zu herrschen.

»Wir wollen nicht wieder davon anfangen und uns streiten! Wir sollten uns lieber über das Gute im Leben freuen. Immerhin liege ich nicht aus freien Stücken im Bett!«

Die Mutter sieht zu Teresa hin und sucht nach einem Einverständnis, das sie nicht findet. Als sie merkt, dass ihr die Situation entgleitet, beschließt sie, den Raum zu verlassen. Vorher aber sagt sie noch zu Teresa: »Ich lasse das Gästezimmer herrichten.«

Irene atmet erleichtert auf. Dann wendet sie sich Berta zu, die die Puppen und Plüschtiere in den Regalen betrachtet. Traurig sagt sie: »Sie kann sich nicht an mich erinnern.«

Teresa fragt: »Nun, wie findest du meine kleine Tochter?«

Irene nimmt eine Stoffpuppe mit sehr langen Haaren aus ihrer Sammlung und hält sie der Kleinen hin. »Hier, für dich. Es ist eine von meinen liebsten. Sie heißt Carmen. Nun, gefällt sie dir?«

Berta strahlt über das ganze Gesicht und nimmt das Geschenk sogleich entgegen. Irene öffnet die Arme. »Komm zu deiner nutzlosen Tante Irene!«

Die Kleine stürzt sich auf sie, und Irene umarmt sie liebevoll.

Teresa lächelt; ihr gefällt, wie ihre Tochter sich verhält.

Irene löst sich von Berta und sieht sie aufmerksam an. Freundlich sagt sie: »Du bist ein hübsches Kind und scheinbar auch noch klug.«

Dann wendet sie sich Teresa zu, um die Frage zu beantworten, die diese vor einer Weile gestellt hat: »Sie sieht Diego ähnlich.«

»Aber mir doch auch ein bisschen, oder etwa nicht?«, begehrt Teresa auf.

»Na ja...«

Sie fragt die Kleine: »Magst du Musik hören?«

Berta bejaht die Frage.

Mit einem Mal verändert sich Irenes Gesichtsausdruck, sie wirkt angespannt. Ihr Blick verhärtet sich, und sie ruft schlecht gelaunt: »Ach je, da sind die beiden wieder!«

Der plötzliche Stimmungsumschwung ihrer Schwester überrascht Teresa. Sie lauscht, hört aber nichts Besonderes. Also fragt sie: »*Wer* ist da, Irene?«

Sehr leise und bedeutungsvoll sagt diese: »Nimm dich vor deiner großen Schwester in Acht. Margarita hat sich sehr verändert und ist ein richtiges Biest geworden. Mehr sage ich nicht...«

Teresa gibt mit einer hilflosen Handbewegung zu verstehen, dass sie nicht weiß, wovon die Schwester spricht. In diesem Augenblick hört man auf dem Flur die Stimme eines Mannes und einer Frau. Dann klopft es mehrere Male an die Tür, und eine Männerstimme fragt: »Dürfen wir reinkommen?«

Mit einem Blick auf Teresa gibt Irene ein nicht besonders überzeugend klingendes »Ja« von sich.

Im Türrahmen taucht Luis auf, ein Mann von etwa vierzig Jahren. Er trägt das Blauhemd der Falangisten. Ein schmaler Schnurrbart ziert sein aufgesetztes Lächeln. Hinter ihm, in der Uniform, die sie bei der Parade getragen hat, steht Margarita, die Älteste – hübsch, hoch gewachsen, mit blondierten Haaren, kurz: wie eine Walküre.

Margarita hatte uns schon immer gern herumkommandiert und damit klargemacht, dass sie die Älteste war: Du tust dies und ich tu das... Ihr Begleiter, Luis, ist ihr Mann. Alle Menschen haben ein Geheimnis, etwas, wofür sie sich schämen und was sie verschweigen; sie erzählen es nicht einmal denen, die sie am meisten lieben, denn es gehört ganz ihnen, lebt im finstersten Teil ihres Wesens. Auch ich behalte das meine für mich: Luis hat mir früher einmal den Hof gemacht, hat mir Tag und Nacht nachgestellt. Mir schmeichelte das, denn ich wusste, dass er Margarita gefiel; es verschaffte mir eine gewisse Befriedigung, ihr zeigen zu können, dass er mich ihr vorzog. Für kurze Zeit gingen wir zusammen aus; er hat mit mir geschlafen, aber es gefiel mir nicht, ich hatte es mir anders vorgestellt. Danach ist etwas mit mir geschehen. Ich habe versucht, mich von ihm zu entfernen, und das war einer der Gründe, warum ich nach Madrid gegangen bin.

Jetzt finde ich meine damalige Unwissenheit und Unerfahrenheit erstaunlich, aber was man uns Mädchen über zwischenmenschliche Beziehungen erzählt hatte, ließ viel zu wünschen übrig. Mit Luis ins Bett zu gehen verursachte mir Unbehagen, es machte mich nervös. Sein Verhalten gefiel mir nicht. Es war stets meine feste Überzeugung, dass Liebe mehr ist als ein unbeherrschbarer Samenerguss, und ich weiß noch heute, wie gründlich ich mich nachher gewaschen habe, um auf immer alle Spuren seiner Anwesenheit zu tilgen.

Teresa erhebt sich, um die beiden zu begrüßen. Luis küsst sie auf die Wange und sagt: »Teresa … Es freut uns, dass es dir gut geht.«

»Danke, Luis.«

Es klingt nicht besonders aufrichtig, als er hinzufügt: »Wir alle haben uns große Sorgen um dich und Diego gemacht. Wir dachten, ihr seid in Madrid.«

Teresa küsst Margarita auf die Wange. Margarita erwidert den Kuss ohne übermäßige Herzlichkeit.

»Schwester …«

Irene mischt sich ein und versucht die ältere Schwester zu ärgern: »Hast du gesehen, wie hübsch die Kleine ist? Sie wird Diego immer ähnlicher.«

Margarita wirft einen Blick auf Berta, den diese tapfer über sich ergehen lässt, als wolle sie der Tante Widerstand leisten. Margarita kann sich eine sarkastische Bemerkung nicht verkneifen: »Hoffentlich vertritt sie nicht seine Ansichten.«

Teresa will etwas antworten, schluckt es aber hinunter. Sie ist müde und hat keine Lust zu streiten; ein anderes Mal.

7

DAS MORGENGRAUEN

Das Licht geht an, und Diego betritt die Wohnung. Sorgfältig hängt er den Hut auf einen der Haken an der Garderobe und geht auf eine Tür zu. Die Tür öffnet sich; Mario streckt den Kopf heraus. Beruhigt stellt er fest, dass es Diego ist.

»Guten Abend, Diego. Wie ist es dir heute ergangen?«

»Ganz gut... Und hat es hier etwas Neues gegeben?«

»Eigentlich nicht. Alles ist friedlich. Gott sei Dank.«

Diego schüttelt den Kopf: »Dir ist einfach nicht zu helfen!«

»Ich merke nicht mal, wenn ich so was sage. So habe ich mein Leben lang gesprochen.«

Aber Diego ist müde und hat keine Lust, sich zu unterhalten.

»Gute Nacht. Ich geh gleich ins Bett, bin völlig erledigt.«

»Schlaf gut.«

Diego geht ins Schlafzimmer und schaltet die Nachttischlampe ein. Er zieht Hose und Unterhose aus, lässt sie achtlos zu Boden fallen und wirft sich aufs Bett. Mit der Rechten sucht er tastend nach dem Schalter der Lampe. Er findet ihn, und es wird dunkel im Zimmer. Er schließt die Augen und fällt in einen tiefen Schlaf.

Ich träume, dass jemand einen anderen Menschen erdolcht, wie auf einer der Zeichnungen Goyas. Die Brutalität und Rachsucht im Gesicht des Mörders, seine wirren Haare, der grausam verzerrte Mund... All das geschieht auf einem sanft geschwungenen Brachfeld im düsteren Licht eines Gewitterhimmels mit rötlich-schwarzen Wolken. Hinter dem Mörder steht ein Riese, der beim Anblick der Szene lacht. Seine Hand, eine gewaltige Pranke, packt den Mörder und führt ihn zum Mund, und aus seiner Kehle kommt das Geheul einer Hyäne, das mich entsetzt...

Schlaftrunken fährt Diego hoch. Jemand klingelt an der Tür. Es dauert eine Weile, bis er wach wird. Er schaltet die Nachttischlampe ein. Ihr Licht blendet schmerzhaft seine Augen, sodass er sich abwendet. Voller Unruhe und Besorgnis hört er, wie immer wieder auf die Klingel gedrückt wird. Schweißnass setzt er sich auf, in seinem Mund ist ein metallischer Geschmack, seine Kehle ist trocken. In diesem Augenblick kommt Mario herein. Er trägt einen von Diegos Schlafanzügen, der ihm zu groß ist. Sein Gesicht ist bleich, in seinen Augen kann man die Angst lesen.

»Diego! Diego!«

Diego springt vom Bett auf. Leise und aufgeregt sagt sein Vetter: »Sie sind hinter mir her. Barmherziger Gott! Barmherziger Gott!«

Diego bemüht sich, in aller Ruhe darüber nachzudenken, was zu tun ist.

Jetzt wird nicht mehr nur Sturm geklingelt, sondern auch an die Tür gehämmert.

»Sie sind hinter mir her!«

Diego versucht eine Lösung zu finden, aber ihm fällt nichts ein. Er flüstert Mario zu: »Beruhige dich doch! Sprich leiser!« Während er sich rasch die Hose überstreift, überlegt er laut: »Nein, nein, das kann überhaupt nicht sein. Kein Mensch weiß, dass du hier bist. Denk dran: Du bist mein Vetter aus der Provinz... Rechtsanwalt und militanter Anhänger einer der Arbeitervereinigungen, UGT oder CNT. Ganz nach Belieben, je nachdem, wonach sie dir aussehen.«

Das Gehämmer an der Wohnungstür wird lauter. »Aufmachen! Aufmachen, oder wir brechen die Tür auf!«

Diego beeilt sich und ruft, während er über den Flur läuft: »Ich komm ja schon!«

Durch den Türspion sieht er auf dem Treppenabsatz drei stoppelbärtige Milizionäre. Ihre geröteten Augen glänzen fiebrig, als hätten sie lange nicht geschlafen. In erster Linie beunruhigen Diego die Pistolen an ihrem Gürtel und die Gewehre, die sie umgehängt haben. Er nimmt seinen ganzen Mut zusammen, öffnet die Tür einen Spaltbreit und gibt sich Mühe, ganz natürlich zu sprechen, wobei er aber ein leichtes Zittern seiner Stimme nicht unterdrücken kann: »Wo brennt es denn?«

Er öffnet die Tür nicht vollständig, damit sie Mario nicht sehen können, der ihm unvorsichtigerweise gefolgt ist. Mit dem Mut der Verzweiflung fragt er: »Was zum Teufel wollt ihr hier zu nachtschlafender Zeit?«

Die drei treten ohne große Umstände ein und schließen die Tür von innen. Der Wortführer fragt ihn: »Sind Sie Diego Larios?«

»Ja.«

»Mitkommen.«

Diego ist sprachlos. Was mag da passiert sein? Wieso ausgerechnet er?

»Ich? Wohin?« Er beruhigt sich. Da liegt ganz bestimmt eine Verwechslung vor. »Darf man den Grund erfahren?«

Ohne auf seine Frage einzugehen, antwortet der Milizionär knapp: »Nein. Mitkommen und Maul halten.«

Diego versucht es ein letztes Mal: »Aber warum denn? Wisst ihr überhaupt, wer ich bin?«

Der Milizionär fragt höhnisch: »Und wer bist du?«

»Ich bin Journalist... Bei *El Socialista*...«

Diese Mitteilung scheint den Mann nicht besonders zu beeindrucken.

»Das kannst du später alles erzählen. Vorwärts, wir gehen.«

»Ich möchte mich wenigstens vollständig anziehen...«

Ein dürrer und ausgemergelter Milizionär, dunkler als die beiden anderen, setzt sich über die Vorschriften einer zweifelhaften Hierarchie hinweg und sagt: »Wie Sie wünschen. Aber beeilen Sie sich.«

Diego wendet sich an Mario, der so bleich ist, dass man glauben könnte, er werde jeden Augenblick in Ohnmacht fallen. Einer der Milizionäre sieht ihn eine Weile an. Daraufhin bringt Mario es fertig, kaum vernehmlich zu murmeln: »*Salud,* Genossen!«

Der Dürre, der nicht so ungehobelt zu sein scheint wie die beiden anderen, gibt den Gruß zurück: »*Salud,* Genosse.«

Im Schlafzimmer kleidet sich Diego an. Er nimmt eine Zigarette aus dem Päckchen, das auf dem Nachttisch liegt, und zündet sie an. Das Streichholz in seiner Hand zittert. Er versucht sich zu beruhigen, fragt sich, wieso gerade er... Es kommt immer wieder vor, dass man Verdächtige, die zum Verhör abgeholt werden, später mit einem Genickschuss in irgendeinem Straßengraben wiederfindet... Aber bei Licht betrachtet ist er sicher kein »Verdächtiger«. Er hat die Sache der Republik von Anfang an mit ganzem Herzen vertreten, besitzt einflussreiche Freunde, die eine falsche Beschuldigung rasch widerlegen können, sofern eine solche der Grund seiner Festnahme ist. Es kann sich ohne weiteres um einen Irrtum handeln, eine Verwechslung, eine Denunziation durch einen Neider... Er sieht zum Toilettentisch hinüber, auf dem das Foto mit Teresa und Berta steht. Er verspürt Angst, fasst sich aber bald wieder. In seine Augen tritt ein entschlossener Glanz: Falls etwas geschehen soll, so wird es halt geschehen. So in sein Schicksal ergeben, verlässt er das Schlafzimmer.

Der Milizionär nimmt das gerahmte Foto Teresas und fragt Mario: »Deine Freundin?«

»Nein, die von Diego. Ich bin... Junggeselle.«

»Ist auch besser so. Da hat man weniger Ärger am Hals, was?«

Mit einem Blick auf das Foto fragt er: »Ist sie nicht da?«

Allmählich gewinnt Mario seine Selbstsicherheit zurück. Er hat in den vergangenen Tagen rasch gelernt und bemüht sich, entsprechend Diegos Anweisungen aufzutreten: »Halt dich gerade. Stotter nicht rum, wenn du Fragen stellst oder beantwortest. Sieh den Leuten offen in die Augen, versteck dich nicht und gib dir Mühe, deine Angst nicht zu zeigen.«

»Nein, sie war dummerweise gerade im Gebiet der Aufständischen, als die Sache losgegangen ist.«

Diego tritt ins Esszimmer und zieht sein Jackett über. Zu Mario gewandt sagt er ruhig und mit Nachdruck: »Sollte ich bis zum Nachmittag nicht zurück sein, geh zur Zeitung und sag, dass mich eine Gruppe von ...« Er wendet sich den Milizionären zu. »Ihr seid Anarchisten, was?«

»Von der CNT, Genosse.«

»Also schön, sag, dass mich drei CNT-Leute geholt haben, ohne zu sagen, warum. Lass dich zum Herausgeber oder zu Ramiro Ferrán bringen. Die werden wissen, was zu tun ist.«

Mario nimmt allen Mut zusammen und fragt den Milizionär, mit dem er sich vorher unterhalten hat: »Wohin bringt ihr ihn?«

»Das geht dich nichts an.«

Diego sieht Mario ernst an. Jetzt steht sein eigenes Leben auf dem Spiel.

»Tu, was ich dir gesagt habe. Ich verlasse mich auf dich. Ich komme zurück, sobald ich kann.«

Die drei Männer begleiten Diego zu einem vor dem Eingang abgestellten Auto. Im Dunkeln sieht es aus wie ein gewaltiges Insekt, dessen Flügeldecken im Schein einer Gaslaterne schimmern. Um diese frühe Stunde ist niemand auf den Straßen unterwegs; die Stadt scheint in tiefer Benommenheit zu verharren.

Diego bleibt einen Augenblick stehen, wirft einen Blick auf die Straße. Immerhin ist es unter Umständen das letzte Mal, dass er die Avenida Menéndez y Pelayo zu Gesicht bekommt, den Retiro-Park und sein Stadtviertel. Links von ihm ragen wie Spukgestalten die Bäume des Parks auf. Wenige Meter von ihm entfernt hinter der Mauer, die sich über die ganze Länge der Allee zieht, scheinen die Tiere des Zoos allmählich wach zu werden. Den Anfang macht das Brüllen eines Löwen, ihm folgt das unheilvolle Lachen einer Hyäne. In diesen Chor stimmen ein trompetender Elefant und ein heulender Wolf ein, und schon bald folgen die schrillen Schreie irgendwelcher Vögel. Unter diesem dramatischen Vorzeichen und mit der inneren Gefasstheit, die zum Tode Verurteilten angeblich kurz vor ihrer Hinrichtung zuteil wird, besteigt er den Wagen. Es ist ein Renault, das Modell, bei dem die im Kühlergrill eingelassenen Scheinwerfer unmittelbar nebeneinander liegen. Einer der Milizionäre stößt ihn auf den Sitz und sagt: »Die Raubtiere haben Hunger.«

Sein Begleiter lacht über einen Gedanken, der ihm gerade gekommen zu sein scheint. Seine Bemerkung zeugt von einem eigentümlichen Humor: »Ich würde ja den Zoo zumachen und die Viecher freilassen. Die könnten dann selbst sehen, wie sie zurechtkommen. Von Zeit zu Zeit würde ich ihnen 'nen Faschisten zum Fraß vorwerfen, damit sie nicht verhungern müssen.«

Die Türen werden geschlossen, und der Wagen setzt sich in Bewegung. Während er die Allee entlangfährt, wirft seine metallisch glänzende Haut das fahle Licht der Gaslaternen zurück.

Gefasst sitzt Diego auf dem Rücksitz neben dem Anarchisten. Unwillkürlich kommt ihm der Gedanke, dass der säuerliche Weingeruch, den dieser ausströmt, zwar unangenehm, aber bei weitem kein so bedrohliches Vorzeichen ist wie das Geheul der wilden Tiere. Immerhin lebt er noch. In diesem Augenblick fasst er einen wichtigen Entschluss: Auf keinen Fall wird er ohne weiteres klein beigeben, er wird sich allem stellen, wie entsetzlich es auch sein mag, und mit aller Kraft ums Überleben kämpfen: um Teresas, Bertas und seiner selbst willen.

Der Renault hält vor einer Barrikade. In manchen Straßen Madrids, von denen man befürchtet, sie könnten von den Granaten der Artillerie getroffen werden, welche die Aufständischen im Ausflugspark Casa de Campo vor der Stadt in Stellung gebracht haben, hat man Barrikaden aus Pflastersteinen und Sandsäcken errichtet. An den Kontrollstellen hat man die Barrikaden versetzt und somit kleine, S-förmige Durchlässe geschaffen. Ein Doppelposten der Miliz tritt an den Wagen und leuchtet mit Taschenlampen hinein. Der Lichtschein trifft Diego und gleitet dann über die CNT-Männer. Ihr Wortführer macht sogleich Meldung: »*Salud,* Genosse! Wir sind von der CNT und bringen den hier zum Verhör.«

Sie geben einem der Posten ihre Papiere, die dieser im Schein seiner Lampe aufmerksam studiert. Er scheint unsicher, vielleicht kann er nicht lesen.

Schließlich beendet der Milizionär an der Barrikade die Überprüfung, salutiert und lässt den Wagen passieren.

Die Fahrt geht weiter durch ein verlassen und geisterhaft daliegendes Madrid. In der Ferne hört man das Rattern eines Maschinengewehrs, dem sogleich dumpfer Kanonendonner folgt; in der Morgendämmerung wird der Kampf an der Front vor Madrid wieder aufgenommen.

Als es am Himmel allmählich hell wird, hält der Wagen vor einem einstöckigen Landhaus in der *Ciudad Lineal* an, die nach den Vorstellungen eines Reformarchitekten in den Außenbezirken Madrids erbaut wurde. Die Männer zerren Diego aus dem Wagen. Das Gittertor vor dem Haus wird geöffnet, und die Gruppe strebt dem Eingang entgegen.

Diego sieht sich rasch um. Er kennt sich in diesem Stadtteil am Rande Madrids nicht aus. Es scheint ein ruhiges Wohnviertel zu sein, mit einstöckigen Häusern sowie Wochenendhäuschen mit kleinen Gärten. In der Nähe hört man eine Straßenbahn vorüberfahren. Ein Stück weiter sieht man die Umrisse verschiedener Wohnblocks. Die frühe Morgenluft ist kühl, und ein leichter Schauer läuft Diego über den Rücken. Vielleicht ist es die Angst vor dem Tod, vielleicht – versucht er sich Mut zuzusprechen –, ist er aber einfach auch nur müde und friert. Sie betreten das Haus.

Die Tür des Raums öffnet sich, und die Milizionäre und Diego stehen im Gegenlicht. Hinter ihnen wird eine Taschenlampe eingeschaltet, deren Schein das Zimmer erhellt. Ein Mann, der in einer der Ecken liegt, hält sich schützend eine Hand vor die Augen. Er trägt eine Hose und ein mit Blut verschmiertes, zerfetztes Hemd. Er hat Blut in den Mundwinkeln, und auch sein restlicher Körper trägt überall die Spuren brutaler Misshandlung.

Einer der Milizionäre fragt Diego: »Kennst du den Kerl?«

Diego geht einige Schritte auf ihn zu und sieht ihn eine ganze Weile an. Er kennt ihn nicht.

»Nein. Wer ist das? Was hat er getan?«

Der Milizionär fragt ihn eindringlich. »Kennst du ihn wirklich nicht? Sieh ihn dir genau an, verdammt noch mal!«

Diego tritt noch näher. Der Zustand des Mannes erschüttert ihn zutiefst: Eine tiefe Wunde klafft in seiner Stirn, um die Augen herum ist die Haut violett verfärbt, sein Mund ist blutverschmiert. Er sucht in seinem Gedächtnis. Mit kaum hörbarer, flehender Stimme sagt der Gefangene: »Diego, ich bin's, Martín. Martín Vilches … Hilf mir, um Gottes willen! Hilf mir!«

Diego kniet sich auf den Boden neben ihn; jetzt weiß er, um wen es sich handelt.

»Martín!«

Er wendet sich zu den Milizionären um und fragt: »Wieso ist der Mann hier?«

Der Gefangene kann kaum sprechen. Angstvoll fleht er: »Hilf mir. Hilf mir, um Gottes willen! Die bringen mich um!«

Der Milizionär beendet die Gegenüberstellung: »Das genügt. Vorwärts!«

Tief bewegt richtet sich Diego wieder auf, während der Gefangene ihn immer wieder beschwört: »Geh nicht weg. Hilf mir, Diego. Hilf mir!«

Diego gibt ihm zur Antwort: »Ich werde tun, was ich kann, Martín. Ich werde tun, was ich kann.«

Der Milizionär packt ihn an der Schulter und schiebt ihn zur Tür. »Los jetzt!«

Eine verchromte Schreibtischlampe beleuchtet einen Stapel Papiere und einen Mann, der an einem kolossalen Schreibtisch sitzt. Es ist Faustino Gómez, dem der Krieg von einem Augenblick auf den anderen Macht verliehen hat. Zu einer dunklen Hose und einem dunklen Jackett trägt er ein gestreiftes Hemd ohne Krawatte und schwarze Schuhe. Hinter seiner Brille, die ihm das Aussehen eines Intellektuellen verleiht, blitzen mitleidlose Augen.

Als Diego in Begleitung des Milizionärs hereinkommt, erhebt sich Faustino Gómez, tritt auf ihn zu und fragt ihn mit stechendem Blick: »Weißt du, wer ich bin?«

Diego sieht ihn aufmerksam an und hält seinem Blick stand. Er versucht sich zu erinnern. Er weiß, dass er den Mann kennt, kann ihn aber nicht unterbringen.

»Doch, ich glaube, ja ...«

»Streng dein Gedächtnis ruhig ein bisschen an.«

Endlich weiß er es. »Du arbeitest bei der Zeitung, als Setzer.«

Befriedigt bestätigt Gómez: »So ist es, Faustino Gómez, Setzer, jawohl, und jetzt Leiter des Kommandos zum Kampf gegen die Aufständischen, du weißt schon: Spione, Angehörige der fünften Kolonie, getarnte Faschisten, die von Wohnhäusern aus auf Unschuldige feuern, wie der Bursche, den du da gesehen hast.« Mit erhobener Stimme fügt er hinzu: »Jawohl, wie dieser Schweinehund, der dein Freund ist!«

Diego sieht ihn wortlos an. Unterdessen hat der Setzer ein silbernes Zigarettenetui aus einer Tasche genommen und bietet ihm eine Zigarette an. Diego nimmt sie. Sie zünden ihre Zigaretten an. Wollüstig schmatzend weist der Setzer mit dem Kopf auf die Tür, durch die Diego hereingekommen ist.

»Der Sauhund sagt, er kennt dich.«

Der Milizionär mischt sich ein. »Er heißt Martín. Sie sind Freunde.«

»Was für ein Martín?«

Diego ist wieder ganz ruhig. Die Zigarette hat ihm gut getan. Er versucht sich zu beherrschen und seine Worte abzuwägen. Er weiß, wie gefährlich es für ihn werden kann, wenn ihm ein Fehler unterläuft.

»Martín Vilches ... Vilches Corrales oder Cortés, glaube ich. Wir haben zusammen studiert.«

Gómez geht zu seinem Schreibtisch. Er setzt sich.

»Martín Vilches Corrales?, hast du gesagt. Und bist du dir ganz sicher?«

Diego bejaht die Frage. Er weiß weder, worauf Gómez hinauswill, noch, welche Richtung das Gespräch nehmen wird. Höhnisch fragt ihn Gómez: »Und weißt du auch, was er von Beruf ist?«

»Arzt. Ich glaube Facharzt für rheumatische Erkrankungen, Genosse.«

Gómez zieht die Schreibtischschublade auf und spielt mit Papieren darin herum.

»Genauso ist es – Arzt! Und die Medizin ist eine Wissenschaft, die dem Menschen hilft, nicht wahr? Angeblich sind Ärzte dazu da, Kranke zu heilen, nicht aber dazu, Unschuldige umzubringen! Dein Freund ist ein verdammter Verbrecher! Sieh mal her!«

Gómez beginnt verschiedene Kennkarten so auf den Tisch zu legen, dass Diego die Fotos darauf sehen kann. Auf allen ist das gleiche Bild von Martín Vilches, aber jede ist auf einen anderen Namen ausgestellt.

»Hier nennt er sich Juan León Urtiaga von der UGT der Metallarbeiter in Valencia... Auf der hier Roberto Santiago Cerón, von der CNT... Hier ist er Journalist wie du und heißt Francisco Toledano Gutiérrez... Was sagst du jetzt?« Er sieht Diego selbstgerecht an und fügt tückisch hinzu: »Dein Kumpel ist ein Faschist, ein verdammter Saukerl und Mörder. Wir haben ihn hochgenommen, wie er mit der Knarre in der Hand von einer Terrasse aus Patrioten umgelegt hat! Du hast ja wirklich saubere Freunde. Kannst du mir mal erklären, was dahinter steckt?«

Diego antwortet nicht sofort. Seine Anspannung wächst; die Furcht, die er vorher empfunden hat, und der Schlafmangel bewirken die heftige Reaktion eines Menschen, der nichts mehr zu verlieren hat. »Für wen hältst du dich eigentlich? Ich verbiete dir, meine Treue zur Regierung anzuzweifeln! Du liest wohl meine Artikel nicht! Wer zum Teufel bist du, dass du es wagst, mir zu drohen?«

Auch wenn dieser Ausbruch Gómez überrascht hat, so fährt er doch mit seinen Drohungen fort: »Überleg dir gut, was du sagst! Noch hat dich niemand beschuldigt!«

Wie Gómez dieses »noch« betont, bringt Diego erst richtig in Fahrt, und wütend stößt er hervor: »Es reicht, verdammt noch mal! Es reicht! Glaubt ihr, dass nur ihr hier Krieg führt? Glaubt ihr etwa, weil ihr mit Pistole und Gewehr rumfuchtelt, könnt ihr machen, was euch passt, und einfach mir nichts, dir nichts alle Leute umbringen? Mit welchem Recht denn? Schon möglich, dass Vilches ein Mörder ist. Sollte er tatsächlich die Sache des Volkes verraten haben, wie du sagst, gehört er vor ein Gericht, vor ein Gericht des Volkes – aber auf jeden Fall muss man ihm einen ordentlichen Prozess machen. Es ist nicht deine Aufgabe, über seine Schuld oder Nichtschuld zu befinden, Genosse Gómez, sondern Sache des Gerichts!«

8

TERESA

Wir wollen ein wenig näher an sie herantreten. Wenn ein unsichtbares Wesen im Stande wäre, durch ihre Haut, hinter das leichte Zucken ihrer Lider, in ihren Geist vorzudringen, wenn es die Möglichkeit gäbe, sich in ihren Traum einzuschleichen, würde man als Erstes sehen, dass sie sich im Schlafzimmer in Madrid befindet, und dann würde man Scarlattis Fandango hören. Vielleicht ist es diese Musik, mit deren Hilfe Erinnerungen und Vorstellungskraft Teresa in eine andere Zeit versetzen.

Ein orangefarbenes Seidentuch bedeckt den Lampenschirm auf ihrem Nachttisch, dämpft das Licht, sodass es sanft und warm schimmert. Das Bett, die Stühle, der Toilettentisch und sogar der Teppich vor dem Bett, die gerahmten Fotos, die Bilder an den Wänden, alles ist in dieses sanfte Licht getaucht. In einem seidenen Nachthemd, das die Umrisse ihres Körpers erahnen lässt, liegt Teresa, halb vom Laken bedeckt, und kehrt Diego, der sich gerade den Pyjama angezogen hat und sich neben sie legt, wobei die Matratze unter ihm nachgibt, den Rücken zu. Sie rührt sich nicht und tut, als ob sie schliefe. Sie weiß, dass er sie begehrt, möchte aber den Augenblick der Begegnung hinauszögern. Sie liebt ihn mehr als alles andere auf der Welt. Er hat alles, was sie sich von einem Gefährten wünscht; er ist klug, einfühlsam und stark. Sein Körper gefällt ihr, seine kräftigen Hände, sein offener Blick, seine Aufrichtigkeit und sein anständiges Wesen.

Diego beugt sich ein wenig vor, um den Ansatz ihrer Brüste zu betrachten. Sie hat schöne Brüste und weiß, dass sich ihre Brustwarzen unter der Seide ihres Nachthemds abzeichnen. Diegos liebevoller Blick erregt sie. Sie weiß, was er gleich tun wird ... Er wird sie sanft liebkosen, wird seine Hände um ihre Brüste legen und ihren Körper streicheln, sich an sie drängen, und sie wird die Wärme seines Geschlechts spüren ...

Sie stellt sich schlafend, kann aber nicht verhindern, dass sich ein kaum wahrnehmbares Lächeln auf ihre Lippen legt, jetzt, da sie sein Verlangen erkannt hat. Als sich Diego umdreht, um seine Armbanduhr aufzuziehen und sie auf den Nachttisch zu legen, wirft er einen Seitenblick auf Teresa und merkt, dass sie die Augen schließt; bestimmt hat er ihr Spiel bereits durchschaut. Sie kann das Lachen nicht mehr unterdrücken, dreht sich um und öffnet die Augen. Er wird sie gleich umarmen, und sie wird wie eine Katze schnurren. Sie streckt sich. Sie sehen einander mit wachsendem Verlangen an, zögern aber den Augenblick der Vereinigung ganz bewusst hinaus.

Teresa entscheidet sich, den Anfang zu machen, und wirft sich mit Gebrüll auf ihn, als wäre sie ein wildes Tier. Sie umarmen einander, sie spürt, wie seine Hände ihre Brüste liebkosen ... Sie zerwühlen die Laken.

DIESES GRELLE LICHT!

DIESES LICHT! Alles ist wie verbrannt vom Licht! Eine ungeheure Detonation erschüttert das Schlafzimmer! Grelle Blitze halten die Zeit an. Die beiden Leiber drehen sich in Schwindel erregender Weise im leeren Raum, und Teresa spürt, wie sich das Himmelsgewölbe über sie senkt und das Bett inmitten von Staub, Schutt und Gebälk in die Lüfte steigt. Sie bekommt keine Luft, denn alles wird von einer dichten, hartnäckigen Staubwolke eingehüllt. Ein merkwürdiges Dröhnen, als ob ein Erdbeben die Eingeweide der Weltkugel erschüttere, überlagert alle anderen Geräusche.

Als sich der Staub gelegt hat, sieht man Teresa und Diego in regloser Umarmung liegen. Sie sind blutverschmiert.

Der Ventilator ist ebenso schwarz und glänzend wie der in Madrid: Motor, Gitter und auch die goldfarbenen Flügel, die verschwimmende goldene Kreise in die Luft zeichnen, sind völlig gleich sowie auch das surrende Geräusch. Die Hand am Schalter der Nachttischlampe aber gehört Teresa. Schwacher Lichtschein erhellt die Wände des Gastzimmers im Haus ihrer Mutter, an denen sich das Blumenmuster der Tapete kaum von ihrem Hintergrund abhebt. Schwer atmend liegt Teresa im Bett. Ihre Stirn ist schweißbedeckt. Sie hatte gerade einen furchtbaren Traum. Allmählich atmet sie wieder gleichmäßig, und ihre Gesichtszüge entspannen sich.

Zwischen den beiden Betten steht ein Nachttisch, darüber hängt ein Kruzifix an der Wand. Ein riesiger Schrank, der das Zimmer auf unheimliche Weise beherrscht, steht an der Wand gegenüber. Eine Frisierkommode mit Spiegel und zugehörigem Hocker vervollständigt die Einrichtung. Der Ventilator dreht sich mit seinem eintönigen Geräusch immer weiter. Erfolglos versucht sich Teresa an Einzelheiten ihres Albtraums zu erinnern.

Ich habe mich auf den Inhalt meines Traums zu besinnen versucht, aber vergeblich. So bruchstückhaft waren die Überreste in meinem Gedächtnis, dass ich den Faden der Ereignisse nicht wieder aufnehmen konnte. Der Traum war bereits dem unabwendbaren Vergessen anheim gefallen! Er hatte etwas mit diesem grausamen Bruderkrieg zu tun, in dem wir uns befanden, aber ich konnte die Bilder nicht zuordnen; sie sind auf immer im Labyrinth meines Kopfes verloren. Bruchstücke eines gewaltigen und dramatischen Geschehens sind mir geblieben, ein grelles Licht, wie ein gewaltiger Blitz, vielleicht eine Detonation… Eine betäubende Detonation…

Dies fortwährende Bewusstsein, dass etwas Dramatisches geschehen war, dies beklemmende Gefühl, als ob sich eine Katastrophe ereignet hätte, beunruhigte mich. War es eine Vorahnung? Sofort verbot ich mir diesen Gedanken und tröstete mich mit etwas, was man mir als kleinem Mädchen gesagt hatte. Ein Grauen erregender Albtraum, hatte man mir erklärt, sei ein Hinweis darauf, dass nichts Schlimmes geschehen werde…

Das Summen des Ventilators beruhigt Teresa, und sie steht auf. Das Nachthemd, das sie trägt, gehört ihr offensichtlich nicht, denn es ist ihr zu groß. Sie setzt sich auf den Hocker vor der Frisierkommode und blickt in den Spiegel. Sie versucht ihre Haare in Ordnung zu bringen. Das Bild, das sie im Spiegel sieht, überrascht sie.

Ich bin nicht die, die ich war. Die Kleine hat meinen Körper verändert; noch kann ich auf meine Brüste stolz sein, aber sie sind nicht mehr wie früher; auch meine Hüften haben sich verändert. Die Mutterschaft gestaltet unseren Körper um sowie unsere Art zu denken. Zwar bin ich nicht der Überzeugung, dass es die vornehmste Bestimmung einer Frau ist, Kinder in die Welt zu setzen, aber ich bin bereit, der Geburt von Kindern den Wert beizumessen, der ihr zukommt: Sie bedeutet die Fortführung des Lebens auf der kreatürlichen Ebene, die Aufrechterhaltung eines Kreislaufs, den im Laufe der Jahrhunderte jedes Paar erneut durchläuft. Ich hatte nie geglaubt, zu Muttergefühlen fähig zu sein, aber mit Berta hat sich mein Leben verändert; voller Freude sehe ich, wie sie heranwächst, sich verändert, wie sie täglich mehr sie selbst und damit ein anderer Mensch wird; welche Fortschritte sie in ihrem Wissen macht, wie mühelos sie sich in die Natur einfügt, sich der Welt, dem Wald, dem Meer anpasst… Seit ihrer Geburt ist auch die Beziehung zwischen Diego und mir nicht mehr so, wie sie früher war. Er hat es vorhergesehen; er war geduldig und hat gewartet. Eine Mutter ist in erster Linie Mutter und liebt in erster Linie ihr Neugeborenes, noch vor dem Gatten oder dem Freund. Vor der Niederkunft hatte ich Angst, träumte, ich hätte ein entstelltes, verwachsenes, besessenes Kind geboren. In einem meiner Träume brachte ich ein kleines behaartes Geschöpf zur Welt, schwarz wie Kohle, aber mit wunderschönen Augen, die mich ansahen, und ich liebte es. Es erschien mir als das schönste Geschöpf auf der Erde, und ich konnte mich nicht satt sehen an ihm. In seinem behaarten Körper gab es nichts als diese wunderschönen Augen.

Sie wendet sich dem Bett zu, in dem ihre Tochter liegt, und stellt überrascht fest, dass Berta sie mit weit offenen Augen ansieht. Teresa lächelt ihr zu, und Berta lächelt zurück. Teresa fragt die Kleine: »Wieso schläfst du nicht? Es ist mitten in der Nacht.«

»Ich bin nicht müde.«

»Weißt du, wie spät es ist?«

Berta schüttelt den Kopf und sagt ganz ernsthaft: »Nein, Mama.«

Teresa sieht auf ihre zierliche Armbanduhr, ein Geschenk Diegos. Verglichen mit seinem damaligen Gehalt war sie sehr teuer. Er hat sie ihr eines Tages einfach so geschenkt, ohne dass es einen Jahrestag oder sonst etwas zu feiern gegeben hätte. So war Diego, er hielt nichts von Feiern zu festgelegten Zeitpunkten und hasste Weihnachten …

»Es ist drei Uhr in der Nacht. Um diese Zeit schlafen brave kleine Mädchen.«

Teresa tritt ans Bett ihrer Tochter und streicht ihr zärtlich über den Kopf. »Und jetzt singt dir die Mama ein Lied, damit meine kleine Berta schläft, ja?«

Berta ist einverstanden.

»Du musst aber die Augen zumachen …« Dann singt Teresa ihr mit ruhiger Stimme ein improvisiertes Wiegenlied: »Schlaf … Schlaf mein Kind … Schlaf, mein Schatz … Schlaf in meinem Schoße … Morgen bringt die Mama dir eine schöne Rose …«

Die Kleine sinkt so übergangslos in Schlaf, wie es nur Kindern gegeben ist, und schon bald sind ihre gleichmäßigen Atemzüge zu hören.

Teresa schließt die Augen halb, während sie die Strophe wiederholt. Dann wird ihr Singsang von einer Stimme in ihren Gedanken überlagert.

Was nur mit Diego sein mag? Ob ihm etwas zugestoßen ist? Ob an den Berichten über die Ungeheuerlichkeiten in Madrid etwas Wahres ist? Wie kann ich mit ihm in Verbindung treten? Ich hielt mir meine Tatenlosigkeit vor und beschloss, an jedem Tag meines zukünftigen Lebens eine Weile an ihn zu denken, um die Erinnerung an ihn lebendig zu erhalten. Weiter beschloss ich, keiner Schwäche nachzugeben und alles zu tun, um wieder mit ihm zusammenzukommen. Mich quälte die Vorstellung, er könne durch meine Angst, meine Bequemlichkeit oder meine Faulheit aus meinem Leben verschwinden.

Sie vergewissert sich, dass die Kleine schläft, schaltet die Nachttischlampe aus, steht auf und schleicht auf bloßen Füßen völlig lautlos im Halbdunkel zur Tür. Einmal bleibt sie stehen und lächelt, als ihr einige Verse des Johannes vom Kreuz einfallen:

In finsterer Nacht
ging ich von Seelenqual und Innigkeit des Gefühls entflammt
o unsagbares Glück!
unbemerkt hinaus
als mein Haus bereits zur Ruhe gekommen war.

Sie öffnet die Tür und sieht in den Flur hinaus. Alles ist still; man hört lediglich das Ticken einer fernen Uhr. Rasch eilt sie durch den Flur, den das durch einen Türspalt fallende Licht kaum erhellt. Als sie an der Zimmertür ihrer Schwester Irene vorüberkommt, werden für einen kurzen Augenblick ihre bloßen Füße im Lichtschein sichtbar.

Sie tritt ins Wohnzimmer, tastet sich an den Möbeln entlang, um nirgendwo anzustoßen, und geht am Klavier vorüber zum Radio. Als kleines Mädchen hat sie ein Spiel daraus gemacht, durch die Dunkelheit zu schleichen; die Art, wie sie sich geschmeidig zwischen Sesseln und Tischen hindurchbewegt, hat etwas Katzenhaftes an sich.

Sie schaltet das Radio ein und dreht den Leuchtzeiger auf der Skala, bis der gesuchte Sender eingestellt ist. Unter Störgeräuschen aller Art hört sie »Rocío«, ein Lied, das gerade in aller Munde ist. Es wird von der berühmten Imperio Argentina mit ihrer unverwechselbaren Stimme gesungen und hat ihr schon immer gefallen: »*Rocío, ay, mi Rocío, capullito flore-cío …*«

Teresas Augen glänzen im trüben Licht der Skalenbeleuchtung. Sie hält ihre Armbanduhr dicht davor, um zu sehen, wie spät es ist. Die Musik wird ausgeblendet, und ein Rundfunksprecher verliest, von Knistern, Rauschen und Pfeifen unterbrochen, eine Heeresmeldung. »Bericht zur Lage. Die regierungstreuen Truppen bekämpfen tapfer in Toledo den Feind. Die Aufständischen haben sich in der Zitadelle verschanzt, doch unsere heldenhaften Verbände werden ihren Widerstand bald brechen und die Festung erobern …« Das Ohr dicht ans Radio gepresst, lauscht Teresa aufmerksam den Meldungen.

Viel ist auf den Straßen Madrids vom Krieg noch nicht zu sehen. Hier und da hat man Barrikaden aus Pflastersteinen und Sandsäcken errichtet, an Hauswänden und an Anschlagtafeln vor unbebauten Grundstücken hängen grellbunte Propagandaplakate; durch die Straßen patrouillieren Milizionäre in Fahrzeugen, die mit den Akronymen CNT oder UGT bemalt sind, und von Zeit zu Zeit hört man aus der Ferne Geschützdonner und MG-Feuer. Aber die Straßenbahn fährt wie eh und je, Männer, Frauen und Kinder bevölkern die Straßen, man hört Gelächter und laute Unterhaltungen, und die Lokale sind voller Leute vom Land und Milizionäre. Noch sind die Lebensmittel nicht rationiert, doch es gibt bereits die amtliche Ankündigung, dass dies wegen der Versorgungsengpässe unmittelbar bevorstehe. Vielleicht ist dies der Auslöser dafür, dass die Bewohner der Stadt allmählich nicht mehr daran glauben, dass der Krieg in wenigen Tagen vorüber sein wird, auch wenn die Rundfunksender dies unermüdlich verkünden.

Mario und Diego gehen über den Bürgersteig. Mario trägt Jackett und Hose mit offenem Hemd und eine Mütze auf dem Kopf. Er hat sich mehrere Tage nicht rasiert und hinkt deutlich sichtbar. Nichts mehr in seinem Erscheinungsbild erinnert an den Priester.

Leise erteilt ihm Diego letzte Anweisungen: »Im Zweifelsfall ist es besser, sich den Schwierigkeiten direkt zu stellen, als vor ihnen davonzulaufen. Wenn du auf einen Posten stößt, versuch nicht zu fliehen. Geh auf ihn zu und zeig deine Papiere.«

Mario nickt. Es sind nicht viele Menschen unterwegs. Diego will weitersprechen, doch zwei Milizionäre verstellen ihnen den Weg. Diego sieht den jüngeren der beiden scharf an, einen gut aussehenden, bärtigen Mann mit vollem Kraushaar und vom Wetter gegerbter Haut. Erst als sich die beiden wieder entfernen, fährt er fort: »Geh trotz deines Hinkens zielstrebig. Das Hinken erspart dir Fragen, denn man wird es für die Folge einer Verwundung halten, und Kriegsversehrte genießen hohes Ansehen. Vor allem aber rede nicht so viel. Kein überflüssiges Wort. Denk an die Fische: Bei denen kommt der Tod durch den Mund. Alles klar?«

Erneut nickt Mario.

Inzwischen haben sie die Haltestelle erreicht, an der bereits mehrere Menschen warten.

Mario senkt die Stimme: »Ich weiß gar nicht, wie ich wieder gutmachen kann, was du für mich getan hast.«

»Such Teresa. Sag ihr, dass es mir gut geht, dass ich sie nicht vergesse und sie liebe. Und gib meiner Tochter Berta einen dicken Kuss. Sag den beiden, dass sie mir schrecklich fehlen.«

Die Straßenbahn kommt. Die beiden Männer umarmen einander. Mario hat Tränen in den Augen. Er flüstert Diego eine Frage ins Ohr: »Warum kommst du nicht mit?«

Diego löst sich von ihm.

Die Straßenbahn hat angehalten. Die Leute steigen ein. Diego drängt Mario, es ihnen gleichzutun. Dann sagt er: »Das geht nicht. Ich würde es mir nie verzeihen.«

Die Straßenbahn fährt an und rumpelt davon.

Diego sieht ihr nach, bis sie um eine Kurve verschwindet, und geht dann in die Gegenrichtung davon. Dabei überlegt er, was wohl Teresa und Berta gerade tun mögen … Sie fehlen ihm. Bekümmert streift er durch die Straßen Madrids, kommt an Männern und Frauen vorüber, die zur Arbeit gehen oder von der Arbeit kommen.

Hinter der scheinbaren Normalität des Lebens in der Stadt passiert so einiges. Nicht alles ist ungefährlich. Eine große Zahl bewaffneter Arbeitsloser treibt ihr Unwesen. Man hört von nächtlichen »Spaziergängen«, über die niemandem Rechenschaft abgelegt wird, und kaum ein Tag vergeht, ohne dass man vor der Stadt nicht jemanden mit einem Genickschuss auffindet. Die republikanische Regierung versucht solche Vorfälle einzudämmen, doch es ist schwierig, wenn nicht unmöglich, eine bewaffnete Volksmiliz zu überwachen, die keine Autorität anerkennt und keinem Befehl gehorcht. Ausschließlich das republikanische Heer, das ganz allmählich aufgebaut wird, vermag in diesem Chaos die Disziplin zu wahren. Durch den erbitterten Streit zwischen den politischen Parteien, welche die Volksfront bilden, geht kostbare Zeit verloren – den Nutzen davon haben die Aufständischen. Man weiß, dass deren Truppen aus dem Ausland Flugzeuge geliefert bekommen, was ihnen einstweilen die Überlegenheit im Luftraum sichert. Italien schickt Fiat-, Caproni- und Savoia-Maschinen, Deutschland Flugzeuge von Heinkel und vom Typ Junkers 52. Zwar hat sich die Regierung gegen die Einmischung der beiden Staaten in den Spanischen Bürgerkrieg verwahrt, doch wie nicht anders zu erwarten, bestreiten sie, offiziell etwas damit zu tun zu haben.

Während sich Diego diesen Gedanken hingibt, tönt aus den mitten auf der Straße aufgestellten Lautsprechern eine Ansprache des rechtssozialistischen Ministers Indalecio Prieto an die Bürger des Landes: »Ganz gleich, wie glaubwürdig die entsetzlichen und tragischen Berichte über das sein mögen, was auf dem von unseren Feinden besetzten Gebiet angeblich geschehen ist und geschieht, bitte ich euch inständig, es ihnen keinesfalls gleichzutun. Begegnet der Grausamkeit der anderen mit Milde und den Ausschreitungen des Feindes mit großmütiger Nachsicht …«

Die Mutter zieht die schweren Vorhänge vor dem großen Fenster im Wohnzimmer zurück, und das Licht fällt auf ein Klavier. An den Wänden hängen verschiedene Bilder, einige davon religiöse Darstellungen von zweifelhaftem künstlerischem Wert. Man sieht deutlich, dass der Raum kaum je benutzt wird. In ihm hängt der altüberlieferte, abgestandene Geruch eines spanischen katholischen Familienhauses der Dreißigerjahre.

Teresa geht zum Klavier. Die Mutter, die sie dabei beobachtet, fragt: »Weißt du noch, wie es war, als dein Vater es dir geschenkt hat? Ich sehe es richtig vor mir, wie selig du gelächelt hast! ›Ist das ganz für mich allein?‹, hast du gefragt …«

Teresa nickt mechanisch. Mit ihren Gedanken ist sie woanders. Sie klappt den Deckel hoch und lässt ihre Finger flink über die Elfenbeintasten gleiten. Schon bald merkt sie enttäuscht, dass sie nur Missklänge hervorbringt.

»Es ist so verstimmt, dass man nicht darauf spielen kann, Mama.«

Mit ihrem Sinn für das Praktische nimmt die Mutter es gleich auf sich, diese Widrigkeit aus der Welt zu schaffen. Sie macht sich Sorgen um ihre Tochter und vermutet, wenn sie sich mit Klavierspiel ablenken könne, werde sie aufhören, unruhig durchs Haus zu streifen, ohne zu wissen, was sie tun soll.

»Wir lassen den Klavierstimmer kommen. Es hat seit Ewigkeiten niemand mehr darauf gespielt.« Dann kommt sie auf ihr Lieblingsthema zu sprechen: »Wie findest du deine Schwester Irene?«

»Sie ist sehr hübsch geworden. Und erwachsener; sie ist jetzt reifer als damals.«

Teresa sieht ihre Mutter an. Zwar ist sie gealtert, aber man sieht, dass sie sich große Mühe mit ihrem Äußeren gibt und sich nach wie vor sorgfältig kleidet, wobei sie großen Wert auf unauffällige Eleganz legt. Sie hat sich nie gut mit ihr verstanden, sei es, weil sie vom Wesen her so unterschiedlich sind, sei es, weil sich ihre Wege zu früh getrennt haben. Ihr ist klar, dass die Mutter ihr sogleich haarklein alles über die Schwester berichten wird, und stellt sich schon einmal darauf ein.

»Ich weiß nicht, was ich mit dem Kind noch anstellen soll. Ich mache mir große Sorgen um deine Schwester. Sie hat schon wer weiß wie lange kein Verlangen mehr danach, aus dem Haus zu gehen. Früher ist sie wenigstens ab und zu einmal ausgegangen, mit mir oder mit deiner Schwester, aber jetzt sagt sie ständig nein, dabei braucht sie doch gar nicht weit zu gehen. Wir wissen uns keinen Rat mehr mit ihr… Sie will ihre Freundinnen nicht sehen, und von Enrique Solares, der sie früher jeden Abend besucht hat, will sie auch nichts mehr wissen…«

Während die Mutter spricht, lässt Teresa die Finger über die Tasten gleiten, sodass das Klavier einige dissonante Töne von sich gibt.

Meiner Mutter gefiel es, wenn ich Klavier spielte; damals war es üblich, dass ein junges Mädchen zumindest »Für Elise« klimpern konnte: Klavierspiel war ein fester Bestandteil der Erziehung zur höheren Tochter. Bei mir war das anders, denn mein Lehrer hatte meiner Mutter zu verstehen gegeben, dass ich eine besondere Begabung hatte und aus mir eine von allen bewunderte berühmte Pianistin werden könnte. Wann war diese große Chance vertan worden? Ich konnte mich genau erinnern: Es war an einem regnerischen Oktobertag gewesen, vor etwa zehn Jahren. Ich studierte ein Stück von Bach ein und kam einfach nicht weiter. Mit dem Bleistift machte ich mir in den Noten einen Vermerk für etwas, worauf ich achten wollte. Dann glitten meine Finger über die Tasten…

Ich unterbrach mein Spiel, weil ich einen Fehler gemacht hatte. Die Noten auf dem Blatt kamen mir vor wie eine Spirale, die sich immer weiterdrehte, ohne dass ich ihr zu folgen vermochte… Ich hörte auf zu spielen. Ich hatte über zehn Stunden hintereinander am Klavier gesessen und war erschöpft. Ich sah meine Hände an, Pianistenhände, wie ich mir sagte, und fragte mich: Wieso sitzt du eigentlich hier und vergeudest die Jugend wie eine Besessene, und alles, was du von der Welt siehst, ist ein Stück von Bach? Es stimmt schon, Musik ist etwas Großartiges. Und das Leben? Gibt es etwas, das wichtiger ist als das eigene Leben? Gibt es im Leben nichts Spannenderes zu tun? Was tue ich hier, den größten Teil des Tages im Hause eingesperrt? Wozu lerne ich das alles? Um eines Tages eine herausragende Pianistin zu werden? Ich wusste, dass ich nie eine so großartige Künstlerin werden würde, wie man von mir erwartete. Mir fehlten die Überzeugung, die Sicherheit, der Ehrgeiz. Ich spielte sehr gut, das schon, aber ich war lediglich eine außerordentlich begabte Schülerin, die etwas ausführte, das andere geschrieben hatten. Mitunter spielte ich aus reiner Freude daran, mir ein Stück zu erarbeiten, aber dazu brauchte ich doch nicht gleich den ganzen Tag auf dem Klavierhocker zu sitzen… Die Finger taten mir weh, und vor meinen Augen flimmerten die Noten wie Hieroglyphen. Mein Rücken schmerzte, und ich hatte Kopfschmerzen… Nein: Ich hatte mir etwas einreden lassen, mich von etwas überzeugen lassen, das mich in Wahrheit gar nicht begeisterte. Ich würde aus meinem Leben etwas anderes machen, etwas weniger Erhabenes, eher Erdverbundenes: Ich würde eine Arbeit finden, die mir eine gewisse Unabhängigkeit ermöglichte, mit einem Mann zusammensein, Kinder bekommen, das Land durchwandern, im Meer baden, ein Haus besitzen, in das ich mich zurückziehen konnte, schreiben, wenn ich Zeit hatte… Lauter Dinge, die das Leben erfreulicher und erträglicher machen. Von Zeit zu Zeit würde ich auch Klavier spielen, zu meinem Vergnügen oder um meinen Freunden zu zeigen, dass ich es noch konnte. Ich war nicht bereit, dem Klavierspiel mein Leben zu opfern. Also Schluss damit!

Ihre Mutter spricht unaufhörlich weiter, und Raum und Zeit verschmelzen ineinander. »Eines Abends ist sie aus dem Haus verschwunden und erst am nächsten Tag wieder aufgetaucht! Es ist uns nicht gelungen festzustellen, was sie getrieben hatte. Bestimmt nichts Gutes! Sie hat kein Wort darüber verloren, sondern sich ins Bett gelegt, und da ist sie dann bis heute geblieben... Mal sehen, ob du sie dazu bringst aufzustehen!«

Jetzt beginnt das Thema Teresa zu interessieren.

»Du weißt also nicht, wo sie war? Hat sie womöglich im Haus ihres Freundes übernachtet, dieses, wie sagtest du noch? Waren sie denn nicht ein Liebespaar?«

»Wie kannst du so etwas Entsetzliches sagen?«

»Erscheint es dir so sonderbar, dass sie zu ihrem Liebhaber geht?«

»Enrique Solares war nie ihr Liebhaber.«

»Woher willst du das wissen?«

»Ich weiß es eben. Außerdem gefällt es mir nicht, wie du redest, Teresa. Hier gibt es die ›Freiheiten‹ der Roten nicht, die man wohl eher als Zügellosigkeit bezeichnen müsste.«

Teresa setzt zu einer heftigen Erwiderung an, nimmt sich aber zusammen und wechselt das Thema. »Und was tut sie den ganzen Tag?«

»Nichts! Überhaupt nichts! Sie liegt im Bett und träumt mit offenen Augen vor sich hin. Den lieben langen Tag rührt sie keinen Finger...«

Irene erscheint in der Tür; sie hat sich einen Morgenmantel übergeworfen. Sie hinkt deutlich sichtbar und stützt sich auf einen Stock mit silbernem Knauf.

»Welch herrlicher Tag! Findest du nicht auch? Hallo, Schwesterherz!«

Erstaunt fährt die Mutter zusammen.

»Erschrick nicht, Mama, ich bin kein Gespenst. Ich weiß schon, dass du von mir redest. Mir entgeht nichts von dem, was in diesem Hause passiert. Es ist allerdings nicht besonders viel…«

Teresa sieht ihre Schwester an, schlank und durchgeistigt wie immer, wunderschön, mit sehr heller Haut, als hätte noch nie die Sonne darauf geschienen.

»Wie geht es dir?«

»Gut, gut.«

Die Mutter versucht, verlorenes Terrain wieder zurückzugewinnen, und sagt mit scharfer Stimme: »Endlich bist du aufgestanden!«

Spöttisch reizt Irene ihre Mutter; es ist ein bösartiges Spiel. »Ich habe die Medizin genommen.«

»Woher hast du sie?«

»Nun ja…«

»Ich will es wissen. Hat Pilar sie dir gekauft?«

»Also was ist jetzt – soll ich aufstehen oder nicht?«

»Tu, was du willst.«

»Darauf kannst du dich verlassen!«

Irene erklärt ihrer Schwester: »Ohne das Mittel kann ich vor Schmerzen nicht aufstehen.« Zu ihrer Mutter gewandt fährt sie in ihrem üblichen bissigen Ton fort: »Du hast Teresa ja sicher schon gesagt, dass ich eine unerträgliche Verrückte bin und du nicht weißt, was du mit mir anstellen sollst.«

Teresa, die das Wortgefecht nicht besonders ernst nimmt, meldet sich zu Wort: »Lasst das doch sein. Ihr führt euch ja auf wie zwei Kinder…«

Missgelaunt gibt die Mutter zurück: »Ihr bringt mich noch um den Verstand!«, und verlässt ohne ein weiteres Wort das Wohnzimmer.

Irene lacht, bis ihr die Augen tränen.

»Seit unsere Mutter in den Wechseljahren ist, finde ich sie unerträglich.«

Teresa versucht zu vermitteln, auch wenn sie letzten Endes die Meinung ihrer Schwester teilt.

»Sag so etwas nicht, Irene! Du darfst Mama nicht so behandeln.«

»Gleich wirst du mir noch vorhalten, was wohl ohne sie aus mir geworden wäre und dass sie sich für mich aufgeopfert hat...«

Teresa begehrt auf: »Ich habe überhaupt nichts gesagt.«

Aber jetzt kann nichts mehr Irene Einhalt gebieten, und sie fährt mit ihrer Litanei fort: »Und dass ich ohne sie schon tot wäre. Das wäre auch besser so, allen wäre geholfen. Niemand würde darüber eine Träne vergießen!«

Das Leben in der Provinzstadt geht weiter, als gebe es keinen Krieg. In allen Lageberichten ist stets die Rede von Siegen der eigenen Seite und von Niederlagen des Feindes; junge Männer melden sich an die Front, und junge Mädchen stellen sich als Schwesternhelferinnen zur Verfügung. In der Stadt selbst aber ist vom Krieg nichts zu spüren, ganz im Gegenteil scheint eine allgemeine Zuversicht zu herrschen. Gewiss, Rundfunknachrichten und Presse werden zensiert, und auf den Straßen, in den stets gut gefüllten Cafés und den Geschäften kursieren Gerüchte, in denen von der Eroberung kleiner und großer Ortschaften die Rede ist, von Verlusten des Feindes, von erbeuteten Panzern und Geschützen, von abgeschossenen Flugzeugen...

Gelegentlich findet sich ein Vorwand für ein Fest; der Jahrestag von irgendetwas oder der Gedenktag für irgendjemanden wird gefeiert, ein Umzug findet statt, Lobgesänge künden vom Reich Gottes, und die örtliche Musikkapelle spielt die vaterländische Weise »El Sitio de Zaragoza«. Im Radio singt Berta Singermann: *»Alegría, alegría del Mar…«* Das unverwechselbare Vibrato ihrer Stimme schlägt das fachkundige Publikum in seinen Bann. Man hört auch Lieder der Tenöre Fleta, Beniamino Gigli und Tito Schipa. Und in einem Punkt unterscheidet sich das von den Roten besetzte Gebiet nicht von dem der Nationalisten – überall hört man Carlos Gardel. Während die Männer sich im Badezimmer rasieren und die Frauen die Betten machen, trällern sie alle den einen oder anderen seiner berühmten Tangos: *»Silencio en la noche, ya todo está calma, el músculo duerme…«*

Langsam gleitet die schwarze Limousine durch die Allee. Der livrierte Fahrer hinter der Windschutzscheibe empfängt seine Anweisungen von jemandem, den man nicht sehen kann, weil sich die Bäume in den Scheiben spiegeln und die Person im Fond verbergen.

Auch Teresa geht durch die Allee. Sie ist tief in Gedanken versunken, und ihr Blick wandert über das Laub der Bäume und das Wasser des Flusses, der gemächlich an der Stadt vorüberfließt. Wenige Schritte weiter spielt Pilar mit Berta, die zwischen den Bäumen umherläuft.

Das Auto hält an. Der Schlag öffnet sich, und ein Priester steigt aus. Es ist Diegos Vetter Mario. Er wirkt geradezu übertrieben herausgeputzt, und die Machtfülle seines geistlichen Amtes findet ihren Niederschlag in seiner Körperfülle. Seine Züge haben sich geglättet, doch ist er in der Zeit seit seinem Aufenthalt in Madrid sichtlich gealtert. Sein Haar wird grau, über dem Doppelkinn zeichnen sich spitz seine Gesichtszüge ab. Der Blick seiner Augen ist lebhaft und durchdringend, und um seinen Mund liegt ein selbstgefälliges Lächeln, das früher nicht da war.

Er geht auf die überraschte Teresa zu, stellt sich vor sie und fragt: »Sind Sie Teresa?«

Sie bleibt stehen und sieht den Priester voller Misstrauen an.

»Ja.«

Mario bemüht sich, liebenswürdig und freundlich zu sein.

»Ihre Mutter hat mir gesagt, dass ich Sie hier finden würde ...«

Teresa ist unsicher, weiß nicht recht, wie sie sich verhalten soll. Mit mühsam unterdrücktem Zorn fragt sie: »Was wollen Sie von mir?«

»Können Sie sich nicht an mich erinnern? Ich bin Diegos Vetter Mario Larios.«

Teresa ist nach wie vor verwirrt. Jetzt sieht sie den Geistlichen mit anderen Augen an und sagt etwas weniger widerspenstig: »Doch, ich erinnere mich.«

Der Priester sieht sich um. Wenige Schritte entfernt steht abwartend Pilar. Berta kommt herbeigerannt und schlingt die Arme um die Mutter. Teresa sagt zu ihr: »Geh doch mit Pilar spielen!« Da die Kleine keine große Lust dazu zeigt, befiehlt sie ihr: »Tu, was ich dir gesagt habe! Geh zu Pilar.«

Berta gehorcht und entfernt sich.

»Jetzt können Sie reden.«

Der Priester tritt näher an sie heran und sagt in vertraulichem Ton: »Ich habe Neuigkeiten von Diego.«

Mit einem Schlag verwandelt sich Teresas Gesicht. Ihre Augen glänzen, und ihr Herz schlägt wie wild.

»Von Diego? Kommen Sie aus Madrid?«

Der Geistliche bestätigt das. »Ich habe mich als Flüchtling in Ihrer Wohnung in Madrid aufgehalten und bin dank Diego mit dem Leben davongekommen.«

Aufgeregt und ungeduldig fragt Teresa: »Wie geht es ihm? Was tut er? Geht es ihm gut?«

Er versucht sie zu beruhigen: »Ja. Gesundheitlich geht es ihm sehr gut. Er macht sich Sorgen um Sie und Ihr Töchterchen, aber er ist gesund.«

»Was macht er? Erzählen Sie doch ...«

»Er hat mir aufgetragen, Ihnen zu sagen, dass er Sie liebt. Dass er Sie sehr liebt und sehr vermisst und wieder mit Ihnen zusammensein wird, sobald das möglich ist. Sie sollen Geduld haben und auf sich Acht geben. Er liebt Sie wirklich sehr.«

Teresa kann nicht länger an sich halten und bricht in Tränen aus.

9

LUCIA

Teresa hält einen Karton mit Knöpfen in den Händen und fragt die Verkäuferinnen, die sich um die Kundschaft kümmern: »Wohin kommt der?«

Paquita zeigt auf ein Regal. »Da, modische Knöpfe, drittes Fach von unten.«

Teresa geht mit der Schachtel zum angegebenen Regal. Dabei wirft sie einen Blick durchs Schaufenster. Der Tag ist trüb und grau. Es sieht nach Regen aus. Durch die Scheibe sieht man die Straße und die Passanten. Ein Fahrzeug überquert den kleinen Platz

Eine junge Frau tritt ans Schaufenster, um die Auslage zu betrachten. Teresa stellt die Knopfschachtel auf die Verkaufstheke, eilt zur Ladentür und läuft hinaus.

»Lucía!«

Die Frau, die bereits im Begriff war weiterzugehen, bleibt stehen und dreht sich um. Sie ist ebenso alt wie Teresa, hat kastanienbraunes Haar und helle Augen. Überrascht sieht sie Teresa an und ruft dann mit einem erfreuten Lachen aus: »Ist das die Möglichkeit?«

»Lucía!« Sie begrüßen einander mit einem Kuss. »Lucía! Wie schön! Was tust du denn hier?«

»Und du? Warst du nicht in Madrid?«

»Das ist eine lange Geschichte. Ich werde sie dir bei Gelegenheit erzählen …«

»Mir ist richtig zum Heulen zu Mute. Ich bin hergekommen, um Angehörige und Freunde zu besuchen, nur ein paar Tage …« Sie sieht sich um und fährt mit leiser Stimme fort: »Mit einem Mal finde ich mich in diesen entsetzlichen Krieg verwickelt, und als ob das nicht genügte, ziehen diese Barbaren auch noch meinen kleinen Juanito ein und schicken ihn an die Front. Kannst du dir vorstellen, dass der auf einen Menschen schießt?« Noch leiser fügt sie hinzu: »Ich wollte nach Frankreich zurück, aber das haben sie mir nicht erlaubt. Ich ersticke hier noch! Komm doch einfach zu mir und erzähl mir alles. Du hast doch wohl nicht das Klavierspielen aufgegeben, oder?«

Ein Dienstmädchen mit Schürze und Häubchen räumt das Kaffeeservice ab: Tassen aus feinem Porzellan, silberne Löffelchen, Zuckerdose und dazu passend je ein Kännchen für heißes Wasser und Sahne. Obwohl sie sich bemüht, ihre Arbeit möglichst lautlos zu tun, fällt ihr klirrend ein Kaffeelöffel auf einen Teller. Sie wirft einen besorgten Blick zum Stutzflügel hinüber, an dem Lucía eine Debussy-Sonate spielt. Scheinbar schwerelos huschen ihre Finger über die Tasten. In den Pausen hebt sie routiniert eine Hand, um sie mit eindrucksvoller Präzision gleich wieder auf die Tasten zu senken und weiterzuspielen. Man sieht deutlich, dass Lucía Berufspianistin ist und über die Meisterschaft der großen Interpreten verfügt. Hinter ihr steht Teresa, versunken in die Musik.

Die Klänge erfüllen den Raum und scheinen die darin befindlichen Gegenstände zu liebkosen. In Lucías Haus sieht es so aus, wie man es von einer Familie erwartet, die dem Provinzadel angehört. Die Vorhänge, Teppiche und schweren Möbel im luxuriösen Salon wirken ein wenig überladen. Die Bilder an den tapezierten Wänden haben einen gewissen Wert. Die vorherrschenden dunklen Farbtöne werden vom Tageslicht, das durch die Stores vor den Fenstern dringt, nur wenig aufgehellt.

Als Lucía fertig ist, sagt Teresa: »Du spielst immer besser! Ich bin richtig neidisch auf dich!«

»Du hättest damals mit mir ganz nach Paris gehen sollen!«

»Nun, du weißt ja…«

»Ich will dir etwas sagen, was ich früher wegen meines blödsinnigen Neids lieber für mich behalten habe…«

Gespannt wartet Teresa.

»Du warst besser als ich, immer!«

Teresa lächelt geschmeichelt und wehrt ab: »Das ist doch Unfug!«

Vielleicht stimmte es ja, dass ich, als wir beide noch lernten, besser war als sie. Meine Finger waren beweglicher und treffsicherer, ich war konzentrierter und hielt mich für einfühlsamer, wenn es um die Interpretation der Musik ging, vor allem bei den Komponisten, die ich ganz besonders mochte, den deutschen Romantikern und diesem oder jenem Stück von den modernen Franzosen: Satie, Debussy, Ravel…

Als wir zum ersten Mal in Paris ein Konzert gaben, spielte Lucía vor lauter Nervosität nicht so gut wie sonst. Ich hingegen brillierte, war sogar besser als gewöhnlich. Ich genoss es damals, vor Publikum zu spielen, und ich war neugierig.

Normalerweise schüchterten mich Zuhörer ein, doch an jenem Tag war ich, aus welchem Grund auch immer, phantastisch. Alles passte zusammen, meine Finger trafen jeweils genau die richtige Taste. Natürlich besteht die Gefahr, dass man zu einer Maschine wird, deren Finger nicht vom Herzen gelenkt werden, sondern sich nach vorgegebenen Anweisungen richten, die allein das Gehirn koordiniert. Wobei das nicht einmal schlecht sein muss, wenn es etwas anderes gibt, das für einen Ausgleich sorgt, ein Einfühlungsvermögen, das die exakte Dauer, mit der eine Note erklingen muss, die genaue Resonanz, den erforderlichen Tastendruck, den sparsamen Einsatz des Pedals im richtigen Augenblick erspürt…

Lucía hatte weitergemacht und sich mit eiserner Willenskraft Schritt für Schritt auf dem schwierigen Weg in der Welt der Musik vorangekämpft.

»Du spielst großartig! Eine Pianistin, wie man sie nur selten findet!«

»Und du hättest erreichen können, was auch immer du wolltest, wenn du es dir nur fest vorgenommen hättest.«

Teresa lächelt.

»Jetzt übertreib aber nicht. Mir hat es an Opferbereitschaft und Selbstsicherheit gefehlt. Ich glaube, das macht den Unterschied zwischen den bedeutenden Künstlern und den anderen aus: Erstere sind überzeugt davon, dass ihnen niemand auf der ganzen Welt das Wasser reichen kann.«

Lucía steht vom Klavierhocker auf.

»Du hattest alles, was nötig ist: Begabung und Einfühlungsvermögen. Aber lassen wir das. Jetzt bist du an der Reihe.«

Teresa wird unruhig.

»Meinst du wirklich? Du wirst dich wundern, was ich alles verlernt habe. Ich übe nicht so viel, wie ich müsste.«

»Komm schon, ich kenn dich doch! Spar dir die Bescheidenheit für eine andere Gelegenheit auf.«

Teresa lächelt, zuckt die Achseln.

»Ganz wie du willst. Wenn es denn sein muss ...«

Sie nimmt vor dem Instrument Platz, auf das sich ihre Freundin mit den Ellbogen stützt.

»Ich habe einen Fandango von Scarlatti einstudiert, ich meine, früher mal ...«

Sie schlägt die ersten Töne von Domenico Scarlattis Fandango in d-Moll an. Die schweren Vorhänge vor den Fenstern des Salons verleihen dem Flügel einen dumpfen, vollen Klang.

Langsam und verstohlen öffnet sich eine Tür. Ein etwa dreißigjähriger Mann streckt den Kopf herein und sieht den beiden Frauen zu. Er sieht gut aus, ist schlank, gut gebaut und hat lockiges, glänzendes Haar. Nach einer Weile tritt er über die Schwelle in den Salon.

Er beginnt den Fandango zu tanzen, elegant und mit knappen Bewegungen, wie ein Berufstänzer.

Teresa bemerkt ihn und hört überrascht auf zu spielen.

»Juanito!«

»Hallo, Teresa ... Wirklich schön. Von wem ist das? Boccherini?«

»Nein, Scarlatti.«

»Ach ja, natürlich.«

Lucía weist ihn zurecht: »Warum hast du das getan?«

»Ich konnte nicht anders. Als ich die Musik hörte ... haben meine Füße von selbst angefangen.«

Seine Stimme klingt unverkennbar wie die eines Homosexuellen.

Teresa steht auf. Sie geht auf Juanito zu und begrüßt ihn mit einem Kuss.

»Wunderst du dich, mich zu sehen? Ich bin von der Front desertiert. Hat dir Lucía das nicht erzählt?«

Seine Schwester sagt entschuldigend: »Sie weiß nichts davon. Und es gibt auch keinen Grund …«

Juanito fällt ihr ins Wort: »Ich halte es nicht länger aus. Ich kann nicht mehr!«

Dann berichtet er Teresa: »Ich verstecke mich hier im Haus. Leute wie mich nennt man Drückeberger. Jedes Mal, wenn einer an die Tür kommt, kriege ich einen Mordsschreck. Mein Versteck ist ein winziges fensterloses Zimmerchen, wo ich mich zwischen Kartons und Kleidungsstücken verberge. Ich weiß wirklich nicht, wie lange ich den Geruch von Mottenpulver noch aushalte!«

Er hängt sich bei Teresa ein und sagt ergriffen: »Das war wunderschön! Wirklich herrlich! Spiel es noch einmal für mich, Teresa, bitte …«

Sie lässt sich nicht lange bitten, setzt sich auf den Klavierhocker und spielt den Fandango erneut.

Juanito tanzt jetzt gelöster. Gewandt gleitet er durch den Salon, zwischen den Tischen und Sesseln hindurch. Teresa gibt den gemessenen Rhythmus des Fandango vor und sieht Juanito beeindruckt zu. Sie wirft einen Blick zu ihrer Freundin Lucía hinüber und sieht die Tränen in ihren Augen.

10

MARTA

Über Madrid heulen die Luftschutzsirenen: Ein lang gezogenes beklemmendes Jaulen; rasch gehen daraufhin in der Stadt die Lichter aus.

In der Avenida Menéndez y Pelayo erlischt der dunkelviolette Schein der Laternen, sodass die Straße im Dunkeln liegt. Der mit einem Gewehr bewaffnete Luftschutzwart in Lederjacke und Ledermütze ruft laut hallend durch die Straße: »Verdunkelung!«

Irgendwo löscht ein Nachzügler das Licht. Die Fenster der Häuser versinken in der Schwärze der Nacht; dunkel und in einer bedrohlichen Stille, die Urängste weckt, liegt die Stadt da.

Als der Luftschutzwart in einem Haus Licht brennen und den Schatten eines Menschen am Fenster sieht, ruft er aus voller Brust: »Licht aus! Licht aus!«

Es ist der Schatten Diegos. Er löscht die Lampe und tritt erneut ans Fenster, diesmal im Dunkeln.

Von der Straße herauf ertönt erneut die Stimme des Luftschutzwarts: »Licht aus! Licht aus!«

Als das Sirenengeheul verstummt ist, hört man über der vor Schrecken erstarrten Stadt, die sich in die völlige Dunkelheit zu ducken scheint, das unverkennbare Dröhnen von Flugzeugmotoren.

Diego sieht zum Fenster hinaus. Am Himmel tanzen die Lichtfinger der Flakscheinwerfer, die nach den Flugzeugen suchen. Das Dröhnen der Motoren wird immer lauter. Bald hört man die ersten Bomben explodieren.

Diego geht in der fast gänzlich im Dunkel liegenden Wohnung umher. Durch die offenen Fenster sieht man das Mündungsfeuer der Flugzeug-Abwehrgeschütze. Der grelle Schein der explodierenden Bomben und Granaten zerreißt die Dunkelheit. Die Flugzeuge nähern sich, und mit ihnen die Detonationen.

Schließlich geht Diego ins Schlafzimmer, setzt sich auf das Bett gegenüber dem Fenster, das in der Dunkelheit der Straße so gut wie unsichtbar ist, obwohl es offen steht und die Rollläden hochgezogen sind, und schreibt in Gedanken einen Brief:

> Liebe Teresa,
> heute Nacht hat es wieder einen Bombenangriff auf Madrid gegeben. Das ist inzwischen zu einer grässlichen Gewohnheit geworden. Allmählich werden in der Stadt die Lebensmittel knapp, und es zeigen sich die ersten Ermüdungserscheinungen; die Löwen im Zoo brüllen nicht mehr, vielleicht sind sie verhungert, und im Park patrouillieren russische Soldaten. Doch trotz aller Schicksalsschläge, der Angst vor den Bomben der Flieger und obwohl die Leute allmählich anfangen zu hungern, herrscht in der Bevölkerung nach wie vor Entschlossenheit vor…

Die Explosion einer Bombe ganz in der Nähe erschüttert das Gebäude. Die Fensterscheiben klirren. Man hört Ambulanzfahrzeuge und Flakfeuer.

> Wie geht es Berta? Und dir? Ich weiß nicht, was ich noch tun kann, Teresa, um etwas über dich zu erfahren. Ich habe versucht, mit dem Internationalen Roten Kreuz und mit ausländischen Journalisten Verbindung aufzunehmen, aber trotz aller Bemühungen bisher nichts herausbekommen…

Er hält eine Weile inne und betrachtet im Lichtschein der Detonationen das Foto von Teresa, Berta und ihm im Haus in den Bergen. Sie lächeln.

> Ich ertrage das Alleinsein nicht gut, ich habe es mir nicht ausgesucht. Ihr fehlt mir, du und meine Kleine. Vor allem du. Ich liebe dich, Teresa, ich liebe dich und sehne mich nach dir. Wie schwer es ist, allein zu leben, wenn man sich an das Leben mit einer so wundervollen Gefährtin gewöhnt hat! Ich vergesse euch nicht, Teresa, Berta. Ich liebe euch.

Er wirft sich auf das Bett und betrachtet die Zimmerdecke. Wie die Wände wird sie von Zeit zu Zeit von den Lichtblitzen der Detonationen erhellt.

In der Redaktion wird mit Hochdruck gearbeitet. Man hört das Klappern der Schreibmaschinen, und der Geruch von Zigarettenrauch vermischt sich mit dem des aufgewärmten Kaffees.

Diego tippt seinen Artikel in die Underwood, die einen

großen Teil seines Schreibtisches in Anspruch nimmt. Neben ihm liegen mehrere kleine Hefte, auf deren von Hand geschriebene Texte er von Zeit zu Zeit einen Blick wirft. Nach einer Weile hört er auf zu schreiben, weil er eine Melodie zu hören glaubt, die aus der Ferne kommt... Jemand spielt Klavier. Er streckt sich. Stunde um Stunde hat er in derselben Stellung verharrt und versucht nun seinen Nacken zu entspannen, indem er den Kopf in eine andere Richtung dreht. Er hält inne, lauscht aufmerksam: Die Melodie vermischt sich mit dem Lärm im Redaktionsraum; er erkennt sie nicht. Er fragt sich, was Teresa wohl gerade tut. Ob sie schläft? Oder ist sie wach und denkt an ihn? Und seine kleine Berta, das hübsche, liebe Kind? Sie fehlt ihm sehr. Täglich quält ihn diese unmenschliche Trennung von seinen Lieben mehr. Was kann er tun, um Verbindung mit Teresa aufzunehmen, was nur?

Seine Kollegin Marta, die mit einigen Typoskriptblättern zu ihm tritt, unterbricht ihn in seinem Grübeln. »Sanz sagt, du sollst das mal gründlich redigieren. Es ist gerade reingekommen.«

Diego taucht aus seinen niedergeschlagenen Gedanken auf, wirft einen Blick auf Marta. Sie sieht sehr gut aus, hat sich hübsch frisiert und zurechtgemacht und trägt ein eng an ihrem wohlgeformten Körper anliegendes Sommerkleid. Er nimmt die Blätter, die sie ihm hinhält. Mit einem Lächeln sagt sie: »Wo steckst du eigentlich dauernd? Man sieht dich überhaupt nicht mehr.« Sie ahnt den Grund seiner Trauer. »Gibt es immer noch keine Neuigkeiten über deine Familie?«

Diego schüttelt den Kopf. »Nein. Ich habe versucht, über das Rote Kreuz etwas zu erreichen, aber die haben auch noch nichts rausgekriegt.«

»Im Süden wird es langsam brenzlig...«

Damit bezieht sie sich auf die Mitteilung, die sie Diego gerade gegeben hat. Er liest sie laut: »Unterstützt von Fremdenlegion und Falangebanditen haben die verbrecherischen Truppen der Aufständischen Talavera de la Reina besetzt. Die Straßen der Stadt sind mit Toten übersät...«

Er hört auf zu lesen und sagt sehr ernst zu Marta: »Es wird immer schlimmer. Die Lage ist völlig verfahren.«

»Nun übertreib mal nicht. In ein paar Monaten ist alles wieder im Lot.«

Martas Zuversicht gefällt ihm.

»Meinst du wirklich?«

Marta antwortet mit einem Scherz: »›Spanien hat eine Sonnenseite und eine Schattenseite‹, sagt unser Staatspräsident Azaña.«

Diego lächelt. »Das klingt nach Stierkampfarena.«

»Nun sei doch nicht gleich so defätistisch. Nur Mut! Noch zwei Monate, und die Sache ist ausgestanden. Russland und Frankreich werden uns zur Seite stehen.«

Gerührt sieht Diego die junge Frau an. Er sammelt die Papiere auf seinem Tisch ein, geht zur Garderobe und nimmt seinen Hut herunter. Dann strebt er der Tür entgegen.

»Gehst du nach Hause?«

Er nickt. Marta sagt: »Wenn du einen Augenblick wartest, komme ich mit.«

»In Ordnung.«

Diego geht mit zu ihrem Tisch. Er sieht zu, wie sie einige Blätter nimmt und sie in die Handtasche steckt. Dann wirft sie sich eine Jacke über die Schulter.

»Man kann sich als Frau nicht mehr allein auf die Straße wagen...«

Sie gehen durch die Straßen Madrids, die in den ersten Stunden nach Mitternacht still und dunkel daliegen. Das Straßenpflaster glänzt nass, und einzelne Pfützen zeigen, dass es vor kurzem geregnet haben muss. Marta kuschelt sich in ihre Jacke.

»Was wirst du tun?«

»Was kann ich schon groß tun? Höchstwahrscheinlich ist Teresa nach Zamora gegangen, zu ihrer Mutter und ihren Schwestern. Wie die Dinge liegen, halte ich das für das Vernünftigste, obwohl ihre Angehörigen rechts stehen. Es sind keine schlechten Menschen, aber du kennst das ja: Sie gehen täglich zur Messe und glauben alles, was ihnen der Priester sagt…«

Marta wechselt das Thema. »Weißt du inzwischen, wo dein Auto geblieben ist?«

»Das sehe ich nie wieder… Na ja, das ist eigentlich nur halb so schlimm, ein bisschen Bewegung kann mir nicht schaden.«

»Schön, dass du es dir nicht so zu Herzen nimmst.«

»Ich muss es nehmen, wie es kommt – was bleibt mir sonst übrig?«

Marta hängt sich bei ihm ein, und Diego spürt die Wärme ihres Körpers. Schweigend gehen sie Arm in Arm durch die schlecht beleuchteten Straßen. In der Ferne bellt ein Hund. Man hört das Ächzen einer Dampflokomotive. Als Marta seine Versunkenheit bemerkt, versucht sie ihn aufzumuntern. »Dieser Krieg wird nicht ewig dauern… Warte nur ab, alles wird gut.«

Diego lächelt dankbar. »Ich wäre gern immer so guten Mutes wie du. Ich versuche… Ist ja egal. Reden wir lieber von was anderem.«

»Den Krieg gewinnen wir, du wirst schon sehen.«

Diego beschließt, das Thema fallen zu lassen, und fragt sie: »Wieso bist du eigentlich zur Zeitung gegangen?«

»Keine Ahnung. Ich habe schon immer gern geschrieben und wollte mir meinen Lebensunterhalt selbst verdienen … Erscheint dir das sonderbar?«

»Nein, ich finde es gut … In unserem Land gibt es nicht viele Frauen, die sich eine eigenständige Arbeit suchen, anstatt Hausfrau zu werden.«

Jetzt geht Marta zum Angriff über: »Wir arbeiten im Haus, auf dem Feld, in den Fabriken … warum nicht bei der Zeitung?«

Mit leicht spöttischem Lächeln sieht Diego zu ihr hin und sagt: »Du bist doch wohl keine von diesen Feministinnen?«

Milizionäre kommen aus einem Hauseingang. Mit ihren Gewehrkolben stoßen sie einen etwa fünfzigjährigen Mann vor sich her, der ängstlich protestiert: »Wo bringt ihr mich hin? Ich hab nichts getan! Was wollt ihr von mir?«

Nach einem Blick auf die Gruppe will Diego sich einmischen. Marta, die einen kühlen Kopf bewahrt, versucht ihn zurückzuhalten. »Bring dich nicht in Schwierigkeiten, Diego. Lass sie!«

Er aber reißt sich los und tritt tollkühn auf die Gruppe zu. Marta bleibt nichts anderes übrig, als ihm zu folgen.

Die Milizionäre gehen auf einen Wagen zu, der mit eingeschaltetem Licht auf der Straße steht. Diego ruft ihnen zu: »He, ihr da! Was tut ihr? Was geht da vor sich?«

Einer der Männer dreht sich zu ihm um und richtet den Gewehrlauf auf ihn. »Und wer zum Teufel bist du?«

»Journalist bei *El Socialista.* Wen bringt ihr da weg?«

Er sieht zu dem Mann hinüber, der abgeführt wird. Er wirkt leidend. Der Schrecken ist ihm an den Augen abzulesen. Wahrscheinlich haben sie ihn aus dem Bett geholt.

»Wer ist das, und was hat er getan?«

Der Milizionär rammt Diego seinen Gewehrkolben so heftig in die Magengrube, dass er sich krümmt. Ein zweiter Kolbenstoß, und er liegt am Boden.

»Halt dein verdammtes Maul, Scheißsozialist. Wenn ich dich noch mal seh, knall ich dich ab wie 'nen Hund.«

Dann steigt er zu den anderen in den Wagen.

Zusammengekrümmt liegt Diego auf dem schlammbedeckten Boden. Beim Sturz hat er sich verletzt. Seine Hose ist am Knie zerrissen.

Der Wagen fährt mit einem Ruck an, und bald ist nur noch ein entfernter Lichtfleck zu sehen.

Marta beugt sich über Diego. Er versucht aufzustehen. Er hat Schmerzen in der Magengrube. Er kann kaum sprechen.

»So ein Schweinehund! Aber die werden schon noch dafür büßen!«

Marta hat sich ein wenig beruhigt und versucht ihn zu beschwichtigen. »Komm, lass uns von hier verschwinden ... Schluss jetzt mit den Heldentaten! Kannst du gehen?«

Mit großer Anstrengung erhebt sich Diego. Er bemüht sich, wieder zu Atem zu kommen.

»Ich glaube, ja ... Warte, ich muss erst ein bisschen verschnaufen ... Der verdammte Sauhund ... Ich kriege kaum Luft.«

Jetzt merkt er, dass sein Knie blutet und sein Hosenbein zerrissen und schmutzig ist.

Diego sitzt auf einem Stuhl, das verletzte Bein hat er hochgelegt. Sein Hosenbein ist bis über das Knie aufgekrempelt. Während er spricht, sieht er sich in dem Raum um.

»Die Sache hat den Haken, dass es von der Theorie zur

Praxis ein langer Weg ist. Die Freiheit ist eine gute Sache, aber schlecht ist es, wenn solche Mörder sie nutzen, um ihr eigenes Süppchen zu kochen. Auf diese Weise muss es zur Katastrophe kommen.«

Marta tritt mit Verbandswatte, einer Binde und einer Flasche Wundalkohol aus dem Badezimmer. Sie legt alles auf den Tisch. Angesichts von Diegos argwöhnischem Blick erklärt sie: »Bei mir bist du in den besten Händen. Ich bin gelernte Krankenschwester. Die Ausbildung hab ich gemacht, bevor ich mich entschieden habe, doch lieber zur Zeitung zu gehen. Du bist immer gleich so negativ eingestellt, so misstrauisch …«

Diego senkt die Stimme, als fürchte er, jemand könne mithören. »Nein, misstrauisch nicht, aber ich bemühe mich, unvoreingenommen zu sein. Ich sehe die Dinge lediglich, wie sie sind. Man kann diesen Krieg noch so ideologisch verbrämen, es geht nicht mehr um den heldenmütigen Kampf für eine gute Sache. Er hat sich in eine Tragödie von Tod und Zerstörung verwandelt, deren Beteiligte sich so lange gegenseitig umbringen werden, bis keiner mehr am Leben ist. Der wichtigste Grundsatz des Krieges ist: Ich bringe dich um, damit du mich nicht umbringen kannst. Das Ergebnis ist ein verheerendes Gemetzel, in das wir alle verwickelt sind.«

Marta kniet am Boden vor ihm und sieht sich die Wunde an seinem Bein genauer an.

»Sei nicht so defätistisch. Letzten Endes werden wir siegen, du wirst es sehen. Jetzt hilft uns das Ausland bestimmt …«

»Ach was. Wir bringen uns gegenseitig um, weil die einen es den anderen heimzahlen wollen, die einen zur Messe gehen und die anderen nicht, weil ich Sozialist bin und ein anderer Kommunist ist, Anarchist oder was weiß ich...«

Diego sieht sich in Martas nicht besonders großer Wohnung um, in der eine gewisse Unordnung herrscht. Sie hat schlichte Möbel, wie sie modern waren, als die Vorstellungen der Bauhausbewegung Europa erobert haben. Auf dem Boden liegen Orientteppiche. Außerdem gibt es zahlreiche Topfpflanzen. Auf Sofa und Sesseln liegen Kissen, vor den Fenstern hängen Jalousien. Jetzt tränkt Marta die Watte mit dem Wundalkohol und betupft die Wunde damit.

»Au! Das brennt!... Aua! Nicht so brutal!«

»Wie wehleidig ihr Männer doch seid!«

»Willst du mich umbringen? Was hab ich dir getan, dass du mich so behandelst?«

»Jetzt sei still und meckere nicht herum.«

Diego nimmt sich zusammen und fragt: »Wie ist das – lebst du allein?«

»Ja, seit ich mich von Antonio getrennt habe. Das Alleinsein gefällt mir, ich bin gern unabhängig. Manchmal allerdings hätte man schon gern einen anderen Menschen um sich herum ...«

Munter gibt er zur Antwort: »Der lässt sich bestimmt finden. Auf jeden Topf passt ein Deckel...«

Marta sieht ihn an. Seine forsche Äußerung hat ihr nicht besonders gefallen. »Ich verdiene meinen Lebensunterhalt und tu, was mir gefällt. Findest du das nicht in Ordnung?«

»Doch, natürlich. Das hab ich nur so dahergesagt. Ärgere dich doch nicht darüber.«

Marta bedeckt die Wunde mit Mull und wickelt eine Binde um das Bein. Sie macht ihre Sache ausgezeichnet.

»Ihr Männer findet die Vorstellung unerträglich, dass

Frauen unabhängig sind. Auch wenn ihr euch noch so tolerant und fortschrittlich gebt, seid ihr doch nach wie vor der Ansicht, dass die ideale Frau nett und gefällig im Umgang sein muss, eine gute Mutter, eine hingebungsvolle Geliebte... Vor allem aber muss sie unwissend sein, immer schön den Mund halten, und je weniger Ärger sie macht, desto besser – kurz: ein Spielzeug für den König des Dschungels!... Auf keinen Fall darf sie schnippisch und besserwisserisch sein, so wie ich.« Sie kann gar nicht wieder aufhören zu lachen. Ihr Lachen ist so ansteckend, dass Diego mit einstimmt. »Soll ich weiterreden?«

Er findet das Thema unterhaltsam.

»Nur zu. Was also noch?«

Marta hat den Verband fertig.

»Eine englische Freundin hat mal zu mir gesagt, die spanischen Männer sehen eine Frau an ›wie die Kühe auf der Weide einen vorbeifahrenden Zug‹.«

Diego lacht. »Ich finde den Vergleich eigentlich ganz gut, auch wenn zwischen mir und einer Kuh jede Ähnlichkeit rein zufällig wäre. Nein, für mich ist eine Frau ein geheimnisvolles und unbekanntes Wesen. Ich verstehe euch nicht, weiß nicht, wie ihr seid. Erde, Mond und Meer, sagt man oben im Norden, Haus...«

»Heim... Sonne, Ehre...«

»Vaterland, Religion...«

»Wie fürchterlich!... Kommunismus, Sozialismus, Anarchismus...«

»Die Revolution ist weiblichen Geschlechts, liebe Marta... wie die Wunde, die Krankheit, die Wüste, die Sünde...«

Marta sieht Diego fest an und fragt mit sanfter Stimme: »Möchtest du mit mir schlafen?«

Das bringt ihn in Verlegenheit, und er versucht sich herauszuwinden: »Sag mal, ist das dein Ernst?«

Marta bricht in ein herzhaftes Lachen aus.

»Siehst du? Völlige Verblüffung, schlechte weibliche Taktik … Er sagt: ›Kommt drauf an … außerdem muss der Vorschlag von mir kommen … Ich bin der Jäger und du die Hirschkuh, der ich in den Hals beißen muss …‹« Bevor Diego etwas erwidern kann, fährt sie fort: »Der Mann macht ihr den Hof, muss sie erobern, sagt ihr: ›Wie schön du bist … Was für eine zauberhafte Haut du hast … was für zauberhafte Haare … Deine Brüste sind wie …‹, was weiß ich, wie …«

Sie wartet, dass sich Diego an ihrem Spiel beteiligt, und so bleibt ihm nichts anderes übrig, als mitzumachen, so gut er kann. »Deine beiden Brüste sind wie zwei Kitzlein, wie die Zwillinge einer Gazelle, die in den Lilien weiden …«

»Na, hör mal, bist du etwa auch Dichter?«

»Das steht in der Bibel, Mädchen, im Hohelied Salomons.«

»Da siehst du mal, was ich verpasst hab, nur weil meine Eltern Kommunisten waren.«

Jetzt fährt Diego fort, vom poetischen Schwung mitgerissen: »›Trauben am Weinstock seien mir deine Brüste, Apfelduft sei der Duft deines Atems, dein Mund köstlicher Wein, der glatt in mich eingeht …‹«

Verblüfft hört Marta zu und sagt dann: »Das ist schön …« Sie beendet ihren Samariterdienst.

»So, fertig. Ein Meisterwerk.«

Diego betrachtet sie; sie ist wirklich hübsch, besonders jetzt, wo sie leicht erhitzt ist.

»Du bist sehr schön, Marta …«

Spöttisch fragt sie: »Wann ist dir denn das aufgefallen?«

»Schlägst du immer gleich um dich?«

»Nein, nicht immer.«

Sie umarmt ihn zärtlich. Sie küssen und streicheln sich. Sie drängt sich an ihn, sucht eher Geborgenheit als Liebe. Diego umarmt sie voller Zärtlichkeit und Zuneigung, doch ohne Leidenschaft.

11

MARGARITA

In der Dunkelheit des Wohnzimmers ist das Profil Teresas zu erkennen, die den Knopf des Radios dreht, bis sie auf der blass beleuchteten Skala den Sender gefunden hat, den sie sucht. Sie merkt nicht, dass sich noch jemand im Zimmer aufhält: Im Halbschatten ahnt man den Umriss der Frau mehr, als dass man ihn sehen könnte. Sie steht unbeweglich wie eine Statue.

Störgeräusche aller Art verhindern einen klaren Empfang des Senders Madrid, der seine Hörer über die Vorgänge auf der republikanischen Seite informiert. Teresa regelt die Lautstärke möglichst weit herunter und presst das Ohr dicht ans Radio. »Die regierungstreuen Truppen bekämpfen den Feind an allen Fronten heldenhaft. An der Front von Madrid haben wir unsere Position ausgebaut. An der Nordfront haben unsere Truppen dem Gegner mit der Eroberung von … eine schwere Niederlage …«

Das Licht im Wohnzimmer flammt auf. Jetzt zeigt sich, dass die geisterhafte Erscheinung Margarita ist. Sie ist vollständig angekleidet, als wolle sie das Haus verlassen. Eine blaue Ader, die quer über ihre bleiche Stirn verläuft, tritt deutlich hervor: »Mach das sofort aus!«

Erschreckt zuckt Teresa zusammen. Beim Anblick ihrer Schwester beruhigt sie sich ein wenig.

»Du hast mir richtig Angst eingejagt! Was tust du hier? Spionierst du mir nach?«

Aufgebracht schaltet Margarita das Radio aus und fährt Teresa an, wobei sie sich bemüht, ihre Stimme zu dämpfen: »Es stimmt also! Ich müsste dich auf der Stelle anzeigen und tu es nur deshalb nicht, weil wir Geschwister sind.«

Teresa ist von der Heftigkeit der Erregung verblüfft, die sie in den Worten ihrer Schwester spürt.

»Das traue ich dir glatt zu! ...«

Wütend fährt Margarita mit ihren Vorwürfen fort: »Für wen hältst du dich eigentlich? Als ob es nicht genügte, dass wir dich und deine Tochter mit durchfüttern müssen, jetzt hörst du auch noch diesen Verbrechern zu!«

Mit fester Stimme gibt Teresa zurück: »Wenn ich könnte, wäre ich längst gegangen.«

»Zu deinem Liebhaber?«

»Zu meinem Lebensgefährten... Ja, zu meinem Liebhaber! Das Wort gefällt dir wohl nicht! Du bist nie darüber hinweggekommen, dass sich Diego für mich entschieden hat.«

In dem Blick, den Margarita ihrer Schwester zuwirft, liegt ein alter Groll. Seit Jahren hat sie auf eine Gelegenheit gewartet auszusprechen, was ihr auf der Seele brennt, und jetzt tut sie es: »Weil du mit unsauberen Mitteln gearbeitet hast. Du hast dich ja aufgeführt wie eine rollige Katze.«

Teresa gibt mit einem spöttischen Lächeln zurück: »Ach, wie interessant. Als ob du kein Wässerlein trüben könntest! Dabei warst du es, die ihm gesagt hat, ich liebte ihn nicht und hätte schon einen anderen ... Hast du das etwa vergessen?«

»Das war die Wahrheit!«

»Es war gelogen, und das hast du auch ganz genau gewusst.«

Da sie einsieht, dass dieser Streit zu nichts führt, ändert sie den Tonfall: »Margarita, du bist meine Schwester. Hilf mir, eine Verbindung zu Diego zu kriegen! Hilf mir, von hier wegzukommen. Ich kann so nicht leben!«

Aber Margarita denkt nicht daran, auch nur einen Fingerbreit nachzugeben.

»Und jetzt verlangst du von mir, dass ich Verrat an meinen Leuten übe. Wie zynisch du bist! Beim nächsten Mal zeige ich dich an.«

Teresa, die angesichts dieser Haltung die Beherrschung verliert, versetzt ihr mit aller Kraft eine Ohrfeige. Margarita hält sich die Hand an die Wange. Sie blutet. Voller Hass sieht sie ihre Schwester an und sagt in drohendem Ton: »Das wird dir noch Leid tun!«

Teresa begreift, dass sie zu weit gegangen ist, und versucht sich zu beruhigen. Beim Anblick des Blutes will sie besorgt einlenken, doch es ist zu spät. »Es tut mir Leid. Bitte verzeih mir, Schwester. Ich wollte nicht ...«

Margarita bleibt hart. Kalt und unbeteiligt sagt sie, wobei sie Teresa unverwandt ansieht: »Du bist nicht meine Schwester, sondern ein hysterischer Dummkopf und obendrein eine Vaterlandsverräterin. Das ist nichts Neues, so warst du immer schon.«

»Es tut mir Leid, Margarita, wirklich. Es tut mir aufrichtig Leid, verzeih mir! Ich bin mit den Nerven am Ende.«

Margerita aber verlässt aufgebracht den Raum. Verzweifelt bricht Teresa in Tränen aus.

Jeder in der Redaktion macht ein ernstes Gesicht, als in der Ferne Detonationen zu hören sind. Die Fensterscheiben zittern. Marta tritt mit mehreren Blättern in der Hand zu Diego, der den Kopf hebt und sie ansieht. Besorgt fragt sie: »Was ist das?«

Ein Kollege meint: »Sag mal, das ist doch Artillerie!«

Diego hört genauer hin. Die Detonationen werden immer lauter und kommen immer näher.

In der Redaktion entsteht Unruhe. Manche haben ihren Platz verlassen und beugen sich aus dem Fenster. Eine Tür öffnet sich, und der Chefredakteur Ramiro erscheint.

»Das kommt aus dem Universitätsviertel!«

Eine Granate explodiert ganz in der Nähe, und ein Experte kommentiert: »Feldartillerie, Kaliber fünfzehneinhalb!«

Diego steht unruhig auf, denn inzwischen klingen die Detonationen bedrohlich nahe.

»Die liegen immer dichter!«

Mittlerweile sind alle in der Redaktion auf den Beinen. Marta stößt einen Entsetzensschrei aus, der im betäubenden Donner der nächsten Detonation untergeht.

Ein Teil der Decke kommt herunter. Unter Höllenlärm stürzen Schuttbrocken und Balken herab; Schreibtische fliegen durch die Luft, und schwere Schreibmaschinen krachen zu Boden.

Dichter Staub wirbelt auf, sodass man einige Sekunden lang nichts sieht.

Inmitten der Staubwolke liegt Diego neben einem umgestürzten Schreibtisch am Boden. Ein Balken hat den Stuhl zerschmettert, auf dem er gesessen hatte. In seinem Kopf dröhnt es dumpf und schmerzhaft wie von einem Erdbeben.

Langsam wie in einem Albtraum erhebt er sich. Alles ist

voll Staub, und er kann nichts klar erkennen. Man hört die Schmerzenslaute eines Verletzten. Diego fährt sich mit der Hand ans Bein und spürt Blut. Ein großer Holzsplitter hat den Hosenstoff zerrissen. Es scheint aber keine ernsthafte Wunde zu sein.

Nach und nach legt sich der Staub. Man sieht schattenhafte Umrisse, Menschen, die sich auf unsicheren Beinen bewegen, als wären sie betrunken. Durch den Raum tönen Schmerzensschreie und Hilferufe. Noch benommen von der Wirkung der Druckwelle sieht Diego sich um. Das dumpfe Dröhnen in seinem Kopf klingt, als käme es aus dem Mittelpunkt der Erde.

Fassungslos sieht er durch den Staubschleier um sich. Hier und da erkennt man Verletzte und Tote. Sein Blick fällt auf Marta, die blutbedeckt inmitten von Trümmern und Balken liegt.

Jetzt ist Diego sicher, dass er nicht träumt, sondern dass alles real ist, dass er sich im Hier und Jetzt befindet, und ihm entfährt der entsetzte Ausruf: »Nein, nicht sie!« Mühevoll kommt er auf die Beine und bewegt sich auf sie zu. Vielleicht gibt es ja noch Hoffnung… Er tritt nah an Marta heran. Sie liegt mit offenem Mund da, ihre glasigen Augen sind aufwärts gerichtet. Aus einer tiefen Halswunde strömt unablässig Blut. Ihr Körper ist verdreht, als wäre sie eine Strohpuppe. Ihre von einer gewaltigen und grausamen Hand aufgerissene Bluse ist von Blut getränkt.

»Marta, Marta!«

Es hat keinen Sinn, sie hört seinen Ruf nicht mehr. Diego setzt sich neben sie.

»Marta!«

Sie gibt keine Antwort; sie ist tot.

Nie hatte ich mich dem Tod so unmittelbar und schonungslos gegenübergesehen. Ich war dabei, als mein Vater starb, und hörte seine mühsamen letzten Atemzüge. Aber da wussten wir alle, dass es zu Ende ging; es traf uns nicht unvorbereitet. Doch Marta, eine schöne junge Frau voller Lebensfreude und Herzlichkeit! Ich weinte um sie, um Teresa und auch um mich, weil ich inmitten jenes Chaos lebte, in das sich der Bürgerkrieg verwandelt hatte, und weil mir mein Leben nutzlos erschien. In jenem Augenblick fragte ich mich zum ersten Mal: Was tue ich eigentlich dafür, dass dieser entsetzliche Krieg ein Ende findet?

Der Regen peitscht gegen die Fensterscheiben von Irenes Zimmer. Von unten dringen die Töne des Klaviers zu ihr herauf, das gerade gestimmt wird. Teresa sitzt auf dem Bett neben der Schwester und hält ihr drei verknitterte Fotos hin. »Die habe ich immer bei mir ... Sieh mal ...«

Auf den Bildern sieht man Teresa, Diego und Berta in drei verschiedenen Posen, an drei verschiedenen Orten, bei drei verschiedenen Gelegenheiten. Mit einem Blick auf eines davon sagt Teresa bedrückt: »Das ist das letzte ...« Dann reicht sie es Irene. Diese nimmt es und sieht es aufmerksam an. Der Schnappschuss zeigt die drei im Garten des Hauses in den Bergen. Sie stehen neben dem Tisch, an dem Diego immer geschrieben hat.

»Man sieht, dass ihr euch lieb habt ...« Sie möchte etwas hinzufügen, bringt es aber nicht heraus. Mit einem Mal ist sie wie gelähmt. Sie windet sich vor Schmerzen. Ihr Gesicht verzerrt sich zu einer Grimasse. Sie bekommt kaum Luft. Teresa ruft erschreckt ihren Namen.

Irene windet sich vor Schmerzen. Teresa gerät in Panik. Sie fühlt sich völlig hilflos.

»Irene! Was kann ich tun?«

»Nichts. Mach dir keine Sorgen«, sagt diese mit kaum hörbarer Stimme.

Allmählich erholt sie sich.

»Es ist gleich vorbei. Gib mir …« Sie zeigt auf eine Medikamentenpackung im Regal. Teresa nimmt ein Röhrchen mit Tabletten heraus. »Zwei … Gib mir zwei …« Irene nimmt die Tabletten. »Das habe ich manchmal …«

Teresa atmet auf. Es beruhigt sie zu sehen, dass der Anfall allmählich nachlässt.

»Irene … Geht es dir besser?«

Die Schwester nickt. Ihr Atem ist ruhiger, und mit Mühe bringt sie heraus: »Ich bin nur … lästig. Allen falle ich zur Last.« Sie richtet sich auf und lehnt sich mit Teresas Hilfe in die Kissen zurück.

»Sprich nicht … Ruh dich jetzt aus … Du hast mir fürchterliche Angst eingejagt.«

»Ich falle allen nur zur Last, Teresa, das weiß ich. Mein Leben hat keinen Sinn. Ich kann nichts von dem tun, was andere Frauen tun. Kein Mann geht mit mir ins Bett, ich kann keine Kinder bekommen. Ich kann nichts, und ich tauge zu nichts!«

Teresa versucht sie zu trösten, weiß aber nicht so recht, womit. »Na, na, so schlimm ist es auch wieder nicht …«

»Ich möchte sterben! Ich möchte sterben!«

Mit Tränen in den Augen schließt Teresa ihre Schwester bewegt in die Arme. »Du Ärmste. Du Ärmste. Du bist tapferer als wir alle zusammen.«

Irene drängt sich an sie und flüstert: »Ich hab dich lieb, Teresa … Nur dich …« In verändertem Ton und sehr ernst sagt sie: »Sei auf der Hut, und nimm dich bei allem in Acht, was du tust!«

Teresa überrascht diese Veränderung in Irenes Verhalten, und sie fragt: »Ich verstehe dich nicht. Was meinst du damit?«

»Reize Margarita nicht noch einmal so wie neulich nachts.«

»Woher weißt du davon?«

Die Haustürklingel schrillt.

»Ich hab dir doch schon gesagt, dass ich alles mitbekomme, was in diesem Haus vor sich geht. Ich tue nichts anderes als horchen, horchen und nachdenken… Ich weiß, dass Luis immer noch in dich verschossen ist, der alte Heuchler! Margarita weiß das auch, und sie wird es dir nie verzeihen… Auch wenn sie jetzt mit einem Falangisten herumtändelt…« Mit einem Mal verstummt Irene. Sie schließt die Augen. Sie wirkt sonderbar, so als hätte sie Drogen genommen. Dann fährt sie mit eintöniger und gleichförmiger Stimme fort: »Ich kenne den Mann gut. Er ist ein gefährlicher Fanatiker, aber du weißt ja, eine Krähe hackt der anderen kein Auge aus… Was ich dir noch sagen wollte… Ich weiß es nicht mehr… Doch – ich mag es, wenn du Klavier spielst… Früher hast du nur für mich gespielt, eine Sonate, ich habe vergessen, von wem sie war… Luis ist ein Schwein, jawohl, ein richtiges Schwein, lass dir das gesagt sein… Manchmal, wenn ich allein bin, kommt er und streichelt mich… Und ich, weißt du… Nun ja, mir gefällt das…«

Es klopft einige Male an die Tür, dann tritt Pilar ein.

»Da ist jemand für Sie, Señorita Teresa.«

Teresa geht in den Flur hinaus. Berta kommt herbeigelaufen. Sie zieht einen Kinderwagen hinter sich her, in dem eine bekleidete Puppe liegt.

An der Tür stehen zwei Männer. Einer trägt einen nassen Trenchcoat, der andere hält seinen Regenschirm wie einen

Spazierstock in der Hand. Das Wasser, das über dessen schwarzen Stoff tropft, bildet eine kleine Pfütze auf dem Fußboden.

»Ja? Sie wünschen?«

Einer der beiden sagt schroff: »Kommen Sie mit.«

Besorgt fragt Teresa: »Muss es gleich sein? Wohin? Warum? Wer sind Sie? Wer hat Sie geschickt?«

»Wir haben den Befehl, Sie zur Stadtkommandantur zu bringen.«

Teresa wechselt einen besorgten Blick mit Pilar. Berta, die inzwischen nachgekommen ist, sieht ihre Mutter an. Das Kind merkt, dass etwas nicht in Ordnung ist und fragt: »Was ist los, Mama? Wohin gehst du?«

Teresa gibt ihr einen Kuss. »Ich komme gleich wieder, Schätzchen. Du bleibst hier, ich bin bald wieder da. In Ordnung?«

Die Kleine nickt, und Pilar verspricht: »Ich kümmere mich um sie, machen Sie sich keine Sorgen.«

Es regnet, als Teresa und ihre Bewacher das Kommandanturgebäude betreten. Die Quadermauern, die großen Holztore und die hohen vergitterten Fenster des alten Baus strahlen eine gewisse Würde aus.

Eine verglaste Tür öffnet sich, und sie treten ein. An einer Seite der geräumigen Eingangshalle führt eine Treppe mit steinerner Balustrade in die oberen Stockwerke. An einem Tisch zur Rechten sitzt ein Falangist und überwacht den Eingangsbereich. Das Innere des Gebäudes macht einen vernachlässigten Eindruck. Die Wände weisen Risse auf, und an manchen Stellen ist der Putz abgebröckelt. Auch der Steinfußboden müsste hier und da erneuert werden.

Leute gehen ein und aus, unter ihnen Falangisten in Uniform, die auf der Brust das Abzeichen mit dem Joch und den Pfeilen tragen. Die fernen Klänge eines Radio, das Schrillen eines Telefons und das Klappern einer Schreibmaschine vermischen sich mit dem Geräusch verschiedener Unterhaltungen.

Die beiden Polizisten begleiten Teresa. Türen werden geöffnet und geschlossen, es geht Treppen hinab und durch Korridore. Sie kommen an Menschen in Zivil und an Uniformierten vorüber, die hin und her eilen: Heeresoffiziere und Falangisten. Niemand achtet auf Teresa, entweder weil sie an ständige Verhöre gewöhnt sind oder weil sie Wichtigeres zu tun haben.

Schließlich öffnen die Männer eine Tür und lassen sie in einen Raum eintreten, dessen ganzes Mobiliar aus zwei Stühlen besteht.

»Warten Sie hier. Man wird Sie rufen.«

Sie schließen die Tür und entfernen sich.

Teresa hat Angst, bemüht sich aber, das nicht zu zeigen. Ein Schauer überläuft sie. An den Wänden sind feuchte Stellen, und unter dem abgebröckelten Putz sieht man die nackten Steine. Hoch oben in einer der Wände, auf Straßenniveau, liegen zwei vergitterte kleine Fenster, durch die man die Beine der Vorübergehenden sieht. Über ihre Scheiben läuft der Regen, der nach wie vor unaufhörlich fällt. Unter der Decke, in einem Lampenschirm aus Porzellan, aus dem ein Stück herausgebrochen ist, glimmt matt eine schwache Glühbirne.

Teresa macht einige Schritte zur Tür. Sie dreht den Knauf. Die Tür lässt sich öffnen, man hat sie also nicht eingesperrt. Sie wirft einen Blick in den Korridor. An seinem anderen Ende sieht sie einen beleibten jungen Falangisten mit Bürstenhaarschnitt, der sie ausdruckslos mustert. Sie tritt wieder in den Raum, schließt die Tür und setzt sich auf einen der Stühle. Sie denkt an Diego: Ich habe Angst, aber ich bemühe mich, sie zu überwinden. In den letzten Monaten bin ich mit zu vielen Dingen in Berührung gekommen, von denen ich bisher nichts wusste, lieber Diego. Was du jetzt wohl tust? Denkst du an mich? Bestimmt, denn ich bin sicher, dass du mich liebst. Ich denke viel an dich, und meine Gedanken sind bei dir und voller Liebe. Nie habe ich dir gesagt, wie glücklich ich an deiner Seite war, habe so viele Gelegenheiten vorübergehen lassen, dir zu sagen, wie sehr ich dich liebe... Wenn das Glück darin besteht, einen anderen Menschen mehr zu lieben als sich selbst, müsste ich die glücklichste Frau auf der Welt sein, denn ich liebe dich mehr als das eigene Leben. Doch ich bin es nicht, weil du jetzt nicht hier an meiner Seite bist. Wann werde ich dich wieder in meine Arme schließen können?

Ein bedrohlicher Schatten legt sich auf ihre Gedanken: Aber ich muss mich vorsehen. Um meiner kleinen Berta, aber auch um Diegos willen, in der Hoffnung, dass wir einander sehr bald wiedersehen werden. Diego, ich liebe dich. Jemand hat neulich gesagt, dieser Krieg sei nötig gewesen, um das Land von missratenen Elementen zu säubern. Damit meinte er Menschen wie uns. Ist das nicht entsetzlich? Und die Kirche? Wieso steht die Kirche auf Seiten Francos und der Falange? Sollte Diego mit seiner Behauptung Recht haben, dass die Religion den Menschen am klaren Denken hindert?

Die Zeit vergeht. Die Stille wird nur vom Geräusch eines Wassertropfens unterbrochen, der mit der Regelmäßigkeit eines Metronoms von der Decke in eine Pfütze am Boden fällt. Unvermittelt ertönt von ferne ein Schrei, wie aus dem Mund eines Menschen, der gefoltert wird. Es ist ein unmenschlicher Schrei, ein »Nein!«, das in ein lang gezogenes Wimmern übergeht.

Beunruhigt richtet sich Teresa auf. Unwillkürlich entfährt ihr ein »Barmherziger Gott!«. Dann öffnet sich die Tür, und der falangistische Wärter streckt den Kopf herein.

»Kommen Sie, Señora.«

Teresa folgt ihm gehorsam.

Sie tritt in eine Amtsstube. Umgeben von Aktenordnern, sitzt Santiago Pérez Reyes hinter seinem Schreibtisch, ein junger Mann mit kastanienbraunem Haar und glatten Zügen, der die Uniform der Falange trägt. Er geht einige Papiere durch, hebt den Blick und sagt mit einer unpersönlichen, kalten Stimme: »Nehmen Sie Platz ...«

Teresa gehorcht und setzt sich in den Sessel, der vor dem Tisch steht. Sie sieht den Falangisten an und fragt sich, ob das wohl der Geliebte ihrer Schwester ist, von dem Irene gesprochen hat. Pérez Reyes sucht in seinen Papieren herum und zieht schließlich eine Zeitung hervor, die in der republikanischen Zone erschienen ist. Er schlägt sie auf und reicht sie Teresa. Sie nimmt sie entgegen und liest eine Artikelüberschrift: »Wen will man eigentlich für dumm verkaufen?«

»Wissen Sie, wer diesen Unrat verfasst hat?« Teresa wirft einen Blick auf den Artikel. Sie sieht, dass er mit »Diego Larios« unterzeichnet ist, und atmet erleichtert auf. Ihm geht es also gut. »Aber nicht darüber möchte ich mich mit Ihnen unterhalten, Señora. Uns macht Ihr Verhalten Sorgen. Wir sind im Krieg und können uns nicht den Luxus erlauben, verdächtigen Elementen Unterschlupf zu gewähren.« Teresa sagt nichts. »Wenn sich herausstellen sollte, dass Sie nicht mit uns kooperieren, müssen Sie sich auf Konsequenzen gefasst machen ...« Er sieht zu Teresa hin, die mit ihren Gedanken woanders ist. »Sie hören mir ja gar nicht zu.« Jetzt bemüht sie sich, auf seine Worte zu achten. »Ich habe gerade gesagt, dass Sie nicht bereit sind, mit uns zu kooperieren. Beim geringsten Hinweis auf unerwünschtes Verhalten Ihrerseits wird man geeignete Maßnahmen ergreifen. Ist das klar?« Teresa nickt. »Noch etwas. Vermeiden Sie jeden Kontakt mit Ihrer Freundin Lucía Sánchez de Lara.«

Herausfordernd fragt Teresa: »Und warum, wenn man fragen darf? Wir sind von frühester Kindheit an befreundet.«

Er steht auf und geht im Raum auf und ab.

»Ich habe den Eindruck, dass Sie sich nicht über den Ernst der Lage im Klaren sind, Señora. Sollten Sie nicht mit uns zusammenarbeiten, könnten Sie sich in eine Situation bringen, die für Sie, sagen wir einmal, extrem unerfreulich wäre. Ich weiß nicht, ob ich mich hinreichend deutlich ausdrücke ...« Teresa sieht zu ihm hin, während er auf und ab geht. Sie sagt nichts. Unvermittelt erklärt er die Unterhaltung für beendet: »Schön. Ich habe Ihnen einen gut gemeinten Rat gegeben. Was Sie damit anfangen, liegt bei Ihnen. Sie können gehen.«

Teresa steht auf. Vor der verglasten Tür wartet der Falangist mit dem Bürstenhaarschnitt auf sie. Nachdem Teresa den Raum verlassen hat, öffnet Pérez Reyes eine weitere Tür, und in der Uniform der Falange tritt Margarita herein. Sie geht auf ihn zu, wobei deutlich wird, dass die beiden außerordentlich vertraut miteinander sind, und sagt empört: »Was bildet sich die dumme Gans eigentlich ein?«

12

DIEGO

Scheinbar ruhig und friedlich liegt Madrid an diesem kalten Wintermorgen unter dem wolkenlosen Himmel, dessen leuchtendes Blau ins Violette spielt.

Niemand käme auf den Gedanken, dass der Krieg seinen Einzug in die Stadt gehalten hat und Milizionäre der Volksfront sowie Soldaten des republikanischen Heeres im Park Casa del Campo, aber auch um das Universitätsviertel herum Vorbereitungen zum Kampf gegen die Aufständischen treffen.

Wenige Kilometer vor der Stadt wird an einer lang gestreckten Front, die sich nicht von der Stelle bewegt, um die Zugänge zu den Fernstraßen nach Barcelona, Valencia und Andalusien gerungen. In Chinchón, Aranjuez und Seseña hat man Unterstände und Schützengräben in den weißen Kreidehügeln angelegt. Das Ganze wirkt wie die Gänge eines enormen Kaninchenbaus. Weiter oben an den Hängen in Stellung gebrachte und mit den Zweigen von Steineichen, Thymianbüschen und den Ranken von Zistrosen getarnte Geschütze warten auf den Befehl, das feindliche Feuer zu erwidern.

Da es in der Stadt an Heizmaterial fehlt, werden trotz des offiziellen Verbots viele Bäume gefällt. Menschen, die kaum mit einer Axt umgehen können, zerlegen ihre Möbel und verbrennen ihre Wohnungstüren und Fensterläden, damit das Feuer im gusseisernen Küchenherd nicht ausgeht.

Auf den Straßen türmt sich der Müll, den niemand abholt. Eiskalte Windstöße aus den umliegenden Bergen fegen unbarmherzig durch die Stadt, von der Calle de la Princesa über die Plaza de España durch die Gran Vía, wobei sie die Reste alter Plakate herunterfetzen und Abfälle durcheinander wirbeln. Um sich ein wenig aufzuwärmen, halten alte Leute, Frauen und Kinder, aber auch Soldaten, ihre blau gefrorenen Hände dicht an die Feuer, die man hier und da hinter den Barrikaden aus Ziegelsteinen und Sandsäcken entzündet hat. Die Nahrungsmittel sind knapp geworden, und so stehen die Menschen Schlange vor Bäckereien und Lebensmittelläden. Luxushotels, in denen früher Berühmtheiten und reiche Leute abgestiegen sind, dienen jetzt als Behelfslazarette. Von vielen Häusern steht nur noch das nackte Skelett, umgeben von einem gewaltigen Schutthaufen, zerfetzten Matratzen, zerbrochenen Scheiben und verbogenen Matratzenrahmen aus Metall. Überall sind die Zerstörungen des Krieges sichtbar. Durch die Fensteröffnungen der Fassaden, die stehen geblieben sind, sieht man den Himmel. Andere Gebäude tragen die Spuren von Maschinengewehrfeuer, ihre leeren Fensterhöhlen sind dunkel.

In den Cafés sitzen unrasierte Milizionäre mit müden Gesichtern, die sich mit dicken Pullovern und abgewetzten Lederjacken vor der Kälte zu schützen versuchen. Im dichten Zigarettenqualm und umgeben von den Ausdünstungen warmer Leiber rauchen sie und unterhalten sich lebhaft, als ginge der Krieg sie nichts an. Drinnen verkauft eine bucklige alte Frau Lotterielose, und kleine Jungen verteilen auf schlechtem Papier gedruckte Propagandaschriften. Kreuz und quer auf den Fensterscheiben angebrachte farbige Klebebänder sollen verhindern, dass diese bei einer Detonation zu Bruch gehen. Die rechteckigen Muster, die dabei entstanden sind, erinnern an bunte Kirchenfenster.

In Gedanken versunken geht Diego über die Straße. Er hat den Mantelkragen aufgestellt und die Schultern hochgezogen, um sich vor den Windböen zu schützen. Menschen kommen ihm entgegen, die wie er auf dem Weg zur Arbeit sind. Manche von ihnen sind unrasiert, tragen abgewetzte Anzüge und Mäntel, machen ein besorgtes Gesicht. Nur wenige Autos sind unterwegs, bisweilen fährt kreischend eine Straßenbahn vorüber. Vor den Lebensmittelläden haben sich Schlangen gebildet. Hunger und Elend herrschen, der Krieg prägt allerorts das Bild der Stadt: Sandsäcke auf den Straßen, Schutt, zerstörte Gebäude. Es ist kalt, und Diego fühlt sich allein und verlassen wie ein Straßenköter, der auf der Suche nach ein wenig Zuneigung umherstreunt. Eine Schwermütigkeit erfüllt ihn, die er nicht zu überwinden vermag. Martas Tod hat ihn zutiefst bestürzt, und der verstörende Eindruck trostloser Verwüstung vermittelt ihm das Gefühl, völlig nutzlos zu sein. Er ist aus dem Gleichgewicht geraten, und der Krieg reibt ihn nach und nach auf.

Ein Hispano-Lieferwagen mit offener Ladefläche kommt vorüber. Auf den in Längsrichtung aufgestellten Holzbänken sitzen Angehörige einer Sturmtruppe, die Tellermütze auf dem Kopf und das Mausergewehr in der Hand wie eine Verlängerung ihres Körpers.

Man hört das unverkennbare Sirenengeheul, das die Annäherung feindlicher Flugzeuge ankündigt.

Diego bleibt stehen und sieht sich um. Alle richten den Blick zum Himmel.

Nie werde ich das Geräusch dieser Sirene vergessen, die unheildrohende Ankündigung einer Tragödie, das lang anhaltende, langsame und bedrohlich klingende Brummen, das immer lauter und durchdringender wird, bis es die Stadt mit der dumpfen Klage eines weidwunden Tiers einhüllt. Die Luftschutzsirene kündete feindliche Flugzeuge und ihre zerstörerische Last herabstürzender Bomben an. Seither überläuft mich jedes Mal ein Schauer, wo und wann auch immer ich eine Sirene höre, die zum Beispiel das Schichtende in einer Fabrik anzeigt, und sogleich steigen in mir die Bilder des Krieges auf: Frauen und Männer, die durch die Straßen hasten, eine Mutter, die angstvoll den Blick zum Himmel hebt, ihr Kind auf den Armen, in ein schwarzes Tuch gehüllt, der große Platz um die Puerta del Sol, der verlassen daliegt, weil die Menschen auf der Flucht vor den todbringenden Bomben in der U-Bahn Unterschlupf gesucht haben und sich dort auf Treppen und Bahnsteigen drängen. In diesen Katakomben, wo sich Menschen beiderlei Geschlechts und jeden Alters zusammendrängen, singt jemand Angelillos »Soy un pobre presidiario …«

Flugzeugmotoren brummen. Sie sind noch weit entfernt, und die Menschen suchen ohne sonderliche Eile den nächstgelegenen Ort auf, der ihnen Schutz bieten kann: einen U-Bahn-Eingang, den Keller eines Wohnhauses, ein breites Einfahrtstor oder auch nur eine Mauer …

Von ferne hört man das Pfeifen und die Detonationen der ersten Bomben. Jetzt wird es Zeit. Die wenigen Menschen, die sich noch auf der Straße befinden, laufen, so schnell ihre

Beine sie tragen: eine beleibte Mutter mit ihrem Kind, einige Schulkinder, ein älterer Mann mit einem Stock, zwei Frauen mittleren Alters…

Aufmerksam sieht Diego zu, wie sich die Straße allmählich leert.

Wem würde es etwas bedeuten, wenn die Zeit jetzt stehen bliebe, wenn er aufhörte zu existieren? Man hat ihm die Menschen genommen, die er liebt: Teresa, Berta und jetzt auch Marta… Und wenn ihn nun eine Bombe träfe? Er wäre tot, gleichsam aus heiterem Himmel, würde sterben, ohne zu leiden. Ein Höllenlärm, doch womöglich nicht einmal das. Der Tod ist ihm wie eine Verehrerin, die ihn seit einiger Zeit mit ihren Aufmerksamkeiten verfolgt. Er hat nie besonders oft an den Tod gedacht, aber jetzt zu sterben, schlagartig, in winzige Stückchen gerissen, scheint ihm die beste Art des Verschwindens. Er würde niemandem mehr zur Last fallen.

Eine junge Frau, deren Frisur ihn an die Teresas erinnert, taucht auf und läuft allein die Straße entlang. Sie kommt auf ihn zu…

Diego glaubt Teresa in ihr zu erkennen. Die Frau sieht ihr zum Verwechseln ähnlich. Hoffnungsvoll ruft er: »Teresa, Teresa!« Die Frau hält nicht inne, läuft vorbei. Diego setzt sich in Trab und folgt ihr, wobei er erneut laut »Teresa!« ruft.

Eine ohrenbetäubende Detonation. Die Frau bleibt stehen und dreht sich furchtsam um. Auch er bleibt stehen. Nein, sie ist es nicht! Die Frau beginnt wieder zu laufen und verschwindet im Eingang der U-Bahn.

Diego staunt über das Trugbild, dem er erlegen ist, und fährt sich mit der Hand über das Gesicht, um es zu vertreiben.

Später, als ich ins Exil ging, habe ich mich vergeblich darum bemüht zu vergessen, vor den Bildern jener Tage zu fliehen, an denen fast immer etwas Tragisches oder Aufwühlendes geschah. Ein letzter Rest an Empfindungsfähigkeit lehnte sich gegen die Erkenntnis auf, dass mich jeder Tag, der verging, mehr gegenüber der Barbarei und dem Tod abstumpfen ließ, die unser tägliches Brot geworden waren. Man sprach nicht darüber oder doch kaum, nur wenn ein Freund verschwunden war. Das Herz, angeblich Sitz der Empfindungen, verkümmerte und verhärtete sich, gewöhnte sich an die alltäglichen Gräuel und rüstete sich, noch schlimmere Katastrophen zu ertragen. Derweil verlangte der Magen, von Hunger und Entbehrungen dazu genötigt, nur noch das Allernötigste. Ich hatte abgenommen, war aber bei guter Gesundheit; am schlimmsten waren die Läuse und Flöhe, welche die Stadtbewohner heimsuchten, die Schwierigkeit, Seife oder einen Ersatz dafür zu finden, die Schlangen vor den Läden und die ärgerliche Notwendigkeit, viele Tage, die kein Ende zu nehmen schienen, in stets denselben Kleidern herumzulaufen.

Man hört ein schrilles Pfeifen und dann ein ohrenbetäubendes Krachen.

Fünfzig Meter von Diego entfernt schlägt die Bombe ein.

Er wird gegen eine Mauer geschleudert.

Es kommt ihm vor, als falle die Welt um ihn herum in Trümmer. Eine Staubwolke hüllt ihn ein.

Betäubt hält er sich die Ohren zu: In seinem Kopf hallt ein sonderbarer dumpfer Lärm. Er nimmt die Hand vom linken Ohr und sieht, dass seine Finger blutig sind. Aus der Ohrmuschel läuft ein dünner Blutfaden.

Die Taubheit in meinem linken Ohr geht auf die schreckliche Druckwelle zurück, die mein Trommelfell bersten ließ. Sie behindert mich im Alltagsleben nicht übermäßig, weil ich auf dem rechten Ohr gut höre. Alles geschah in einem kurzen Augenblick, der sich unauslöschlich meinem Gedächtnis eingebrannt hat. Heute sehe ich ihn vor mir wie eine Zeitlupenaufnahme: das Getöse der Detonation, das Haus, das vor mir in Stücke fällt, der Staub, die Schuttbrocken. Es war ein Wunder, dass mich weder Granatsplitter noch umherfliegende Trümmer verletzt haben. Ich glaubte tot zu sein, und wieder sah ich den hellen Lichtschein, der mir schon früher einmal erschienen war, als Marta starb, ebenso blendend und gespenstisch wie beim ersten Mal, nur dass diesmal der grellweiße Staub grau und undurchdringlich wurde, ein dichter Nebel, der sich gleich einer Mauer um mich legte. Dabei erscholl ein Dröhnen wie bei einem Erdbeben oder dem aus der Tiefe kommenden weithin vernehmbaren Grollen eines Vulkanausbruchs.

Der Staub sinkt nach und nach zu Boden, und als er den Blick hebt, sieht er, dass das Haus auf der gegenüberliegenden Straßenseite zur Hälfte weggerissen ist, als wäre es von einem wohlgezielten Hieb mit einer gewaltigen Axt gespalten worden. Die stehen gebliebene Hälfte zeigt wie in einem Puppenhaus das Innere der Wohnungen: Esszimmer, Tisch, Stühle, ein beschädigtes Gemälde; ein Schlafzimmer mit einem eisernen Bettgestell, einem Nachttisch und einer Deckenlampe, die jeden Augenblick herunterfallen kann … Es grenzt an ein Wunder, dass diese Dinge noch stehen. Aber nein, nicht alles, denn jetzt stürzt eine der Mauern ein. Benommen hört er die Sirenen der Rettungswagen, die Schreie der Menschen, das Weinen eines Kindes …

Es summt in seinen Ohren, aber er erholt sich, steht auf und geht auf das Gebäude zu, um zu helfen, so gut er kann. Er gesellt sich zu der Gruppe von Männern und Frauen, die mit bloßen Händen die Verletzten aus den Trümmern zu bergen versuchen. Man hört Klagelaute, Jammern, jemand ruft um Hilfe, eine Frau schluchzt …

Unter den Trümmern brüllt ein Mann; die Explosion hat ihm das halbe Gesicht weggerissen, man sieht nur noch eine blutige Masse.

Diego räumt Steine, Mauerstücke und verschiedene Gegenstände beiseite. Klagelaute zeigen ihm, dass er auf der richtigen Spur ist. Obwohl er von der ungewohnten Anstrengung erschöpft ist, fährt er jetzt mit noch größerem Eifer fort, Steinbrocken und Trümmer, Ziegel und zersplitterte Holzbalken beiseite zu wuchten. Er bittet einen jungen Mann um Hilfe, der in seiner Nähe mit einer Spitzhacke Schuttbrocken forträumt.

Gemeinsam gelingt es ihnen, eine Öffnung herzustellen, durch die man das verletzte Gesicht eines kleinen Mädchens sieht, über dem das Balkenwerk des Hauses beim Einsturz wunderbarerweise eine Art Schutzdach gebildet hat. Vorsichtig vergrößern sie die Öffnung, damit keine Gebäudeteile nachrutschen.

Diego hält einen Augenblick inne und versucht mit ihr zu sprechen. Man hört ihr schwaches Stimmchen: »Mama … Mama …«

»Beweg dich nicht. Halt ganz still. Sei ruhig, wir holen dich da raus.« Immer wieder ruft die Kleine nach der Mutter, es ist herzzerreißend. »Deine Mutter kommt gleich … Ganz vorsichtig … So ist es gut …«

Mit der Kraft, die ihm sein übermäßiger Zorn verleiht, räumt er die Brocken beiseite, die den Körper der Kleinen gefangen halten. Inzwischen helfen ihm weitere Männer. Endlich ist die Öffnung groß genug. Diego greift mit den Armen so weit hinein, wie er kann, bekommt die Kleine zu fassen und holt sie ans Tageslicht. Es ist, als würde sie von neuem geboren. Sie ist etwa sechs Jahre alt und ziemlich schwer verletzt. Unaufhörlich schluchzend ruft sie nach ihrer Mutter. Diego sieht sie einen Augenblick lang an: Sie ähnelt seiner Tochter Berta.

Die Kleine auf den Armen, eilt er zu einem Ambulanzfahrzeug. Dort betten Milizionäre mit der Armbinde des Roten Kreuzes sie auf eine Trage.

Diego klopft an die Glasscheibe in der Tür. Drinnen ertönt eine Stimme: »Herein!« Er betritt das Büro. »Nehmen Sie Platz, ich bin gleich soweit...«

Der Herausgeber seiner Zeitung ist ein schlanker älterer Herr, dessen Augen hinter seiner Brille neugierig in die Welt blicken. Er ist ein überzeugter Sozialist der alten Schule, vertritt gemäßigte Ansichten, und jegliche Form von Demagogie ist ihm verhasst. Er zieht es vor, seine Leser zu informieren, anstatt Schmähschriften zu verfassen, und das hat ihm schon mehrfach Unannehmlichkeiten eingetragen. Außer ihm sitzen Ramiro und zwei Redakteure um den stark abgenutzten Schreibtisch.

Im Raum sind die Zerstörungen deutlich zu erkennen, die die Granate angerichtet hat. Durch das hohe zweiflüglige Fenster fällt das trübe Licht des Spätnachmittags herein. Die verchromte Lampe auf dem Schreibtisch beleuchtet verschiedene Papiere, Bleistifte und zwei Aschenbecher voller Zigarettenstummel.

Einer der Redakteure hält einige Druckbogen in der Hand, und der andere sagt: »Unser Papier reicht höchstens noch für eine Woche. Wenn die bestellten Rollen nicht bald kommen, müssen wir den Umfang verringern.«

Der Herausgeber nickt hilflos. »Man hat uns zugesagt, das Papier rechtzeitig zu schicken... Haben Sie einen Andruck gemacht?«

Der andere Redakteur hält ihm die auf minderwertigem Papier gedruckten Zeitungsbogen hin. »Offen gestanden ist der Druck ausgesprochen schlecht. Man kann es kaum lesen.«

Der Herausgeber sieht sie prüfend an und legt sie bekümmert zur Seite. »Eine Katastrophe! So geht das nicht. Dann müssen wir eben mit weniger Seiten herauskommen. Das lässt sich jetzt nicht ändern.« Für ihn ist die Sache erledigt. »Sie können gehen...«

Die beiden Redakteure verlassen den Raum. Als sich die Tür hinter ihnen geschlossen hat, richtet Ramiro das Wort an Diego. »Der Herausgeber kennt Ihr Anliegen bereits...«

Dieser fragt ihn: »Sie wollen tatsächlich an die Front?«

»Ja, sofern das möglich ist.«

Ramiro versucht Diego umzustimmen. »Lassen Sie sich die Sache doch noch einmal durch den Kopf gehen, Larios... Wir hier tun doch auch unsere Pflicht, indem wir die Menschen im Lande informieren, sie ermuntern, mit dem Kampf fortzufahren...«

Diego gibt ihm Recht, lässt sich aber von seinem Vorhaben nicht abbringen. »Ich habe mir die Entscheidung nicht leicht gemacht, sondern mir alles gründlich überlegt. Ich habe nichts zu verlieren. Meine Frau und meine Tochter halten sich in der Zone der Aufständischen auf, und ich bin ohne Nachricht von ihnen. Ich lebe allein, umgeben von Erinnerungen. Das macht mich allmählich verrückt. Ich muss hier raus, ich brauche einen Ortswechsel, eine neue Aufgabe…«

Der Herausgeber sieht zu Ramiro hin, der hilflos mit den Schultern zuckt, und sagt nach längerem Nachdenken: »Man braucht Ihnen ja wohl nicht zu erklären, dass die Gefahr an der Front sehr groß ist…« Als er sieht, dass Diego nicht bereit ist, von seinem Entschluss abzurücken, sagt er abschließend: »Von mir aus. Wir schicken Sie als Berichterstatter an die Front. Von dort können Sie uns dann Ihre Eindrücke übermitteln… Ich weiß nicht recht, wie… In Form eines Tagebuchs, als ungeordnete Notizen oder als Chronik – ganz, wie Sie wollen. Artikel mit Ihrem Namen werden der Sache auf jeden Fall nutzen. Sie wissen ja, wie sehr wir Sie hier schätzen.«

Diego lächelt dankbar: »Das weiß ich. Vielen Dank.«

Teresa überquert die Straße und betritt ein Café. Durch seine großen, sonnendurchfluteten Scheiben sieht man sie zwischen den Gästen an den Marmortischchen hindurch auf zwei Frauen zugehen. Die eine ist Lucía, die andere Marisa, ein wenig älter als sie, fülliger und kleiner. Sie trägt das Haar kurz. Aus dem Radio tönt *El sitio de Zaragoza.*

»Grüß dich, Lucía! Wie geht es dir, Marisa? Tut mir Leid, dass ich so spät komme, aber ich musste erst jemanden finden, der auf die Kleine aufgepasst… Entschuldigt!«

Sie setzt sich zwischen die beiden. Gleich darauf kommt ein Kellner und fragt: »Sie wünschen?«

Sie sieht auf den Tisch. Die Freundinnen haben Tee und Kuchen bestellt. »Das Gleiche, bitte…«

Marisa sagt zwischen zwei Bissen: »Der Mensch denkt und Gott lenkt… Sie haben ihre Antwort mit lauter netten Worten verbrämt, aber sie lautet nein. Angeblich sind schon alle Stellen besetzt, und die für den Musikunterricht sind ausschließlich denen vorbehalten, die der Frauenabteilung der Falange angehören …«

Lucía erläutert: »Unterricht findet nur noch in kirchlichen Einrichtungen statt, und wer nicht dazu gehört …«

Sie hat sicherlich Angst weiterzusprechen, und als sie es dennoch tut, senkt sie die Stimme, um nicht gehört zu werden: »Du weißt ja, wie so was läuft …«

»Freie Stellen sind für weibliche Falangemitglieder und die Witwen von Gefallenen reserviert, und wenn es die dämlichsten Weiber von der Welt sind. So ist das nun mal.«

Ein wenig enttäuscht sagt Teresa: »Da kann man eben nichts machen … Wenn sich eine Möglichkeit ergibt, gut, und wenn nicht … Jedenfalls bin ich dir dankbar, Marisa.« Sie wendet sich Lucía zu. Es ist unübersehbar, dass sie einander sehr nahe stehen. »Ich kann unmöglich den ganzen Tag herumsitzen und Däumchen drehen. Außerdem käme mir eine Möglichkeit ganz gelegen, etwas Geld zu verdienen.«

Freundschaftlich fragt Lucía: »Unterstützen dich deine Angehörigen denn nicht? … Wenn du was brauchst, kann ich es dir leihen …«

»So schlimm ist es nicht. Ich bin nur nicht gern von anderen abhängig … Ich komm schon zurecht … Vielleicht finde ich ja jemanden, der Privatstunden will …«

Zwei Frauen betreten das Café. Eine von ihnen trägt Uniform. Sie scheint eine Führungsposition in der Frauenabteilung der Falange innezuhaben. Sie gehen auf einen Tisch zu, an dem bereits ein Mann und eine Frau sitzen, bleiben aber auf halbem Weg stehen. Der Blick der Falangistin ist auf Teresa und ihre Freundinnen gefallen.

Teresa sieht neugierig zu ihr hin. Das Gesicht der Frau

kommt ihr bekannt vor, es erinnert sie an jemanden. Ihre Blicke kreuzen sich. In den Augen der Falangistin liegt unverhüllte Feindschaft, und sie sagt so laut, dass jeder im Lokal es hören kann: »Komm, Carmen, wir gehen. Ich würde es in der Nähe dieser Roten da nicht aushalten!«

Teresa entfährt darauf ein nachdrückliches »Dumme Gans!«

Lucía fasst sie am Arm und flüstert ihr zu: »Lass doch … Sie ist es nicht wert.«

»Trotzdem ist sie eine dumme Gans!«

Während die beiden Frauen davongehen, fügt Marisa mit leiser Stimme hinzu: »Das ist Sofía Saavedra. Kennst du sie nicht mehr? Sie war bis zur vierten Klasse bei uns in der Schule und ist mit dem Provinzgouverneur verheiratet.«

Doch statt sich zu beruhigen, regt sich Teresa immer mehr auf: »Was bildet sich das dumme Weib eigentlich ein?«

Einen Augenblick lang sieht es so aus, als wäre alles Leben zum Stillstand gekommen. Ihre Worte hallen in der plötzlichen Stille wider, die im Café eingetreten ist, und jeder Anwesende kann sie deutlich hören.

Marisa, besorgt über die heftigen Worte ihrer Freundin, versucht sie zu besänftigen. Sie mahnt leise, aber nachdrücklich: »Sei vorsichtig mit dem, was du sagst, Teresa! Bring uns nicht in Gefahr. Sei still!«

Teresa sieht sich um. Tatsächlich haben sich ihr einige Gesichter zugewendet, die sie kalt, möglicherweise auch gehässig mustern. Die Welt um sie herum ist ihr feindlich gesinnt. Diese Feststellung betrübt und erschreckt sie zugleich. Sie schüttelt den Kopf und weint nur deshalb nicht, weil Lucía mitfühlend ihre Hand nimmt und sie beruhigt.

Düsteres Licht fällt durch das Fenster und erhellt das Wohnzimmer mit seinem schwachen Schein. Die Mitglieder der Familie haben auf dem Sofa und den Sesseln Platz genommen. Luis ist im Straßenanzug mit weißem Hemd, steifem Kragen und Krawatte nicht wiederzuerkennen; Margarita, die neben ihm auf dem Sofa sitzt, trägt ein streng geschnittenes Kleid und hat sich fast überhaupt nicht zurechtgemacht; die Mutter ist wie immer dunkel und schmucklos gekleidet. Irene hockt zusammengekauert in einem Sessel, dick eingemummt und sehr bleich.

Teresa, die sich sorgfältig zurechtgemacht hat, versucht sich zu rechtfertigen: »Ich bin für mein Handeln selbst verantwortlich und habe es nicht nötig, mir etwas vorschreiben zu lassen.«

Das Gesicht der Mutter verzieht sich missbilligend. Um Gelassenheit bemüht, sagt sie: »Nimm doch Vernunft an, Kind, und mach nicht alles noch schwieriger, als es schon ist!«

»Vernunft? Was nennt ihr denn Vernunft? Dass ich mich von einer dummen Gans in einem öffentlichen Lokal beleidigen und wie eine Aussätzige behandeln lasse?«

Irene meldet sich mit schwacher Stimme zu Wort: »Mir scheint, dass ihr die Sache unnötig aufbauscht.«

Margarita fährt ihr über den Mund: »Du hältst dich da raus! Diese Sache geht dich überhaupt nichts an.«

Irene will etwas erwidern, aber Margarita fährt, zu Teresa gewandt, zornig fort: »Das ist kein Spiel, Schwester! Tag für Tag fallen hunderte unserer Landsleute an der Front. Wir können nicht dulden, dass ein halsstarriges Geschöpf Feindsender hört und maßgebliche Persönlichkeiten beleidigt!«

»Sofía Saavedra soll eine maßgebliche Persönlichkeit

sein? Für mich ist und bleibt sie eine dumme Gans. Außerdem hat sie mich zuerst beleidigt.«

»Unabhängig davon, wie du die Dinge siehst, meine Tochter, solltest du nicht vergessen, dass diese ›dumme Gans‹ immerhin die Gattin unseres Provinzgouverneurs ist.«

»Und ihr als ›Gouverneuse‹ muss alle Welt die Stiefel lecken?«

Feindselig sieht Margarita sie an und fragt: »Hast du auch nur einen einzigen Gedanken daran verschwendet, dass uns deine Einstellung nicht gefallen könnte?«

Luis bemüht sich, einen versöhnlichen Ton anzuschlagen, unterstützt aber ganz offenkundig Margarita, die ihn klar dominiert: »Nimm doch Vernunft an, Teresa! Pérez Reyes hat dir deutlich zu verstehen gegeben, dass du beim nächsten Mal damit rechnen musst, eingesperrt zu werden. Du spielst mit dem Feuer.«

Irene empört sich: »So weit werdet ihr es ja wohl nicht kommen lassen! Aus dem Gefängnis werden Leute zur Hinrichtung gebracht. Ich höre die Schüsse im Morgengrauen.«

Von oben herab teilt Margarita ihr mit: »Hingerichtet werden ausschließlich Hochverräter, und auch das nur im Zuge eines rechtmäßigen Verfahrens!«

Die Mutter hält den Augenblick für gekommen einzugreifen. »Um Schlimmeres zu verhüten, sind wir zu der Entscheidung gekommen, dass es am besten sein dürfte, wenn du das Haus einige Tage nicht verlässt, bis sich die Wogen geglättet haben.«

»Das ist eine gute Idee, Teresa.«

Aber Teresa ist nicht bereit, klein beizugeben. »Wieso könnt eigentlich nicht wenigstens ihr, meine Angehörigen, Rücksicht auf meine Gefühle nehmen?«

Margarita fährt auf: »Nimmst du denn Rücksicht auf

unsere…? Keine Sekunde lang hast du darüber nachgedacht, dass uns deine Einstellung nicht gefallen könnte. Leute wie du tragen die Schuld daran, dass dieser entsetzliche Krieg kein Ende nimmt.«

Aufgebracht gibt Teresa zurück: »Diesen ›entsetzlichen Krieg‹ habt doch ihr um eurer schäbigen Interessen willen angezettelt. Ich darf dich daran erinnern, Schwester, dass sich bei den Wahlen die Mehrheit des Volkes für die Republik ausgesprochen hat und dass…«

Luis lässt sie nicht ausreden. »Schweig, Teresa! Treib es nicht auf die Spitze!« Dann bemüht er sich erneut um eine versöhnliche Haltung. »Wir wollen doch alle vernünftig miteinander umgehen. Glaub von mir aus, was du willst, aber halt den Mund und respektiere die Ansichten anderer.«

Geringschätzig sagt Margarita: »Soll sie doch sagen, was sie will. Sie verdient es nicht, in unserem Spanien zu leben, wie überhaupt jeder, der wie sie denkt!«

Ganz ruhig und emotionslos gibt Teresa ihr die spöttische Antwort: »Für Gott, das Vaterland und den König!«

Übellaunig steht Margarita auf. Sofort folgt Luis ihrem Beispiel. Bevor sie gehen, dreht Margarita sich noch einmal um und sagt hart: »Du willst aus deinen Fehlern nicht lernen. Ich warne dich – und wenn du zehnmal meine Schwester bist: Noch eine Chance bekommst du nicht!«

Verblüfft sieht Teresa zu ihrer Mutter hinüber, sucht Unterstützung bei ihr. Sie findet keine. In ihren Sessel gekauert schluchzt Irene bitterlich.

Schlagartig ging mir auf, dass ich in Gefahr war. Bis dahin hatte ich mich für unangreifbar gehalten, war der Ansicht gewesen, ich hätte die Dinge in der Hand. Jetzt war deut-

lich geworden, dass es sich anders verhielt. Die Situation hatte sich verändert. Wieder einmal hielt ich mir vor, dass ich vorsichtiger sein müsse bei allem, was ich sagte oder tat. Ab sofort würde ich den Mund halten und mich in meine Lage fügen, denn davon hingen mein Leben und das meiner Tochter ab.

Während Teresa nachdenkt, hört man die endlose Litanei ihrer Mutter, die ihr Vorwürfe macht: »Du kannst deine Schwester nicht weiter ständig herausfordern! Ist dir eigentlich nicht klar, was sie schon alles für dich getan hat? Du musst einsehen, dass dein Verhalten von neulich ausgesprochen töricht war. Und was diese Lucía Sánchez angeht, die mag von mir aus eine große Klaviervirtuosin sein und wer weiß was für Preise bekommen haben – uns kann sie nicht mehr hinters Licht führen. Wir wissen mittlerweile, wes Geistes Kind sie ist. Schon immer hat sie es mit den Roten und den Gottlosen gehalten. Nach allem, was ihr Bruder getan hat, kann sie von Glück sagen, dass sie nicht selbst im Gefängnis sitzt.«

Teresa ist jetzt vorsichtig. Sie spielt die Unwissende, sieht die Mutter an und fragt: »Was hat er denn getan?«

»Er ist von der Front desertiert, und das unter diesen Umständen, du weißt schon …«

»Und wann war das?«

»Das weiß ich nicht. Man sagt, dass er zu den Roten übergelaufen ist. Was für ein entsetzlicher Krieg! Gütiger Gott. Wann wird das nur alles ein Ende haben?« Sie bekreuzigt sich.

Teresa sieht zu ihrer Mutter. Einen Augenblick lang kommt sie ihr menschlicher vor als sonst, und sie fühlt sich ihr nahe.

13

DIE FRONT

Die schwarze Limousine, Baujahr 35, fährt über eine Kreisstraße. Es herrscht keinerlei Verkehr, weder Mensch noch Tier sind unterwegs. Man könnte glauben, dieses Automobil sei das einzige Lebewesen, so weit das Auge reicht.

Im Wagen sitzen Diego und ein stiernackiger, untersetzter Mann vom Land, der eine Hirtenjacke aus Schaffell und eine Tellermütze trägt. In seinem Mundwinkel hängt eine halb gerauchte Zigarette. Nachlässig hält er das Lenkrad.

Diego ist mit einer Windjacke, einer Cordsamthose und Stiefeln bekleidet. Er sieht hinaus auf die brachliegenden Felder und das hugelige Land, das sich in der Ferne verliert. Die Landschaft leuchtet bereits in den Farben des Herbstes. Am Himmel hängen dunkle Wolken, die Vorboten eines Gewitters.

»Wie schön unser Land ist! Findest du nicht auch, Genosse?«

Der Fahrer zuckt die Achseln. Er will sich nicht festlegen: »Kann schon sein. Die Geschmäcker sind verschieden…«

Nach einem Blick zum Himmel wechselt er das Thema. »Es gibt wohl bald Regen. Schaden könnte es nicht.«

Diego zeigt hinaus. »Findest du das nicht schön?«

»Mir gefällt es am Meer. Ich komm nämlich aus Cartagena. Da unten im Süden lebt man besser, die Menschen sind anders, das Leben ist anders. Natürlich, wer weiß schon, wie es jetzt im Krieg da aussieht? Im Augenblick geht ja alles drunter und drüber, was?«

Der Fahrer braucht seine ganze Aufmerksamkeit, um den Schlaglöchern auszuweichen.

»Die Straße scheint in ziemlich schlechtem Zustand zu sein.«

»Wie auch nicht? Wir sind schon fast an der Front!«

Der Himmel, der mit einem Mal dunkler und bedrohlicher wirkt, wölbt sich über einem feindlichen, wilden Land.

Jemand hat mich einmal gefragt, wie wir Spanier denn so sind, und ich konnte ihm keine Antwort darauf geben. Ja, wie sind wir denn eigentlich? Angenommen, unser Wesen ließe sich überhaupt irgendwie definieren – gibt es ein einzelnes Merkmal, das auf uns alle zutrifft? Spanien erstreckt sich vom Gebirge bis hinab in die Flusstäler, von den Küsten zu den Hochebenen, es besitzt fruchtbare Anbauflächen für Obst und Gemüse und wüstenähnliche Trockengebiete, es ist dem Klima des Mittelmeers ebenso ausgesetzt wie dem des Atlantiks, der eisigen Kälte des Winters ebenso wie der sengenden Hitze des Sommers. Haben uns diese Gegensätze von Klima und Landschaft über die Jahrhunderte hinweg geprägt? Verdanken wir ihnen einerseits unseren Tatendrang, der uns im Verlauf der Geschichte zu Eroberern ferner Länder hat werden lassen, und andererseits unseren Hang zur Untätigkeit, zum behaglichen Leben und unserer

Neigung, die Dinge aufzuschieben – Letzteres wohl ein unmittelbares Erbe unserer Vorfahren aus dem Orient? Wir sind geschmiedet worden zwischen dem Amboss der Trägheit und dem Hammer des Tatendrangs, der fast immer irgendeinem Ideal nachfolgte. Von rascher Auffassungsgabe, bisweilen brillant, unterscheiden wir Spanier uns so sehr voneinander wie die Regionen, in die unser Land unterteilt ist: Basken, Katalanen, Aragonier, Kantabrer, Asturier, Galicier, Andalusier... Spanien ist aus einer Verschmelzung verschiedener kriegerischer Völker hervorgegangen, deren raue Kanten sich im Miteinander von Jahrhunderten abgeschliffen haben.

Es ist ein schwieriges Land, bisweilen abweisend und wenig liebenswürdig, zugleich aber auch großzügig. Seine vertrauensseligen Bewohner neigen dazu, einer Religion oder Ideologie bis in den Tod die Treue zu bewahren. Idealismus oder Einfalt? Liegt darin die Erklärung dafür, dass die Nationalisten ihren Verrat als Kreuzzug ausgegeben haben?

Was hat diesen Bruderkrieg entfesselt? Es gibt scharfsinnige Untersuchungen, die dem Konflikt auf den Grund zu gehen versuchen. Ohne ihre Ergebnisse vereinfachen zu wollen, lässt sich eines doch mit Sicherheit sagen: Keine Einzelursache war der Auslöser, sondern es gab viele Ursachen, und jeder Erklärungsversuch muss unbedingt mit einbeziehen, wie unerlässlich damals ein Wandel war, eine tief greifende Umgestaltung, eine Erschütterung, die gleich einem Erdbeben Schluss machte mit Jahren der Ungerechtigkeit, Unterdrückung, der Verelendung und des Analphabetentums. Ausgelöst wurde der Bürgerkrieg des Jahres 36 durch den Ansatz zu einer Revolution, die von den herrschenden Mächten wie Banken, Kirche, Militär und Industrie im Keim erstickt wurde. Keine dieser einflussreichen Interes-

sengruppen war bereit, ihre Ansprüche zurückzustellen, lieber griffen sie zu den Waffen, um sich einen noch größeren Anteil an der Macht zu sichern, sobald sich eine Gelegenheit dazu bot.

Uns Spaniern war damals wohl bewusst, dass eine Neuordnung unserer aus dem Mittelalter überkommenen Gesellschaftsstruktur unumgänglich war. Grundlagen einer künftigen Politik sollten eine bessere Verteilung des Eigentums und Chancengleichheit sein, die Alphabetisierung des Landes verbunden mit einem Mindestmaß an Bildung, Gesundheitsvorsorge für alle sowie der besondere Schutz von Kindern und alten Menschen. Doch Uneinigkeit in der Frage, auf welche Weise diese Veränderungen zu bewerkstelligen seien, spaltete das Land. Während sich die einen um den möglichen Verlust ihrer Privilegien sorgten und befürchteten, bestimmte Gruppierungen könnten mit ihnen abrechnen, ohne dass es eine Möglichkeit geben würde, sie aufzuhalten, hatten die anderen Angst vor einem totalitären Faschismus, den man – mit dem Segen der Kirche – dem Volk mit Waffengewalt aufzwingen würde.

Chaos und Willkür in der Republik gingen darauf zurück, dass in ihren Gremien die Vertreter unterschiedlicher Ideologien aufeinander stießen: Liberale, Sozialisten, Kommunisten und Anarchisten. Die Aufständischen hingegen einten ihre Zugehörigkeit zu ein und derselben Religion sowie die absolute Befehlsgewalt des Militärs. Obwohl sich die Falangisten das größte Stück des Kuchens zu sichern versuchten, bildete die Rechte bei aller Zerstrittenheit eine geschlossene Front gegen den gemeinsamen Feind.

Kurz vor Einbruch der Dunkelheit erreicht der Wagen ein gespenstisch wirkendes Dorf. Die aus Steinen und Kalkmörtel errichteten erdfarbenen Häuser tragen die zerstörerischen Spuren von Artilleriebeschuss. Einige Mauern sind eingestürzt, und in den roten Ziegeldächern klaffen so große Löcher, dass ihr Dachgebälk offen in die Luft ragt. Obwohl die Kirche ihren Glockenturm verloren hat, beherrscht sie nach wie vor den Ort.

Am Eingang des Dorfes türmt sich eine Mauer aus Sandsäcken; man sieht Bewaffnete, Autos und zwei, drei gepanzerte Gefechtswagen, die wie prähistorische Tiere anmuten. Pferde sind vor Sturzkarren voller Sandsäcke gespannt. Ein Offizier lässt eine berittene Formation exerzieren. Traktoren ziehen Geschütze in ihre neuen Stellungen. Ein mit Metallplatten gepanzerter Wagen mit drehbarem Turm und MG rattert vorüber.

Sie halten am Kontrollposten an. Auf einem Schild an der Schranke steht in weißen Buchstaben: *»No pasarán!«* Ein Milizionär mit umgehängtem Gewehr tritt heran. Der Fahrer hält ihm ein Papier hin: »*Salud*, Genosse.«

Der Milizionär grüßt mit emporgereckter Faust. »*Salud!*« Mühsam entziffert er das Dokument. Der Fahrer beugt sich näher zu ihm und sagt: »Kriegsberichterstatter mit Sondervollmacht. Darf sich frei an der Front bewegen. Geben Sie das an Ihren Vorgesetzten weiter.«

Der Posten streckt den Kopf ins Wageninnere, beäugt Diego voller Argwohn und brummt verächtlich: »Was soll denn der Quatsch mit ›Kriegsberichterstatter‹? Warum will er nicht kämpfen wie alle anderen?«

Der Fahrer, der sich in der Hierarchie auszukennen scheint, lässt sich nicht einschüchtern und blafft den Posten an: »Sag deinem Vorgesetzten Bescheid, dass der Mann hier ist. Deine Privatmeinung kannst du dir in den Arsch stecken. Das ist ein Befehl!«

Der Milizionär setzt zu einer Erwiderung an, überlegt es sich dann aber anders und lässt die beiden widerwillig durch.

Der Wagen fährt in das Lager ein. Dort herrscht ein auf den ersten Blick chaotisches Treiben. Hunderte von Männern laufen hin und her. Dazwischen erschallen Befehle und Flüche. Ein Trupp Kavalleristen reitet in scharfem Galopp an dem Auto vorbei und wirbelt dabei eine Staubwolke auf.

Als sich der Staub gelegt hat, lässt Diego den Blick wieder umherschweifen. Das Ganze macht wirklich den Eindruck eines planlosen Durcheinanders. Die Milizionäre sind fast alle unterschiedlich gekleidet, auch wenn der blaue Arbeitsoverall und als Kopfbedeckung das Soldatenkäppi vorherrschen. Manche tragen auch Tellermützen, während sich andere mit einem an den vier Ecken zusammengeknoteten Taschentuch begnügen. Doch man sieht auch Soldaten, die vollständig mit Khakiuniformhose, Waffenrock, Koppelzeug, Patronengürtel und Stahlhelm ausgerüstet sind. Sie exerzieren unter dem Kommando eines Offiziers. Den Lärm der Traktormotoren übertönen die Verwünschungen und Flüche der Männer, die sich unter Aufbietung aller ihrer Kräfte abrackern, um die Geschütze in Stellung zu bringen.

An den Mauern der Häuser, die noch stehen, prangen grellbunte Plakate politischer Parteien. Ein besonders ausdrucksstarkes mit der Parole *»No pasarán!«* wiederholt sich an einer Mauer voller MG-Einschüsse in einer unendlichen Reihe. Eine getünchte Mauer trägt in riesigen Buchstaben die Aufschrift: »Kein Schritt zurück, nicht mal, um Anlauf zu nehmen.«

Ein Offizier, dessen Augen hinter seinen Brillengläsern klug und lebhaft funkeln, hört sich an, was ihm der Milizionär sagt. Er nickt und erteilt dann weiter Befehle, ohne auf die Neuankömmlinge zu achten.

Diego befindet sich in einem Zimmer eines der wenigen noch nicht völlig zerstörten Häuser. Er legt seine wenigen Habseligkeiten auf einen Stuhl. Irgendwann einmal waren Wände und Zimmerdecke wohl getüncht. Ein Teil des Deckengeflechts, das den Putz trägt, scheint jeden Augenblick herunterzukommen, und die Holzkonstruktion darüber liegt frei. Durch zwei kleine glaslose Fenster, deren Rahmen kaum noch zusammenhalten, fällt Licht herein. Im Raum stehen einige Feldbetten, ein Tisch und Stühle. Auf dem Tisch liegen Zeitungen und Karten.

Diego blickt zum Fenster hinaus, um das Bild in sich aufzunehmen, das sich ihm ringsum bietet.

Er sieht das Lager in der Abenddämmerung. Die Häuser auf der anderen Straßenseite bilden den unteren Abschluss einer Linie sanft geschwungener brauner Bergrücken am Horizont.

Eine barsche Stimme befiehlt: »Weg vom Fenster!«

Diego gehorcht mechanisch und tut einen Schritt zurück. Fast im selben Augenblick ertönt ein Pfeifen, und eine Kugel bohrt sich in die hölzerne Fensterverkleidung. Von ferne hört man den Nachhall eines Schusses. Diego fährt zusammen und drückt sich erschreckt an eine Wand.

»Major Sánchez Roldán.«

Der Mann, der sich so vorgestellt hat, trägt Uniform und ist an die vierzig. Er gibt Diego die Hand, der sie – nach wie vor benommen – schüttelt.

»Ohne Ihre Hilfe wäre das übel ausgegangen!... Ich heiße Diego Larios und bin als Berichterstatter für *El Socialista* hier.«

Der Major nickt. »Darüber bin ich bereits informiert. Wenn Sie Ihren Beruf weiterhin ausüben wollen, zeigen Sie sich nie an einem Fenster. Hier in den Bergen gibt es gute Scharfschützen.« Mit einer weit ausholenden Bewegung weist er auf die Gebirgskette vor ihnen. Diego steht nach wie vor dicht an die Wand gepresst und wagt nicht, sich zu rühren.

»Sind die schon so nah?«

Der Major nickt erneut. »Bis zu den vordersten Gräben des Feindes sind es rund sechshundert Meter. Zum ersten Mal an der Front?«

Diego nickt.

»Bis jetzt war es hier ziemlich ruhig. Die Front hat sich nicht von der Stelle gerührt, aber das wird sich bald ändern.«

Er bietet ihm eine Zigarette an. Diego nimmt sie. Als er sie anzündet, zittern seine Hände. Er tut einige Schritte, wobei er darauf achtet, sich vom Fenster fern zu halten, um nicht erneut zur Zielscheibe zu werden. Spöttisch sagt der Major: »Man könnte sagen, dass Sie im richtigen Augenblick gekommen sind... Wir wissen, dass der Feind demnächst Verstärkung erhält, und es bleibt uns gar keine andere Wahl, als loszuschlagen, bevor die eintrifft. Sobald wir alle Vorbereitungen getroffen haben, greifen wir seine Stellungen an.« Als er Diegos wachsendes Interesse bemerkt, fügt er hinzu: »Schreiben Sie darüber bitte nichts in der Zeitung; es ist geheim.«

»Selbstverständlich. Sie können sich auf mich verlassen.«

»Nun denn, freut mich, dass Sie bei uns sind. Essen fassen um halb zehn. Zwischen neun und zehn haben wir mit dem Feind eine Feuerpause vereinbart. Bis dann!«

Der Major verschwindet durch die Tür.

Dicht an die Wand gedrückt, schiebt Diego sich näher ans Fenster und sieht mit äußerster Vorsicht hinaus. Sein Blick fällt auf das freie Feld. Der Sonnenuntergang steht unmittelbar bevor, und im Kampf mit den Wolken erhellen die letzten Strahlen das hügelige Gelände bis hin zu den Bergflanken und den Gipfeln. Man hört halblaut geführte Gespräche. Ein Pferd wiehert. Jemand mit einer guten Stimme singt lauthals »*Soy un pobre presidiario …*«

Zwischen den dunklen Wolken, die am Horizont ins Violette spielen, glüht der rote Abendhimmel. Hinter fernen Höhen versinkt die Sonne. Nichts deutet darauf hin, dass dieses friedliche Fleckchen Erde in der vordersten Kampflinie liegt.

Es regnet. An der Fensterscheibe laufen die Tropfen herab. Nachdenklich blickt Teresa auf den kleinen Platz hinaus. Menschen mit Regenschirmen eilen darüber, gelegentlich sieht man ein Auto … In der stillen Provinzstadt gibt es nur wenig Verkehr.

Sie löst sich vom Fenster, geht einige Schritte im Schlafzimmer hin und her, setzt sich dann auf den Hocker vor der Frisierkommode und summt gedankenverloren Imperio Argentinas Lied »*Rocío, ay mi Rocío*« vor sich hin. Sie weiß nicht recht, wie sie sich verhalten soll.

Auf dem Bett spielt Berta mit einer Puppe.

Teresa betrachtet sich im dreiteiligen Spiegel der Frisierkommode.

Von vorn, im Profil, die Nackenlinie … Sie hört auf zu singen und sitzt gedankenverloren da, als hätte das Lied sie an einen anderen Ort entführt. Dann schüttelt sie den Kopf und blickt aufmerksam in den Spiegel. Ohne große Hoffnung auf Erfolg versucht sie, ihre Frisur mit den Händen in

Ordnung zu bringen. Die Stimme ihrer Tochter unterbricht sie: »Mama?«

»Ja, mein Schatz?«

»Wo ist Papa?«

Die Frage überrascht sie. Immer noch tief in Gedanken, sagt sie: »Auf Reisen, aber er kommt bald heim…«

Mit einem silbernen Stielkamm fährt sie sich durchs Haar, unterbricht ihr Tun aber gleich wieder, steht auf und geht zu Berta hinüber. Sie setzt sich neben sie auf das Bett und fragt: »Denkst du oft an Papa?«

Berta nickt.

Teresa lächelt ihr zu und streicht ihr zärtlich über den Kopf; es kommt ihr vor, als wäre mit ihr ein Stück von Diego um sie.

»Wie findest du denn Papa?«, fragt sie die Kleine. »Ist er hübsch? Und hat er dich sehr lieb?« Wieder nickt Berta, ganz ernsthaft. Teresa setzt das Spiel fort und stellt eine Frage, die sie besser zurückgehalten hätte. »Wen hast du lieber – ihn oder mich?«

Die Kleine zögert, vernünftiger als die Mutter. Schließlich aber entscheidet sie sich: »Papa.«

Die Antwort behagt Teresa zwar nicht besonders, aber sie lächelt trotzdem.

»Bald sind wir drei wieder zusammen, nicht wahr?« Berta nickt. »Soll ich dir etwas vorlesen, was dein Vater geschrieben hat?«

Wieder nickt die Kleine, doch diesmal wirkt es nicht besonders überzeugend.

Teresa tritt an die Kommode, zieht eine Schublade auf und entnimmt ihr einen großen Umschlag. Sie öffnet ihn und holt einige Papiere heraus, darunter auch Diegos Notizheft. Dann setzt sie sich aufs Bett und fängt auf der ersten Seite an zu lesen: »Mir ist bewusst, dass ich nicht sonderlich praktisch veranlagt bin: Ich bin ein fauler und sehr sinnlicher Mensch. Stundenlang kann ich mich am Klang einer Melodie erfreuen, am Anblick einer Landschaft, kann das Hin und Her der Insekten beobachten, die Reglosigkeit, mit der eine Katze ihre Beute belauert…«

Gespannt hört Berta zu. In ihrem Kopf überlagert die Stimme ihres Vaters die von Teresa, so als läse Diego seine Worte selbst vor: »Ich frage mich, ob meine Empfindsamkeit nicht eine gewisse Schwäche ist, liefert sie uns doch schutzlos dem Überlebenskampf aus, in dem Brüder einander töten. Ich bin ein vernünftiger Mensch, den man zu bestimmten Dingen nicht erzogen hat, und diese empören mich zutiefst: Gewalt, Krieg, Grausamkeit…«

Teresa hört auf zu lesen. Sie lässt sich zurücksinken und sieht zur Zimmerdecke empor. Tränen treten ihr in die Augen. Sie schließt die Lider und grübelt über das nach, was ihr gerade durch den Kopf geht. Berta sieht die Mutter an, weiß aber nicht, was sie tun soll, und fährt schließlich fort, mit ihrer Puppe zu spielen.

Im Lager, das sich mitten im Dorf befindet, brennen Feuer. Während einige Männer kochen, unterhalten sich andere, und wieder andere tun gar nichts. Einzelne Milizionäre wollen offenbar die Nacht im Freien verbringen und breiten Decken auf dem Boden aus.

Diego fällt auf, denn er ist als Einziger von Kopf bis Fuß wie ein Bauer gekleidet. Er beendet seine Mahlzeit, kratzt die letzten Reste aus dem Aluminiumnapf und hört aufmerksam dem Gespräch der Offiziere zu.

»Am schlimmsten ist es, dass wir keine Luftdeckung haben. Die anderen haben italienische Maschinen und deutsche Junkers ... Ich bin ja mal gespannt, ob die russischen Flugzeuge noch kommen!«

»Aus Havanna ist ein Schiff unterwegs, mit ...«

»Die Faschisten lassen sich ganz unverfroren Waffen aus Italien und Deutschland kommen!«

Jetzt hört man aus der Ferne ein Lied. Es wird von einem metallisch klirrenden Geräusch untermalt.

»Die sind heute aber pünktlich!«

Diego hört der nationalistischen Militärhymne zu, deren Melodie näselnd und verzerrt herüberklingt.

»Schluss, Männer! Lichter aus und Feuer löschen! Die Feuerpause ist zu Ende!«

Dann hört man aus einem fernen Lautsprecher eine Stimme, bisweilen klar und deutlich, dann wieder gestört, gelegentlich von einem metallischen Scheppern begleitet. »Hört gut zu, Soldaten und Milizionäre! Ihr kämpft auf verlorenem Posten! Madrid steht kurz vor dem Fall. Werft eure Waffen weg und schließt euch unseren Truppen an, damit es nicht noch mehr Tote gibt. Jedem, der das tut, sichern wir Straffreiheit zu. Schließt euch unseren unbesiegten Truppen an. Kommt und kämpft unter General Francos Oberkommando mit uns für ein freies Großspanien ...«

Die Lagerfeuer werden gelöscht. Das Dorf liegt im Halbdunkel.

Ein Milizionär greift zum Mikrofon. Weitere nehmen um ihn herum Aufstellung; sie werden seine Darbietung begleiten.

Der Mann beginnt mit kräftiger Stimme zu singen. Über die an verschiedenen Stellen strategisch aufgestellten Lautsprecher verbreitet sich seine Stimme im Dorf und über das freie Feld hinweg und übertönt die des Feindes. Er beginnt mit *»Luchamos contra los moros«*. Die Männer, die den

Chor bilden, singen »*Rumba, la rumba, la rumba, ba*«. Darauf folgt »*Legionarios y fascistas...*« und schließlich »*Ay Carmela, ay Carmela!...*«.

Dann kommt es in der Finsternis zwischen den Fronten zu einer absurden, typisch keltiberischen Schimpfkanonade: »Hosenscheißer! Saukerle! Scheißkommunisten!«

»Eure Frauen huren mit anderen rum. Auf Gott ist geschissen!«

»Christus ist mit uns!«

»Wenn du Mumm hast, komm doch rüber, feiger Sack!«

Gleich darauf hört man Gewehrfeuer und das Rattern eines MGs. Dann brüllt eine Stimme: »Licht aus! Licht aus!«

Verblüfft sieht sich Diego um. Wieder hört er die Stimme: »Licht aus! Licht aus!«

Er beruhigt sich, als er sieht, dass das Geballer niemanden aus der Fassung bringt.

Jemand tritt aus dem Dunkeln auf ihn zu. »Der Major hat mir das für Sie gegeben.« Ein Offizier hält ihm eine vernickelte Pistole hin, die im Dämmerlicht schimmert. »Wissen Sie, wie man damit umgeht?«

Diego macht eine unsichere Handbewegung. »Das habe ich mal bei der Grundausbildung gelernt, als Rekrut.«

Der Offizier weist ihn ein. »So setzt man das Magazin ein... Jetzt ist die Waffe schussfertig, und man braucht nur noch abzudrücken... so! Der Sicherungshebel ist hier. Und aufpassen. Sie wissen ja: Spiel nie mit einem Schießgewehr, denn es könnt geladen sein.«

Er gibt ihm die Pistole zusammen mit drei vollen Magazinen und geht. Diego betrachtet die Waffe. Lieber hätte er eine brünierte gehabt als eine so hell glänzende, die wäre unauffälliger gewesen. Er legt die Hand um den Griff und den

Zeigefinger an den Abzug, als wolle er feuern, tut es aber nicht. Deutlich gelassener als zuvor lehnt er sich an die Wand, als verliehe ihm die Waffe eine innere Ruhe.

Die Pistole, die ich da in der Hand hielt, gab mir ein Gefühl von Macht und Sicherheit. Ich brauchte sie nicht, nahm aber an, sie werde mir gegebenenfalls möglicherweise von Nutzen sein. Auch wenn ich keine Waffen mag, faszinieren sie mich doch in gewisser Weise. Sie sind schön und kalt, und sie töten. In jungen Jahren habe ich einige Male einen Onkel auf der Jagd begleitet. Autofahrten über staubige Straßen, doppelläufige Büchsen und die zugehörige Munition. Damals habe ich das Schießen erlernt. Ich sei ein guter Schütze, sagte man mir, sogar ein erstklassiger. Schusswaffen sind mir lieber als Messer. Diese beunruhigen mich, weil ihnen die Ambivalenz des Sowohl-als-auch anhaftet: Man schneidet Brot und Fleisch damit, sie können aber auch töten. Nur wenige Dinge sind bedrohlicher als ein scharf geschliffenes Messer. Es ist eine grässliche Waffe. Die blitzende Klinge eines spitzen, scharfen Messers ist dazu bestimmt anzugreifen, zu durchtrennen und zu töten. Ihr kalter Stahl ist eine Aufforderung zum Verbrechen und gehorcht blind der Hand, die ihn führt.

Die Schüsse hören auf. Nach einigen Augenblicken der Stille hört man aus der Ferne eine Unterhaltung, das allgemeine Gemurmel im Lager und das Schnarchen der Milizionäre, die sich in ihre Schlafsäcke oder in Decken gewickelt haben und eingeschlafen sind.

Diego bleibt wach in dieser Frühlingsnacht, reglos und tief in Gedanken versunken. Zum ersten Mal seit langer Zeit fühlt er sich innerlich gelöst. Fern der Stadt, in einem von seinen Bewohnern verlassenen Dorf, umgeben von Soldaten und bewaffneten Bauern, fühlt er sich endlich wohl. So furchtbar es ist, auf dem Schlachtfeld zu sterben, kommt es ihm dennoch würdevoller vor als in der Stadt – wenn man überhaupt von Würde sprechen kann bei einem Menschen, der von der Mauer oder dem Dach eines einstürzenden Hauses zerschmettert wird.

Das Gewehrfeuer klang auf dem freien Feld anders, und der ferne Geschützdonner schien wie ein Gewitter, das langsam näher zieht. Der Mensch, Entdecker und Nachahmer der Natur, hat sich in Gestalt metallener Kapseln aller Größen seine eigenen Gewitter geschaffen, in der kupfern glänzenden Sieben-Millimeter-Patrone des spanischen Mausergewehrs vom Modell 1913, dessen Magazin fünf Schuss fasst und das eine Reichweite von zweitausend Metern hat, ebenso wie in der Granate des Langstreckengeschützes mit einem Kaliber von hundertfünfundfünfzig Millimetern, das man in der Umgangssprache salopp als »fünfzehneinhalb« bezeichnet.

Das republikanische Heer war zum Teil mit neuen Gewehren unterschiedlicher Machart ausgerüstet, die aus verschiedenen Ländern kamen, zum Beispiel aus Mexiko, Russland oder Frankreich. Andere waren veraltet und stammten von Händlern, die mit beiden Seiten Geschäfte machten. Überschüssiges Material aus allen Kriegen der letzten fünfzig Jahre wurde meistbietend verhökert, und es kam durchaus vor, dass ganze Kisten voller Gewehre unbenutzt blieben, weil die dazu passende Munition fehlte.

Das im spanischen Heer übliche Mausergewehr war bereits im Ersten Weltkrieg eingesetzt worden. Bei ihm musste man nach jedem Schuss den Verschlusshebel umlegen, was einen Zeitverlust bedeutete und die Zielgenauigkeit ver-

minderte. Der Mangel an automatischen Waffen war allgemein bekannt. Hier und da gab es ein leichtes Lewis-MG, russische Maschinenpistolen vom Kaliber 7,62 sowie Thomson-MP, wie man sie aus Gangsterfilmen kennt. Die MG stammten teils vom englischen Hersteller Lewis, teils waren es in Spanien produzierte Hotchkiss vom Kaliber sieben Millimeter oder russische Maxim mit ihrem Schutzschild und den kleinen Eisenrädern.

Alle möglichen Kaliber waren vertreten: 7 Millimeter, 7,62, 7,63, 7,7, 7,92, 8,38, 9 Millimeter kurz wie auch 9 Millimeter lang... Bei der Artillerie fand sich eine ähnliche Vielfalt an Kalibern, teils in Millimetern, teils in Zoll ausgedrückt. Hinzu kam, dass ein Großteil der Geschütze aus prähistorischer Zeit zu stammen schien; lediglich einige Panzerabwehrkanonen waren neueren Datums. Angeblich war das Material der Nationalisten ursprünglich von ähnlicher Beschaffenheit gewesen, doch nun hatten die jüngsten Lieferungen aus Deutschland und Italien die Waagschale zu Ungunsten der Republik geneigt.

Diego versucht einzuschlafen, und in dem merkwürdig zeitlosen Bewusstseinszustand, der dem Tiefschlaf vorausgeht, erklingt eine romantische, traurige Melodie, von Teresa am Klavier gespielt. Die Töne werden allmählich greller, schärfer, unreiner, fast schmerzhaft. Dann wird die Lautstärke unerträglich, als fahre eine mächtige Pranke mit solcher Gewalt auf die Tastatur herab, dass die stählernen Saiten im Innern des Instruments zerreißen. Erneut sieht Diego Bilder, die er für alle Zeiten vergessen wollte und nie vergessen wird. Traumverzerrte, wüste Bilder von Krieg und Zerstörung.

14

PEREZ REYES

Hinter einem schwarzen Schleier verbirgt sich Teresa vor neugierigen Blicken. Neben ihr sitzt ihre Tochter Berta, die sie dem Anlass entsprechend gekleidet hat. Auf der Kanzel steht Mario im Ornat des Priesters. Mit lauter Stimme ruft er der Gemeinde, die das Kirchenschiff füllt, die Worte des Predigers Salomo ins Gedächtnis. »›Für jedes Geschehen unter dem Himmel gibt es eine bestimmte Zeit: eine Zeit zum Töten und eine Zeit zum Heilen, eine Zeit zum Niederreißen und eine Zeit zum Bauen.‹ Das Schicksal will es, dass wir in einer Zeit des Grauens leben, liebe Gemeinde. Es ist eine Zeit des Krieges, eine Zeit von Zerstörung, Tod und Leiden! ›Die Zeit des Friedens wird kommen‹, verheißt die Heilige Schrift. Gegenwärtig herrscht Krieg im Lande. Unsere Seite führt einen Kreuzzug wider die Gottlosen. Welche Ziele aber verfolgen die Sozialisten, Anarchisten und Kommunisten? …«

Seine Stimme hallt im weiten Kirchenschiff und bricht sich an dessen mächtigem Gewölbe. Teresa lässt den Ansturm wortgewandter Demagogie über sich ergehen. Durch ihren Schleier betrachtet sie die Menschen um sich herum: Margarita in einer makellosen Falangeuniform: blaue Bluse und blauer Rock. Neben ihr Luis, an seinen Abzeichen als hoher Funktionär der Falange erkennbar. Ein Stück weiter, in der ersten Reihe, sitzt Pérez Reyes, der junge Falangist, der sie verhört hat; neben ihm der Militärkommandant und der Provinzgouverneur, beide herausgeputzt wie zu einer Parade. Das dünne Faschistenschnurrbärtchen auf der Oberlippe des Provinzgouverneurs, dessen blendend weiße Uniform eine Schärpe ziert, bildet eine Art Trennlinie zwischen seiner kräftigen Nase und dem Mund. Das Haar hat er mit Pomade straff nach hinten gekämmt. Seine neben ihm sitzende Gattin trägt einen langen durchsichtigen Schleier und hat einen großen Steckkamm im Haar. Auch der Diözesanbischof hat neben weiteren kirchlichen Würdenträgern seinen Platz in der ersten Reihe.

Unversehens geschieht eine Art Wunder: Sonnenstrahlen, in denen Staubkörner tanzen, fallen durch die hohen Fenster schräg in die Kirche und auf die Gläubigen in ihren Bänken. Ein bewunderndes und überraschtes Murmeln ertönt.

Der Priester nutzt die günstige Gelegenheit. Er unterbricht seine Predigt und wirft einen dankbaren Blick zu den Fenstern. Dieses göttliche Zeichen ist genau im richtigen Augenblick und am richtigen Ort gekommen. Berta, die im vollen Sonnenlicht sitzt, blickt überwältigt um sich. Teresa muss bei ihrem Anblick lächeln.

Der Priester holt Luft und fährt fort: »Wir haben uns die Frage gestellt, welche Ziele die Sozialisten, Anarchisten und Kommunisten verfolgen… Ich will es euch sagen! Nichts anderes als die Gesetzlosigkeit und die Zerstörung unserer christlichen Zivilisation! Sie wollen unsere höchsten Werte untergraben und die Überlieferungen unseres Volkes mit ihrer Barbarei zu Grunde richten, die Angehörigen unserer religiösen Orden umbringen, unsere Frauen vergewaltigen, unsere jungen Leute foltern und ungestraft ermorden! Um das zu verhindern und um Gott, den Allmächtigen, zu bitten, dass er uns bei unserem Vorhaben unterstützt, sind wir heute hier zusammengekommen. Um unser Vaterland von der Gottlosigkeit und der Barbarei zu befreien, wollen wir alle mit vereinten Kräften für Gott und Spanien kämpfen, und wenn es sein muss, bis zum Tod! Für Gott und Spanien!«

Margarita erhebt sich, reckt den rechten Arm zum Faschistengruß und stößt hervor: »Für Gott! Und für Spanien!«

Ein Falangist springt auf und bricht in den begeisterten Ruf aus: *»Viva España!«*

Irgendjemand aus der Gemeinde ruft: *»Viva Franco!«*

Alle stehen auf und rufen: *»Arriba, España! Viva España!«*

Lautstark stimmt ein Falangist *Cara al Sol* an, und die ganze Gemeinde fällt sogleich mit ein.

Verblüfft lässt Teresa ihren Blick durch die Kirche gleiten. Margarita singt aus voller Brust, ebenso wie ihr Schwager Luis und ihre Mutter, die von der glühenden Begeisterung mitgerissen wird.

Teresa, die sitzen geblieben ist, steht auf, nimmt Berta an der Hand und sagt: »Komm, mein Kind, wir gehen.«

Sie schiebt sich an den Menschen in ihrer Bank vorüber, erreicht den Gang und wendet sich dem Ausgang zu.

Margarita dreht sich um und sieht, wie Teresa und Berta das Haus Gottes verlassen. Aus ihren Zügen sprechen ein tiefer Groll und eine unverhohlene Drohung.

Teresa geht durch die Außenbezirke der Stadt, neben sich Pérez Reyes und Luis. Ein dicker Umhang über der Falangeuniform schützt die beiden Männer vor der Kälte. Teresa kuschelt sich in ihren Mantel mit Pelzkragen, doch ihr Kopf ist dem prasselnden Regen schutzlos ausgesetzt. Im trüben Licht des grauen Wintertages sieht man Häuser und Kirchtürme. Dicht hintereinander stehen zwei Autos am Straßenrand. Daneben raucht ein Falangist, der eine große Pistole an der Seite trägt, eine Zigarette. Pérez Reyes nimmt den unterbrochenen Gesprächsfaden wieder auf: »Ohne die Fürsprache Ihrer Schwester und Ihres Schwagers wäre dieser Fall längst erledigt. Ich habe mit dem Standortkommandanten persönlich reden müssen. Er hat die Schwere Ihres Fehlverhaltens hervorgehoben. Lassen Sie sich gesagt sein, dass Sie mit dem Feuer spielen. Legen Sie es eigentlich darauf an, dass wir Sie erschießen?«

Die unverhüllte Drohung, die in diesen Worten mitschwingt, verfehlt ihre Wirkung nicht, und in ihrer Angst greift Teresa auf eine Lüge zurück, um sich zu verteidigen: »Meinem Kind ging es nicht gut, das habe ich schon hundertmal gesagt … Sie hätte sich jeden Augenblick übergeben können …«

Pérez Reyes, der nicht daran denkt, sich Ausflüchte anzuhören, fällt ihr ins Wort: »Jedenfalls kann ich da nichts mehr tun. Es kommt ganz allein auf Sie an. Wenn Sie nicht von ihrem aufsässigen Verhalten ablassen und weiterhin Unruhe stiften, muss ich Sie inhaftieren, so Leid mir das tun würde. Das wäre der erste Schritt. Sie sollten einmal gründlich über Ihre Situation nachdenken. Ab morgen haben Sie sich täglich auf der Kommandantur zu melden.« Diese Anordnung scheint Luis zu überraschen. Pérez Reyes erklärt ihm: »Damit habe ich nichts zu tun, Luis. Die Weisung kommt vom Provinzgouverneur persönlich. Er hat das ausdrücklich verfügt.«

Luis geht der Frage nicht weiter nach. Sie liegt ihm wohl nicht besonders am Herzen. Pérez Reyes erklärt die Zusammenkunft für beendet und verabschiedet sich knapp. Zu Luis gewandt sagt er: »Wir sehen uns später.«

»Danke für alles, Alberto.«

Pérez Reyes steigt in sein Auto, der Fahrer lässt den Motor an, und sie fahren davon.

Teresa sieht zur Stadt hinüber, die in grauem Dunst zu verschwinden scheint, obwohl die Sonne sich bemüht durchzubrechen. Luis nimmt ihren Arm. »Komm, ich bring dich nach Hause.«

Teresa lässt sich zum Wagen führen. Sie steigen ein.

Keiner der beiden spricht. Erschöpft schließt Teresa die Augen. Luis drückt auf den Anlasserknopf. Der Motor springt nicht sofort an. Luis sagt: »Was für ein grausamer Krieg. Auch wenn er einigen übler mitspielt als anderen, so greift er uns doch allen ans Herz. Meinem Bruder Jaime hat man ein Bein amputiert: Er liegt zwischen Leben und Tod im Lazarett. Mein Onkel Pedro ist an der Front gefallen ... Jeder von uns hat sein Päckchen zu tragen, Teresa!« Sie gibt keine Antwort. In ihren Augen stehen Tränen. »Überdenke doch bitte noch einmal deine Einstellung! Es gab eine Zeit, in der du etwas für mich empfunden hast. Ich denke, dass ich ein gewisses Recht habe, dir einen Rat zu geben. Versuch, einen neuen Anfang zu machen. Wir alle wollen dir gern dabei helfen, und mir ist das ganz besonders wichtig. Aber nimm dich doch bitte um Gottes willen bei allem, was du sagst und tust, ein bisschen zusammen ...«

Teresa bricht in hilfloses Schluchzen aus. All das ist zu viel für sie.

Luis versucht sie zu beruhigen.

»Ist schon gut, Teresa ... Ist ja schon gut ...«

Teresa weint an der Schulter ihres Schwagers, der sie gerührt und voller Zärtlichkeit umarmt ... Er verliert die Beherrschung, versucht sie auf den Mund zu küssen und ihren Busen zu streicheln ...

»Ich liebe dich, Teresa ... Ich sehne mich nach dir, ich denke nur an dich. Ich kann nicht ohne dich leben ...«

Sogleich gewinnt sie ihre Fassung zurück, löst sich von ihm und sagt heftig: »Nein, Luis, nein! Lass mich zufrieden!« Nach mehreren Versuchen springt schließlich der Motor an.

In der Abenddämmerung gehen Lucía und Teresa Arm in Arm in der Umgebung der Stadt spazieren. Wegen der Kälte tragen sie Mäntel. Die Sonne glänzt auf den kahlen Ästen der Pappeln am Flussufer. Nur wenige Menschen kommen dort vorüber: ein älterer Mann, der seinen Hund ausführt, ein Kindermädchen, das einen Kinderwagen vor sich her schiebt, zwei Jungen, die miteinander reden ...

»Ich habe kein Geld, Lucía, aber ich kann etwas von meinem Schmuck verkaufen und mit dem bezahlen, was ich dafür bekomme.«

Ihre Freundin macht eine unmissverständliche Handbewegung. »Zerbrich dir darüber nicht den Kopf. Ich strecke dir das Geld vor, und du gibst es mir zurück, sobald du kannst. Was willst du mit der Kleinen tun?«

»Ich nehme sie mit. Es war falsch, mich von Diego zu trennen, und ich habe nicht die Absicht, diesen Fehler noch einmal zu machen.«

Dieser Entschluss bereitet Lucía Sorge.

»Ich hoffe, du weißt, was du tust. Es ist ein zusätzliches

Risiko, aber wenn du deiner Sache sicher bist, soll es mir recht sein… Wenn du erst cinmal in Portugal bist, wirst du in Sicherheit sein. Meine Familie hat einflussreiche Freunde dort.«

»Ich möchte zu Diego! Ohne ihn halte ich es keinen Tag länger aus! Er braucht mich, das weiß ich…«

Lucía sieht sie voller Zuneigung an und beendet die Unterhaltung mit den Worten: »Freitagmorgen um sieben steht der Wagen vor eurer Haustür. Nimm nur das Allernötigste mit. Man muss auf alles vorbereitet sein, für den Fall, dass etwas Unvorhergesehenes geschieht. Sollten wir bis halb acht nicht da sein, warte nicht weiter auf uns, dann ist etwas dazwischengekommen. Du weißt von nichts, ist das klar?«

15

DIE SCHLACHT

Das erste Licht des Tages beleuchtet die sanften Hügel und die Ruinen des Dorfes. Im und um das Lager herrscht aufgeregte Betriebsamkeit. Soldaten und Milizionäre nehmen entsprechend den Anweisungen der Offiziere und Politkommissare ihre Gefechtsposten ein, wobei sie sich bemühen, nicht die Aufmerksamkeit des Feindes zu erregen. Mittlerweile scheint alles wohl geordnet und diszipliniert abzulaufen. Mörser und russische Maschinengewehre vom Typ Maxim-Tokarjew werden auf ihr Ziel gerichtet, Granaten in Geschützrohre geschoben, die man unter Schutt, wirrem Balkenwerk und Sandsäcken getarnt hat. Milizionäre bereiten sich in den Schützengräben auf den Kampf vor, laden ihre Mausergewehre und Pistolen. Drei gepanzerte Gefechtswagen, die wie große Käfer aussehen, werden einsatzbereit gemacht. Die Besatzungen zwängen sich durch die schmalen Einstiegsluken. Als sich einer der Wagen in Bewegung setzt, hört man das Dröhnen seines starken Motors. Zwischen den Reifen, die durch Metallnetze vor Kugeln geschützt sind, dringt eine dunkle

Qualmwolke hervor. Diese mit einfachsten Methoden umgebauten Fahrzeuge, deren Turm mit einem Maschinengewehr oder einer kleinkalibrigen Kanone bestückt ist, wirken primitiv, wie aus dem Mittelalter. Ihr Nutzen bei einem Angriff dürfte fraglich sein.

Aus seinem von Sandsäcken umgebenen Unterstand beobachtet der Major mit den anderen Offizieren die Vorbereitungen zum Angriff. Diego, der immer noch wie ein Bauer gekleidet ist und die Pistole im Gürtel trägt, sieht voller Erregung zu. Der Major gibt dem Telefonmelder Anweisungen. »Es geht los! ... Eins, zwei, drei ...«

Aufmerksam versucht Diego jede Einzelheit im Ablauf des Geschehens mitzubekommen. Die Spannung ist jetzt nervenzerreißend. Die Stille wird lediglich durch die Befehle der Offiziere unterbrochen.

»Vier, fünf ...!«

Dies ist der Augenblick höchster Erregung unmittelbar vor Beginn der Schlacht. Jeden Muskel angespannt, warten die Männer konzentriert auf den Befehl, aus dem Graben zu stürmen. Einer der Soldaten bekreuzigt sich heimlich. Wer den Schutz des Grabens verlässt, ist den Kugeln des Feindes schutzlos ausgeliefert und läuft Gefahr, verwundet oder getötet zu werden. In diesen Augenblicken unmittelbar vor einer Schlacht kocht das Blut, setzt das Denken aus, und alle Sinne richten sich in höchster Alarmbereitschaft auf das große Jagdabenteuer, den Krieg. Die Losung heißt töten, ohne selbst getötet zu werden. Es gilt, das Gebiet des Feindes zu erobern, ihn von dort zu vertreiben und ihn ohne die geringste Rücksicht so gründlich wie möglich zu vernichten. Der Mensch wird zum Jäger: Er jagt, und er versteckt sich, um nicht selbst zur Jagdbeute zu werden. In dieser Situation ist er ein rein instinktiv handelndes Geschöpf, dem es nur noch darum geht, um jeden Preis zu überleben. Er verhält sich wie ein Wolf, Tiger oder Vampir, die Raubtiere, deren Wesensmerkmale er sich im Laufe der Jahrhunderte zu Eigen gemacht hat.

Manche Männer brechen in Tränen aus, andere versetzen die angestaute Spannung, die Schüsse und der Pulverrauch in höchste Erregung. In diesem Zustand sind sie zu äußersten Gräueltaten fähig oder, in der Sprache des Militärs, zu herausragendem Heldentum.

Für Diego ist das alles neu, ein großartiges und zugleich schreckliches Schauspiel, bei dem es um Leben und Tod geht. Aus einer günstigen Position, von der aus er das ganze Schlachtfeld im Blick hat, beobachtet er, dass der Major seine Truppen lenkt wie der Dirigent ein großes Orchester, dessen einzelne Mitglieder genau wissen, was sie zu tun haben, wann, wie und wo sie einsetzen müssen, mit welchem Maß an Genauigkeit, Nachdruck und Können. Er macht sich bereit, alles zu notieren, was er in seiner neuen Rolle als Zuschauer bei diesem Drama von gewaltigen Ausmaßen sehen wird, wo das Leben nur noch vom bloßen Zufall abhängt, der eine Kugel oder einen Granatsplitter lenkt oder, im günstigsten Fall, von der eigenen Fähigkeit, den Gefahren auszuweichen und dem Feind nachzusetzen.

Der Major zählt weiter: »Sieben, acht, neun und zehn. Jetzt!«

Die drei mächtigen Geschütze machen den Anfang und eröffnen das Feuer. Der Rückstoß lässt die Lafetten förmlich vom Boden hochspringen. Jetzt rattern die Maschinengewehre los. Die gepanzerten Wagen rollen an und rücken durch das unwegsame Gelände auf die feindlichen Stellungen vor.

Die Soldaten mit ihren Stahlhelmen vermengen sich mit

den Milizionären, die lediglich mit Hemd und Arbeitsoverall, Sandalen oder Stoffschuhen mit Hanfsohlen bekleidet sind. Das Gewehr in der Hand, die Patronengürtel über der Brust gekreuzt, klettern sie aus den Gräben und gehen vor in Richtung des Feindes. Mit lauten Rufen machen sie sich Mut. Noch lauter spornen ihre Vorgesetzten sie an. Das allgemeine Geschrei vermischt sich mit dem Pulverrauch, dem Lärm der Schüsse und dem Kanonendonner.

Der Feind erwidert das Feuer augenblicklich, und von den dunklen Hängen geht ein Kugelhagel auf die Anstürmenden nieder. Ein Milizionär wird getroffen und stürzt schwer verwundet oder tot zu Boden. Niemand hält inne; der Vorfall scheint seinen Kameraden im Gegenteil neue Kräfte zu verleihen, und sie stürmen weiter voran. Die gepanzerten Wagen geben den Soldaten Feuerschutz.

Von seinem Posten aus beobachtet der Major das Vorrücken seiner Truppen. Unruhig wendet er sich um und fragt: »Wo bleiben eigentlich die Panzer? Wieso sind die noch nicht an Ort und Stelle?«

Der angesprochene Offizier richtet den Blick auf den flachen Teil des Geländes, wo sechs Vickers-Panzer aus russischer Produktion auftauchen. Er meldet: »Sie kommen gerade!«

Der Major ruft: »Vorwärts, vorwärts!«

Diego beobachtet das Ganze. Gern würde er die Zuschauerrolle aufgeben und selbst eingreifen, tröstet sich aber mit dem Gedanken, dass er als Journalist an vorderster Front bereits durchaus Tapferes leistet und in gewisser Weise am Kampf teilnimmt, indem er über seine Erlebnisse hier und jetzt berichtet.

Der Major erteilt einen Befehl: »Hauptmann Vázquez soll sich bereithalten!«

Der Telefonmelder versucht Verbindung mit einer anderen Einheit aufzunehmen. »Hier viertes Bataillon. Hier viertes Bataillon. Melden Sie sich! Melden Sie sich!«

Er wendet sich dem Major zu. »Da antwortet niemand, Herr Major.«

Diesem steigt die Zornesröte ins Gesicht. »Was soll das heißen, da antwortet niemand? Versuchen Sie es weiter!«

Die MG der gepanzerten Gefechtswagen rattern. Auch die Panzer nehmen jetzt die feindlichen Stellungen mit ihren Bordkanonen und Maschinengewehren unter Beschuss. Von den Politkommissaren angefeuert, stürmen die Milizionäre mit nackter Brust weiter voran und erobern in blutigem Einsatz feindliche Stellungen. Hier und da kommt es zum Kampf Mann gegen Mann. Seitengewehre, Messer und Pistolen blitzen auf. Handgranaten explodieren in den Schützengräben des Feindes. Menschenleiber fliegen durch die Luft. Es gibt Tote und Verwundete.

Dem Telefonmelder ist es gelungen, eine Verbindung zur anderen Einheit herzustellen. »Der Hauptmann, Herr Major…«

Erleichtert nimmt der Major den Hörer entgegen. »Vázquez? Wir sind soweit – Hals- und Beinbruch!«

Eine weitere Welle von Milizionären, unter denen man vereinzelt Soldaten und Offiziere des Heeres sieht, verlässt die Gräben, in denen sich die Männer bereitgehalten haben. Sie klettern über die aus Sandsäcken bestehende Brustwehr und rennen über das offene Feld auf die feindlichen Linien zu.

Man hört die Anfeuerungsrufe der Politkommissare und die Kraftausdrücke der Soldaten, die, von der allgemeinen Begeisterung angesteckt, wie im Rausch voranstürmen. Granaten der feindlichen Artillerie explodieren, MG rattern. Unaufhaltsam rückt das Volksheer vor. Der Feind beginnt zurückzuweichen.

Überaus zufrieden mit dem Verlauf der Schlacht wendet sich der Major Diego zu und sagt, ohne seinen Enthusiasmus zurückzuhalten: »Vermerken Sie einen Sieg, Zeitungsmensch!«

In den Gräben tobt der Nahkampf; es geht Mann gegen Mann. Einem Milizionär gelingt es, eine Handgranate in ein uneinnehmbares MG-Nest zu schleudern, dessen Feuer unter den regierungstreuen Truppen viele Opfer gefordert hat. Nach der Explosion besetzen republikanische Soldaten die Stellung und drehen die Maschinengewehre gegen den Feind. Über den soeben eroberten Stellungen wehen die Fahnen der Republik und die Banner der FAI sowie der UGT.

Einige erschöpfte Milizionäre wollen sich eine Verschnaufpause gönnen, doch der Politkommissar, pflichtbewusst bis zum Letzten, ruft ihnen zu: »Nicht nachlassen! Die Schlacht haben wir gewonnen! Jetzt müssen wir ihnen den Rest geben! Auf, auf, mir nach!« Allen voran springt er, die Pistole in der Hand, über den Rand des feindlichen Grabens: »Auf, auf, voran!«

Von seinen Worten angefeuert verlassen etwa fünfzig Milizionäre die gerade erst eroberten Gräben, in deren Schutz sie sich zurückgezogen hatten. Nun aber wendet sich das Blatt.

Man hört ein feindliches MG. Von mehreren Kugeln getroffen bricht der heldenhafte Politkommissar zusammen, und die meisten Milizionäre ereilt das gleiche Schicksal. Die Übrigen werfen sich Deckung suchend zu Boden. Hinter ihnen stürmen weitere Milizionäre vor, von denen viele verwundet oder tot niedersinken, kaum dass sie einige Schritte getan haben.

Das Geräusch von Flugzeugmotoren kommt näher.

Der republikanische Major sieht zum Himmel. Eine Dreierstaffel von Fiat-CR-32-Jägern eskortiert sechs dreimotorige Bomber vom Typ Savoia Machetti.

Diego sieht nach oben. Die Flugzeuge nähern sich der Kampflinie.

»Die italienische Luftwaffe!« Sofort gibt der Major seinen Adjutanten die Anweisung: »Alle sollen, so gut es geht, Deckung suchen, aber auf ihrem Posten bleiben.« Dann wendet er sich Diego zu und prophezeit: »Gegen die stehen wir auf verlorenem Posten!« Dann gibt er den Befehl: »Sagen Sie den Leuten, sie sollen in Deckung gehen!«

Die erste Dreierstaffel Bomber nähert sich. Unter den republikanischen Soldaten verbreitet sich Unruhe. Die Flugzeuge gehen langsam tiefer, beschießen die republikanischen Stellungen mit ihren MG und werfen Bomben auf sie ab. Diese explodieren mit lautem Getöse, reißen auf freiem Feld riesige Krater auf, zerfetzen Menschenleiber. Die Geschütze fliegen in die Luft, im Dorf stürzen Häuser ein, die Panzerwagen explodieren, und aus einem getroffenen Panzer quellen dichte Rauchschwaden ... In wenigen Minuten ist der gesamte Angriff der republikanischen Seite in sich zusammengebrochen.

Auf diesen Augenblick haben die Nationalisten gewartet. Unterstützt vom Feuer der italienischen Fiat-CR-32-Jäger, die mit ihren Bordwaffen die republikanischen Stellungen im Tiefflug beschießen, kommen hunderte nationalistischer Soldaten aus ihren Schlupfwinkeln und gehen, angeführt von ihren Offizieren, in straffer Ordnung gegen die feindlichen Stellungen vor. Die Offiziere verstehen ihr Handwerk und zeigen den Männern, wo sie MG und Mörser in Stellung bringen und wann sie weiter vorrücken sollen. Die

Verluste der Republikaner sind hoch. Nach einer Weile beginnen ihre Truppen den ungeordneten Rückzug.

Die Besatzungen verlassen ihre Panzer, um sich in Sicherheit zu bringen. Die Bomber greifen erneut an und werfen im Tiefflug ihre Last ab. Ein Panzer explodiert, von einer Bombe getroffen.

Wie gebannt beobachtet Diego das Schauspiel, das sich ihm bietet. Der Rauch verschiedener Feuer treibt über das freie Feld. Vor ihm liegt eine Landschaft von Tod und Zerstörung. In den Gräben herrscht völlige Auflösung. Eingehüllt von Rauch und Staubwolken verlässt der Major seinen Unterstand und ruft mit voller Lautstärke: »Zu den Häusern! Zurück ins Dorf!« Dort will er seine Truppen sammeln und neu formieren.

Von der Tapferkeit des Offiziers angesteckt, hebt Diego das Gewehr eines der Gefallenen auf und springt aus dem Graben, um ihn zu unterstützen. »Zu den Häusern. Los! Los!«

Ohne etwas dagegen unternehmen zu können, muss der Major mit ansehen, wie sich seine Männer weiter ungeordnet zurückziehen. Manche verhalten sich wie Kaninchen auf der Flucht vor ihrem Jäger. Vergebens schreien die Offiziere Befehle und stoßen Drohungen aus, um gegen die um sich greifende Panik anzugehen.

Wutentbrannt läuft Diego durch den Graben zu einem MG, dessen Bedienungsmannschaft tot am Boden liegt. Er betätigt den Abzug und schickt eine Garbe zu den nationalistischen Soldaten hinüber, die aus mehreren Richtungen auf das Dorf zukommen.

Man hört die Stimme eines Politkommissars, der die Männer wie besessen anschreit, sich neu zu formieren. Sie aber suchen Zuflucht in Gräben oder Trümmern, körperlich erschöpft, verwundet, am Ende ihres Durchhaltevermögens.

»Halt, Leute, geht nicht weiter zurück!«

Manchen Milizionären bleibt noch genug Kraft für einen Versuch, dem Vorrücken der Nationalisten aus besseren Verteidigungsstellungen heraus Einhalt zu gebieten, doch schon bald werden sie im feindlichen Feuer aufgerieben, vor allem durch den Einsatz der italienischen Jagdflugzeuge, deren Piloten ihre Absicht durchschauen und mit ihren Bord-MG systematisch auf jede Gruppe schießen, die sich neu zu formieren versucht. Die Zahl der Toten ist beträchtlich. Mauern stürzen ein, Munitionsvorräte gehen in die Luft, und das Wenige, was von dem Dorf noch übrig war, liegt jetzt vollständig in Trümmern.

Diego feuert mit dem MG auf die Angreifer. Er ist wie verwandelt, ist zu einem gewalttätigen Wesen geworden, das eine Tötungsmaschine in Händen hält. Als alle Patronengurte durchgelaufen sind und ihm klar wird, dass er weiter nichts ausrichten kann, verlässt er den Graben und läuft zum Dorf. Sein Weg führt ihn durch ein Feld voller Verwundeter und Toter. Er kommt an einem der brennenden gepanzerten Gefechtswagen vorüber, von dem dichte Rauchwolken aufsteigen. Die Besatzung liegt bis zur Unkenntlichkeit verbrannt am Boden; einer der Männer lebt noch, von einem Bauchschuss schwer verwundet. Er schreit vor Schmerzen. Es ist ein schauderhafter Anblick.

Um das Vorrücken der nationalistischen Truppen zu unterstützen, bombardieren die Flugzeuge unausgesetzt das Dorf – oder das, was von ihm übrig ist.

Die Druckwelle einer gewaltigen Detonation wirbelt tote Körper und Gegenstände durch die Luft…

Bewusstlos stürzt Diego zu Boden.

16

IRENE

Irene war ein ungewolltes Kind. Vielleicht hat sie deshalb immer Schwierigkeiten gemacht. Als sie zur Welt kam, lebte mein Vater schon nicht mehr. Sein Tod war ein Schicksalsschlag, der unser aller Leben aus der Bahn warf und das meiner Mutter, wie ich schon gesagt habe, von Grund auf veränderte. Irene kränkelte von Geburt an und war mehrere Male dem Tod nahe. Meine Mutter, die an der Tüchtigkeit der Ärzte wie auch an ihren Medikamenten und Versprechungen zweifelte, suchte, dem Rat einer Freundin folgend, mit der Kleinen einen Wunderheiler auf, der in einem Dorf rund dreißig Kilometer vor der Stadt lebte. Er schlug mit einem Ölbaumzweig auf das bloße Hinterteil des unaufhörlich weinenden Kindes ein und gab dann meiner Mutter einen Heiltrank. Als sie wissen wollte, warum sie ihn trinken solle, wo doch das Kind krank sei, erklärte der Wunderheiler ihr mit geradezu freudscher Weisheit, dass alles, was die Kleine in Zukunft erleiden müsse, zum Teil die Mutter mit einbeziehe, die sich ihr ganzes Leben hindurch um dies kränkliche und zarte Geschöpf würde kümmern müssen. Bis zum Grabe dürften beide sich niemals voneinander trennen, verkündete er.

Irene erholte sich und kam bis zu einem Rückfall, den sie mit zwölf Jahren erlitt, mit keinem Arzt mehr in Berührung. Dann jedoch wurde es immer schlimmer, und so unternahm meine Mutter mit dem Kind eine lange und kostspielige Reise zu einem Spezialisten in Barcelona. Seiner Diagnose zufolge litt Irene an einer Krankheit, die langsam, aber unausweichlich zum Tod führen werde. Wann das sein werde, wollte meine Mutter wissen, und was man dagegen unternehmen könne. Der Spezialist erklärte ihr, dass diese fürchterliche Krankheit erst dann vollständig ausbrechen werde, wenn alle inneren Organe und das gesamte Knochengerüst vollständig ausgebildet und herangereift sein würden. Vielleicht mit zwanzig Jahren …

Von diesem Augenblick an weihte sich meine Mutter, die ihren katholischen Glauben bis dahin nur halbherzig praktiziert hatte, vollständig dem Dienst an der Kirche. Sie betete Tag und Nacht, ging täglich zur Messe, jeden ersten Freitag im Monat zur Kommunion und gab an den hohen Feiertagen bedeutende Summen in die Kollekte.

Meine Schwester Irene wurde von klein auf verhätschelt. Sie verließ das Haus nur selten und nie allein. Kaum hatte sie einige Schritte getan, da verzog sich ihr Gesicht, und sie musste sich setzen, um zu Atem zu kommen. Sie litt entsetzliche Schmerzen, gegen die nur Morphium half, und so wurde sie im Laufe der Zeit süchtig. Da eine solche Sucht zwangsläufig zur Katastrophe führen musste, beschloss man, ihr die Droge nach und nach zu entziehen, und spritzte ihr schließlich nur noch einfaches Serum in die Vene. Die Täuschung gelang, und aus der Tatsache, dass das harmlose Mittel die gleiche Wirkung erzielte wie das Morphium, fol-

gerte ein berühmter Psychiater, das junge Mädchen müsse hysterisch sein. Er empfahl die Einweisung in eine psychiatrische Klinik und die Behandlung mit Elektroschocks. Zu jener Zeit war sie achtzehn Jahre alt. Der Familienrat trat zusammen; Margarita und ich sprachen uns dagegen aus, unserer Schwester eine solche Behandlung zuzumuten, und erreichten dadurch, dass man sie wenigstens dies eine Mal in Frieden ließ. Wir waren der Ansicht, dass wenn ihr danach war, den ganzen Tag im Bett zu verbringen, sie das auch tun solle. Ausnahmsweise gab unsere Mutter nach, was ihr sehr wahrscheinlich später Leid getan hat.

Durch die Gardine fällt trüb-graues Herbstlicht in das Zimmer Irenes, die freudig erregt ausruft: »Keine Ausrede! Du hast es mir versprochen und musst es jetzt auch tun! Hilfst du mir?« Sie setzt sich auf die Bettkante. »Den Stock!«

Teresa gibt ihr den Stock. Mit seiner Hilfe steht Irene auf. Sie legt sich den Morgenmantel um und tut aufgeregt einige Schritte, ohne auf Teresa zu warten, die ihre Schwester zärtlich ansieht.

Im Wohnzimmerkamin brennt ein kleines Feuer. Das gleiche Herbstlicht wie in Irenes Zimmer dringt durch die Balkonfenster herein, die auf den Platz gehen. Irene setzt sich in einen Sessel. Sie ist bleich, hat tiefe Ringe unter den Augen und atmet schwer vor Anstrengung. Teresa setzt sich auf den Klavierhocker und klappt den Deckel auf. Anfangs begnügt sie sich damit, die Finger einfach nur über die schimmernden Elfenbeintasten gleiten zu lassen, doch gleich darauf beginnt sie mit Aufwärmübungen. Ihre Hände fliegen über die Tasten, rasen in einer Schwindel erregenden Bewegung Tonleitern hinauf und hinab. Sie hält inne und sagt mit einem Blick auf ihre Finger: »Was für eine Sklaventreiberei das Klavierspiel doch ist. Ein paar Tage nicht gespielt, und schon ist alles steif... Was möchtest du hören?«

Irene hat sich in ein launenhaftes kleines Mädchen zurückverwandelt, als wäre sie wirklich noch ein Kleinkind. Schmeichelnd sagt sie: »Das weißt du doch.«

Teresa konzentriert sich. Sie überlegt einen Augenblick und beginnt dann zu spielen. Die ersten Takte eines *Nocturne* von Chopin erklingen, eine schwermütige, romantische Melodie. Sie spielt immer noch sehr gut, meidet alle unnötigen Gesten, ganz wie eine Konzertpianistin; diesmal aber greift ihre Einfühlungsgabe ans Herz. Hingerissen hört Irene zu. Sie hat Tränen in den Augen. Wie sie in ihrem Sessel kauert, den weißen Morgenmantel über dem gleichfalls weißen Nachthemd, wirkt sie hilfloser denn je.

Zwischen zerfetzten Leibern, umgeben von Toten und Verwundeten, liegt Diego bewusstlos da, von der Explosion der Bombe halb im Boden begraben. Sein Gesicht wird auf die Erde gepresst, Blut bedeckt seine Stirn. Nationalistische Soldaten kommen, das aufgepflanzte Seitengewehr gesenkt, ganz in seiner Nähe vorüber. Er schlägt die Augen auf; allmählich kehrt sein Bewusstsein zurück. Er hat eine Stirnwunde und bewegt zögerlich den Kopf. Das Atmen kostet ihn Mühe.

Ich wurde allmählich wach, und mein Erwachen glich einer Wiedergeburt; diesmal verdankte ich mein Leben einem Wunder. Ich war vollständig verwirrt, wusste weder, wer ich war, noch, wo ich mich befand. Ich wollte den Kopf drehen, war aber zu keiner Bewegung fähig; mit einer großen Anstrengung gelang es mir, ihn nach und nach zu heben und meine Lippen vom Erdboden zu lösen. Sie brannten. Ein großes Gewicht lastete auf meinen Rippen, und mein Rücken fühlte sich an, als wäre etwas darin zerbrochen. Vor mir sah ich meine Hand; sie war verletzt und blutbeschmiert. Ich versuchte die Finger zu bewegen und sah, dass sie mir gehorchten. Zuerst einmal, sagte ich mir, musste ich von hier fort, aber ich konnte mich nicht von diesem Gewicht befreien, das mich an jeder Bewegung hinderte. Ganz allmählich bekam ich den Kopf frei. Ich hörte nichts, bis auf eine Art Summen, das Summen, das ich bereits kannte. Ich beschloss, mich nicht zu regen, bis ich wieder vollständig bei Kräften war. Ich sah mich dicht am Boden um. Wie lange ich wohl so dort gelegen hatte?

Nach und nach gelingt es Diego, sich von den Trümmern zu befreien, die auf ihm lasten. Eine feindliche Patrouille kommt auf ihn zu; er schließt die Augen und bleibt reglos liegen, stellt sich tot. Einer der Soldaten geht so nah an ihm vorüber, dass er ihm mit einem seiner Nagelstiefel fast auf die Hand tritt. Man hört Schüsse ganz in der Nähe. Er weiß, dass jetzt die zurückgebliebenen Verwundeten getötet werden.

Nachdem er sich vergewissert hat, dass die Patrouille fort ist, schleppt er sich mühselig bis zum Schützengraben. Er blutet an der Stirn, schlimmer aber ist die Wunde am Bein, die von einem Granatsplitter stammt. Ein Hosenbein ist zerfetzt und blutdurchtränkt. Er lässt sich in den Graben fallen, damit ihn der Feind nicht sehen kann.

Dort unten liegen Tote; einer von ihnen ist der Major, in sich zusammengekrümmt, mit zerschmettertem Schädel. Er weicht dem Leichnam aus und schiebt sich, die Zähne zusammengebissen, um die Schmerzen ertragen zu können, durch den Einschnitt des Grabens. An dessen Ende angekommen, richtet er sich vorsichtig auf. Umgeben vom Rauch der Geschütze und der Feuer, die überall brennen, rücken die feindlichen Soldaten vor. Nicht weit entfernt legen Sanitäter einen nationalistischen Offizier auf eine Trage.

Er verlässt den Graben und humpelt davon, ohne recht zu wissen, wohin. Er versucht, sich zu orientieren, und blickt umher. In einem unaufhörlichen Strom kommen Soldaten vorüber, Fahrzeuge, die Geschütze heranschleppen, Sanitäter, die nach Verwundeten suchen und sie fortbringen... Ein italienischer Spähpanzer fährt vorbei. Teilnahmslos sieht der MG-Schütze, der mit dem Oberkörper aus der Turmluke ragt, zu ihm her. Vielleicht achtet wegen seiner bäuerlichen Kleidung niemand auf ihn.

Er geht weiter. Inzwischen fühlt er sich besser. Seine Wunde an der Stirn blutet; doch erstaunlicherweise scheint ihn der Splitter nur oberflächlich verletzt zu haben. Das Bein aber, das er mühsam nachzieht, bereitet ihm große Schmerzen. Weiter hinten setzen sich Lastwagen und Geschütze in Bewegung. Bis dorthin ist es noch weit. Er kommt am noch rauchenden Skelett eines Panzers vorüber. zwei Angehörige seiner Besatzung liegen verkohlt daneben.

Er schleppt sich bis zu einem Schützengraben der Nationalisten, der zum Teil mit Sandsäcken abgedeckt ist, und lässt sich hineingleiten. Erschöpft von der Anstrengung versucht er zu Atem zu kommen. Als er sich ein wenig gesammelt hat, hebt er den Kopf und blickt sich um. In der Ferne sieht er inmitten des Rauchs, der von brennenden Panzern aufsteigt, wie Rotkreuzhelfer von Francos Heer die verwundeten Nationalisten ins Lager schaffen. Man hört Schreie und Klagen. Ein Stück weiter macht sich eine Gruppe von Falangisten und Soldaten bereit, ein Dutzend gefangene republikanische Milizionäre hinzurichten. Man hört einen Befehl und die Salve des Erschießungskommandos.

Von Grauen erfüllt kauert Diego sich in den Graben. Wie in einem Albtraum hört er das Jammern eines Verwundeten, eine Stimme voller Trauer und Klage. Er fährt sich mit der Zunge über die ausgedörrten und blutverschmierten Lippen, hat aber keinen Speichel im Mund und spürt lediglich einen Geschmack nach Metall und Staub. Der Schmerz in seinem Bein nimmt zu, wird unerträglich, als würde es ihm ausgerissen. Er beißt die Zähne aufeinander, um nicht laut herauszuschreien. Alles verschwimmt ihm vor den Augen; er fällt in Ohnmacht.

Als er allmählich das Bewusstsein wiedererlangt, sieht er um sich. Wie lange ist er besinnungslos gewesen? Vielleicht nur einige Sekunden, möglicherweise aber Minuten, Stunden... Wo ist er? Er versucht sich zu bewegen. Es geht, und so schiebt er sich weiter durch den Graben. Der Schmerz in seinem Bein hat nachgelassen. Als er ein Stöhnen hört, hält er inne. Er dreht sich um. Ganz in seiner Nähe liegt ein nationalistischer Soldat, der an einem Bauchdurchschuss verblutet. Es kommt ihm wie ein Wunder vor, dass der Mann noch lebt. Mit einem Blick auf Diego sagt er etwas Unverständliches. Diego schiebt sich näher an ihn heran und fragt: »Was wollen Sie?«

Nahezu tonlos flüstert der Verwundete: »Meine Kinder...«

Er macht mit der rechten Hand eine schwache Bewegung in Richtung auf seine Brust. Diego knöpft die Brusttasche des Waffenrocks auf, nimmt eine Brieftasche heraus und klappt sie auf. Sie enthält die Gruppenaufnahme einer Familie. Er zeigt dem Mann das Foto. Dieser versucht dankbar zu lächeln. Er stöhnt und windet sich. Die Schmerzen kommen wieder; sie müssen fürchterlich sein.

Neben dem Verwundeten an die Grabenwand gelehnt, schüttelt Diego entsetzt und verzweifelt den Kopf. Mit geschlossenen Augen hört er die schwachen Atemzüge des Sterbenden. Nach einer Weile hören sie auf; langsam gleitet der Mann neben ihm zu Boden: Er ist tot. Seine Finger halten die Brieftasche mit dem Familienbild. Diego nimmt es und betrachtet es genauer: eine dunkelhaarige junge Frau umarmt zwei Kinder. Die Frau erregt seine Aufmerksamkeit. Im Taumel der Erinnerung ertönen die Klänge eines Klaviers: Teresa spielt ein *Nocturne* von Chopin. Die Melodie vermengt sich mit dem Klang von näher kommenden Stimmen. »Ich bin Hauptmann des Heeres und kann verlangen, dass ich vor ein Kriegsgericht gestellt werde.«

»Dieses Vergnügen werden Sie gleich haben.«

Diego reckt sich über den Grabenrand, gerade rechtzeitig, um zu sehen, wie man den republikanischen Offizier mit einem Genickschuss tötet.

Angstvoll zieht er den Kopf ein. Zitternd sitzt er im Graben, ohne sich zu rühren. Er weiß nicht, was er jetzt tun soll. Nach längerem Überlegen fasst er einen Entschluss. Er wirft einen Blick auf den Soldaten, der vorhin gestorben ist; nein, dieser eignet sich nicht für sein Vorhaben. Er sucht unter den Toten, die um ihn herumliegen.

Einer von ihnen hat eine Kugel in die Stirn bekommen, ein glatter Einschuss, aus dem ein dünner Blutfaden gelaufen ist. Diego beugt sich über ihn und macht sich daran, den Waffenrock des Mannes aufzuknöpfen und ihm den Gürtel abzunehmen. Während er sich seiner eigenen Kleider entledigt, muss er mehrere Male innehalten, um Luft zu schöpfen. Mehr als einmal steht er kurz davor, den Verstand zu verlieren, ist versucht hinauszuschreien, alles aufzugeben, sich selbst aufzugeben und zu sterben. Ganz besonders schlimm ist es, als er sich die Hose des Toten anzuziehen versucht. Doch ihm fließen neue Kräfte zu, er weiß selbst nicht, woher, und nach einer Weile gelingt ihm sein Vorhaben. Danach zieht er die Stiefel des Mannes an. Sie sind ihm ebenso zu groß wie die Hose und der Waffenrock, den er mit verzweifeltem Überlebenswillen zuzuknöpfen bemüht ist.

Ganz in seiner Nähe legen bestens ausgerüstete nationalistische Soldaten in Stahlhelm und Khakiuniform Bohlen über den Graben, um eine kleine Panzerabwehrkanone hinüberschaffen zu können.

Diego stellt sich tot. Er hört Befehle und Flüche, während die Soldaten die PAK auf die andere Seite wuchten.

Wieder hört er das Stöhnen Verwundeter, fernes Feuer von Exekutionen, das Dröhnen von Flugzeugmotoren. Der Feind überfliegt wohl das Schlachtfeld, um sich einen Überblick über die Lage zu verschaffen.

Als er endlich die Knöpfe des Waffenrocks geschlossen hat, spürt er, dass sich etwas in einer der Taschen befindet. Es ist ein Etui mit einer Brille. Mit neu erwachtem Lebensmut denkt er über seine Lage nach. Es besteht eine gewisse Wahrscheinlichkeit, dass er sich auf das von den Nationalisten besetzte Gebiet durchschlagen kann. Er lässt seine Ausweise, den Füllhalter und alle Papiere, die ihn verraten könnten, in seiner Jacke und wirft diese neben dem Toten auf den Boden. Er vergewissert sich, dass er nichts vergessen hat. Die Uhr! … Einen Augenblick zögert er; es ist die, die ihm Teresa geschenkt hat. Er entscheidet sich und nimmt sie vom Handgelenk.

Auf den Lauf eines Gewehrs gestützt, den Waffenrock

unordentlich zugeknöpft, verlässt er als nationalistischer Soldat gekleidet den Graben. Humpelnd strebt er dem Lager der nationalistischen Truppen entgegen.

Er erreicht einen Verbandsplatz. Dutzende von Verwundeten liegen am Boden oder lehnen sich an die Sandsackbarrieren. Man hört Stöhnen und Schmerzensschreie. Unterstützt von Hilfsschwestern bringen Sanitäter die schwersten Fälle zu Lastwagen und Ambulanzfahrzeugen des Roten Kreuzes. Ein Priester erteilt den Sterbenden die Absolution.

Ungerührt betrachtet Diego das Bild, das sich ihm bietet. Er ist jetzt einer von vielen verwundeten Nationalisten. Er humpelt auf eine der Schwestern zu; sie ist jung und sieht bezaubernd aus. »Wasser, Schwester! Können Sie mir einen Schluck Wasser geben?«

Sie fragt mit einem Blick auf seine Stirn: »Sie haben eine Kopfwunde… Wie fühlen Sie sich?«

Dann gibt sie ihm Wasser, das er begierig trinkt.

»Jetzt besser… Ich habe Schmerzen…« Er bringt die Worte kaum heraus. »Ich kann… Ich kann nicht gehen.«

Seine Kräfte verlassen ihn. Ein greller Lichtblitz in seinem Kopf, ein heftiger Peitschenhieb, der tief einschneidet, ein unerträglicher Schmerz, dann sinkt er bewusstlos zu Boden.

Der Wagen biegt mit eingeschalteten Scheinwerfern von der Straße ab, die in völliger Dunkelheit daliegt. In der Ferne erahnt man die Lichter der Stadt.

Der Wagen hält an. Überall sind Pfützen. Es hat kürzlich geregnet. Der Fahrer steigt aus und hilft zwei weiteren Falangisten, einen Mann herauszuzerren, der sich verzweifelt wehrt. Durch die Regentropfen auf den Scheiben sieht man den Falangisten Pérez Reyes auf dem Rücksitz.

Sie heben den Mann heraus und stoßen ihn auf den schlammbedeckten Boden, zwischen die Finsternis der Nacht und das grelle Licht der Autoscheinwerfer. Es ist Juanito, bleich, nicht besonders kräftig, hilflos. Er trägt einen auf Figur geschneiderten Anzug, sein Kraushaar glänzt. Leise wimmernd fährt er mit den Händen über den Stoff, um den Schlamm abzuwischen. »Aber warum nur? Was hab ich denn getan? Bringt mich bitte nicht um! Ich hab mir nichts zu Schulden kommen lassen. Warum?«

Der Fahrer, ein beleibter Mann im blauen Falangistenhemd mit den dazugehörigen Abzeichen, brüllt ihn an: »Das weißt du nicht? Wir räumen mit allen schwulen Hunden und Kommunisten auf, wie du einer bist.«

»Ich bin kein Kommunist! Ich habe nichts getan! Bringt mich um Gottes willen nicht um, bringt mich nicht um!«

Der Fahrer zieht eine große Pistole aus dem Futteral und schlägt sie ihm brutal ins Gesicht. »Schwuler Hund! Saukerl!«

Halb bewusstlos stürzt Juanito in den Schlamm. Sie schleppen ihn vor die Scheinwerfer des Wagens. Einer der Falangisten nimmt ein Rasiermesser aus der Tasche.

Durch die Windschutzscheibe betrachtet Pérez Reyes das furchtbare Ritual. Auf seinem Gesicht ist keine Regung zu erkennen; er sieht einfach zu.

Zwei der Männer halten Juanito an den Armen fest, während sich der Friseur daran macht, ihm den Schädel kahl zu scheren. Juanito leidet, denn immer wieder rutscht das Messer ab. Er schreit vor Schmerzen. Der Fahrer wird ungeduldig: »Mach schon, verdammt noch mal!«

»Das ist nicht so einfach. Der Sauhund hat Brillantine im Haar.«

Nervös reißt er Juanito jetzt die Haare rücksichtslos büschelweise aus, was dessen Qualen noch steigert. Blutige Spuren auf der Kopfhaut zeugen vom brutalen Vorgehen des Friseurs.

»Bitte nicht, bitte… Auuuu!…«

Der Fahrer befiehlt: »Schluss, das genügt. Überlass ihn jetzt mir.«

Der Friseur tritt beiseite. Ohne weitere Umstände hält der Fahrer Juanito die Pistole an die Schläfe. Auf dessen blutverschmiertem Gesicht erstarrt im Angesicht des Todes der Ausdruck von Schmerz und Angst. In diesem Augenblick erlangt er seine Würde wieder, sieht die Henkersknechte trotzig an und sagt kaum hörbar: »Verdammte Schweinehunde!«

Der Fahrer drückt auf den Abzug. Man sieht Mündungsfeuer und hört einen trockenen und unheilvollen Knall.

Pérez Reyes schließt die Augen, als denke er nach.

Hinter den Gardinen am Schlafzimmerfenster wird es allmählich hell, während Teresa Berta fertig anzieht. Die Kleine fragt: »Wohin gehen wir, Mama?«

»Psst… Mach keinen Lärm. Wir gehen spazieren. Sei ganz leise, ja?«

Die Kleine nickt, während ihr die Mutter den Schuh zubindet. Teresa packt noch dies und jenes in die Reisetasche, Toilettenartikel, Unterwäsche, Diegos Notizen… Dann schließt sie die Tasche.

»Fertig.«

Sie öffnet die Schlafzimmertür, und Mutter und Tochter treten Hand in Hand auf den Flur hinaus. Er liegt im Halbdunkel. Wie immer kommt ein Lichtstrahl durch die Ritze unter Irenes Zimmer. Sie erreichen die Diele. Dort nimmt Teresa Mantel und Schal vom Garderobenhaken. Man hört

Irenes Stimme, die leise ruft: »Teresa!« Teresa zieht den Mantel an. Sie überlegt, ob sie dem Ruf der Schwester folgen soll. »Teresa?«

Sie kehrt um und öffnet die Tür zum Zimmer ihrer Schwester. Irene liegt auf dem Bett, umgeben von Büchern, einem Heft und Bleistiften. Flüsternd fordert sie Teresa auf: »Geh nicht. Es ist zu gefährlich.« Teresa setzt sich zu ihr. Das düstere Licht der Morgendämmerung dringt durch das Fenster, die Nachttischlampe erhellt Irenes bleiches und abgezehrtes Gesicht. Sie bittet Teresa: »Tu es nicht!«

Teresa streichelt ihre Schwester, die sich dicht an sie drängt. Mit der gleichen gedämpften Stimme wie diese sagt sie: »Es geht nicht anders. Es ist schon alles entschieden.« Sie gibt Irene einen Kuss. »Ich werde für dich beten. Gib auf dich Acht. Ich hab dich lieb!« Dann steht sie auf.

Irene gibt ihr eine letzte Mahnung mit auf den Weg: »Trau niemandem!« Aber Teresa ist bereits zur Tür hinaus.

In der Stille des Morgens wartet Teresa im Mantel, die Reisetasche in der Hand, zusammen mit Berta, deren Gesicht halb von ihrem Schal verdeckt wird.

Unruhig beobachtet sie die verlassen daliegende Straße. Die Stadt schläft noch; kaum jemand ist unterwegs. In der Ferne rumpelt ein hochrädriger Karren, man hört einen Lastwagenmotor und das Krähen eines Hahns. Ein Frühaufsteher, der den Kragen seines Jacketts zum Schutz vor der Morgenkälte hochgeklappt hat, kommt vorüber und murmelt einen Gruß, den sie mit einem »Guten Morgen« beantwortet. Allmählich wird sie unruhig und sieht auf die Uhr. Es ist Zeit. Berta gähnt. »Mama, ich bin müde.«

Teresa streicht ihr über den Kopf. »Du kannst unterwegs schlafen.«

Man hört einen Motor. Am Ende der Straße taucht ein Auto auf und kommt näher. Hoffnungsvoll sieht Teresa zu ihm hin, doch es fährt vorüber. Die Kleine ist müde und schläft fast. Stiefel knallen im Gleichschritt auf die Straße. Teresa blickt in die Richtung, aus der das Geräusch kommt. Verzweifelt wirft sie einen Blick auf ihre Uhr: schon acht! Sie nimmt Berta in die Arme und stößt ein »Gott steh uns bei!« hervor. Die Kleine drängt sich an sie. Auf Teresas Gesicht mischt sich der Ausdruck von Ohnmacht und Verzweiflung. Tränen steigen ihr in die Augen. Sie geht auf den Platz zu, an dem ihr Elternhaus steht, weg vom Marschtritt der Falangisten.

Teresa wählt eine Nummer und wartet. Die Wohnzimmerfenster stehen offen, und das Dienstmädchen Pilar wischt Staub, rückt die Stühle zurecht und ordnet die Nippessachen auf der Anrichte. Im Hörer ertönt eine näselnde Männerstimme: »Ja?«

Rasch überdenkt Teresa die Situation und schweigt beunruhigt; dann fragt sie, ohne rechte Hoffnung: »Ist Lucía zu Hause?«

Jetzt hört man die näselnde Stimme besser: »Wer spricht da?«

Sie hält den Hörer von sich, als würde er sie verbrennen. Angstvoll schließt sie die Augen. Es muss etwas Entsetzliches geschehen sein. Die Stimme, jetzt weit entfernt, fragt: »Was wünschen Sie? Wer spricht da? Wer sind Sie?«

Teresa legt auf. Ein Schauer überläuft sie.

Mit einem Stirnverband liegt Diego auf einem Eisenbett. Auch sein Bein ist verbunden. Man hört die spanische Fassung des deutschen Liedes:

Ich hatt' einen Kameraden
Einen bessern find'st du nit,
Die Trommel schlug zum Streite,
Er ging an meiner Seite,
Im gleichen Schritt und Tritt,
Im gleichen Schritt und Tritt…

Er versucht sich anders hinzulegen. Dabei verzieht sich sein Gesicht vor Schmerz. Nach einer Weile, als der Schmerz nachgelassen hat, wirft er einen Blick auf den Saal, in dem dicht an dicht rund dreißig Betten mit unterschiedlich schwer Verwundeten stehen. Durch zwei große Fenster, die auf den Garten hinausgehen, fällt viel Licht herein.

Bei der täglichen Krankenvisite bahnt sich der Arzt mit seinem Gehilfen und zwei Schwestern mühsam einen Weg durch den Raum.

Diego beobachtet die Gruppe, die am Fußende eines der Betten stehen bleibt und das Krankenblatt durchgeht. Sie sprechen leise miteinander, fast unhörbar. Er kann sich denken, was sie sagen; der Mann, der nachts mit schwacher Stimme jammert und mit Morphium ruhig gestellt wird, ist ein lebender Leichnam. Das Gesicht des nächsten ist vollständig zerstört, von einer Explosion zur Hälfte weggerissen. Man wird dem Mann eine Prothese anfertigen, um ihm wieder ein menschliches Aussehen zu geben. Außerdem hat er einen Lungensteckschuss, und es war bisher nicht möglich, die Kugel zu entfernen. Ein Stück weiter liegt einer, der beide Beine verloren hat. Doch er ist ein lebensfroher Mensch und singt munter und gekonnt navarrische Volksweisen… Dem Oberleutnant der Artillerie nebenan fehlt ein Stück der Hüfte. Man hat schon mehrere Transplantationen vorgenommen, und es sieht so aus, als werde er durchkommen.

Jetzt kommt der Arzt mit seinem Gefolge auf Diego zu. Der etwa sechzigjährige hoch gewachsene Mann mit dichtem grauen Haar hat helle graue Augen und einen schmalen Schnurrbart.

Sein blonder Gehilfe, ein junger Mann, der aussieht, als komme er aus dem Norden, reicht ihm Diegos Krankenblatt. Der Arzt wirft einen raschen Blick darauf und bespricht sich so leise mit dem Gehilfen, dass Diego es kaum versteht: »An der Kopfwunde hat sich bereits Narbengewebe gebildet, und die damit zusammenhängenden Störungen ... Ganz normal, ja ... doch, in Ordnung ... die Infektion ist abgeklungen, allmählich bildet sich Narbengewebe ... Er wird sein Leben lang hinken ... Er sollte Bewegungsübungen machen ...« Dann beugt sich der Arzt ein wenig über ihn und fragt: »Wie geht es Ihnen?«

»Gut. Wann werde ich entlassen?«

Der Arzt verzieht das Gesicht, es soll wohl ein Lächeln sein, und fragt: »Behandeln wir Sie hier so schlecht?«

Der Gehilfe führt aus: »Der Granatsplitter hat den Muskel durchtrennt ... Die eingetretene Besserung ist beachtenswert. Er muss aufstehen und seine Muskeln kräftigen.«

Der Arzt fällt ihm unwirsch ins Wort: »Wir entlassen ihn in einer Woche. Haben Sie Angehörige?«

Diego nickt bestätigend.

Der Gehilfe nimmt die Akte zur Hand und liest vor: »José Vidal Zafra, verheiratet, wohnhaft in Badajoz, Kaufmann ...«

Der Arzt nickt und fügt hinzu: »Für Sie ist der Krieg vorbei. Setzen Sie die Behandlung daheim fort. Wir brauchen Ihr Bett für dringendere Fälle.«

Er ist fertig, wendet sich ab und tritt, von den Schwestern gefolgt, ans Bett des nächsten Patienten. Der Gehilfe teilt

Diego knapp mit: »Sie können aufstehen. Anfangs sollten Sie vorsichtig sein; unterlassen Sie unnötige Anstrengungen, und bitten Sie die Schwester um Hilfe. Es wäre gefährlich, wenn sich die Wunde wieder öffnete. Sie dürfen mit Ihren Verwandten sprechen.«

Auf Diegos Züge legt sich Vorfreude. »Auch telefonieren?«

»Denken Sie daran, dass jede defätistische Äußerung untersagt ist. Bemühen Sie sich, die Situation zuversichtlich zu schildern, sprechen Sie nicht von Verwundeten, Verlusten und dergleichen … Ist das klar?«

Diego nickt.

Über den Korridor des Lazaretts, den das schwache Licht der Kugellampen an der Decke erhellt, schiebt sich ein dichter Strom von Patienten, Ärzten und Schwestern.

Vor dem Telefon in der Eingangshalle wartet Diego, auf seine Krücken gestützt, auf die Verbindung. Neben ihm steht eine etwa vierzigjährige rundliche Pflegerin, die ihm mit einer Handbewegung bedeutet, er möge sich beeilen. Diego weist auf den Hörer. »Jetzt kommt meine Verbindung … Ja, Zamora … Ja …«

Die Frau erhebt Einwände: »Sie müssen ins Bett zurück. Das hat der Arzt ausdrücklich gesagt.«

Diego wendet sich zu ihr um und erklärt: »Ich muss unbedingt mit meiner Schwester in Zamora sprechen. Meine Mutter soll nichts von der Sache erfahren …« Er weist auf sein Bein und die Krücken. »Sie hat es nämlich mit dem Herzen …«

Die Frau nickt und wendet sich anderen Dingen zu, notiert etwas in der Krankenakte, die sie in den Händen hat.

Jemand meldet sich am Telefon.

»Ja? Kann ich mit Teresa sprechen? Ich bin ein Vetter... Sie ist nicht da?... Und Irene? Holen Sie sie an den Apparat, es ist dringend.«

Eine Pause tritt ein. Diego ist angespannt und macht sich Sorgen: »Irene, ich bin's. Ja, ich..., Diego. Doch, mir geht es gut... Und Teresa? Und der Kleinen?«

Irene sagt: »Teresa ist im Gefängnis, wir tun alles Menschenmögliche, um sie freizubekommen...«

»Warum denn nur? Was ist passiert?«

»Ja... Nun, nichts weiter.«

Diego schlägt alle Vorsicht in den Wind und fragt besorgt: »Kannst du mir denn sonst nichts darüber erzählen?«

»Nein. Morgen weiß ich mehr.«

Es ist offensichtlich, dass sie am Telefon nicht deutlicher werden kann.

»Ich komme, sobald ich kann. Sag ihr das... Sag ihr, dass es mir gut geht... Grüß sie schön von mir.«

Er legt auf. Besorgt fragt ihn die Pflegerin: »Was ist mit Ihrer Schwester?«

Mit besorgter Miene macht Diego eine verneinende Handbewegung. »Sie wollen es mir nicht sagen.«

»Es ist bestimmt nichts Ernstes, Sie werden schon sehen. Jetzt müssen Sie aber zurück ins Bett, und seien Sie vorsichtig beim Gehen.«

17

TERESA

Den Rücken an die Wand gelehnt, aus der Feuchtigkeit sickert, sitzt Lucía auf einem Holzstuhl. Sie ist nicht wiederzuerkennen, ein körperliches Wrack. Ein Falangist fragt Teresa: »Kennen Sie sie?«

Vom Aussehen ihrer Freundin erschüttert, deutet Teresa ein Nicken an. Sie nähert sich ihr und nimmt ihre Hand. »Was haben Sie dir nur angetan, Lucía? Was haben Sie dir nur angetan?«

Schluchzend sieht die Freundin sie an und sagt mit trauriger Stimme: »Verzeih mir! Verzeih mir! Ich wollte dir nicht schaden... Aber die Qualen waren unerträglich!«

Empört wendet sich Teresa zu dem Falangisten um. »Ihr habt sie gefoltert!«

Ohne darauf einzugehen, sagt dieser schroff: »Vorwärts! Pérez Reyes will Sie sprechen!«

Eine verglaste Tür öffnet sich. Teresa tritt in Pérez Reyes' Büro.«

»Nehmen Sie doch Platz...«

Teresa kann vor Empörung nicht an sich halten. »Ich stehe lieber. Wie konnten Sie diese Frau foltern! Das zeugt von einer unsäglichen Brutalität!«

Mit Nachdruck fordert Pérez Reyes sie auf: »Nehmen Sie Platz.« Teresa bleibt stehen. Sie denkt nicht daran, der Aufforderung Folge zu leisten. »Wie Sie wünschen. Sie hatten die Absicht, von hier zu fliehen, wollten zu den Roten überlaufen und zur Verräterin an Ihrer Familie und Ihrem Vaterland werden.« Er nimmt einige maschinengeschriebene Blätter vom Tisch und liest vor: »Teresa Barrios, die ich von klein auf kenne und mit der mich eine tiefe Freundschaft verbindet, hat mich gebeten, ihr beim Grenzübertritt behilflich zu sein. Von ihr stammt der Einfall, dass sich mein Bruder Juan Sánchez de Lara, der von unserem ruhmreichen Heer desertiert ist, in meinem Haus verstecken sollte…« Er sieht zu Teresa hin. »Soll ich weiterlesen?«

Teresa sagt nichts. Pérez Reyes fährt fort: »Der Deserteur wurde bereits standrechtlich erschossen, und Ihre Freundin wird man wegen Vaterlandsverrats verurteilen, ebenso wie Sie.«

Teresa weiß, was das zu bedeuten hat.

»Barmherziger Gott, nein!«

Jetzt setzt sie sich, gebrochen, von tiefer Sorge um ihr Schicksal erfüllt. Sie versucht sich zu rechtfertigen. Es wirkt nicht besonders überzeugend.

»Ich habe nichts davon gewusst! Es tut mir Leid, ich wollte nicht…«

»Ihre Reue kommt ein bisschen spät, Señora! Wir haben lange genug Geduld mit Ihnen gehabt. Die Situation ist für alle Beteiligten beklagenswert. Ich bedaure, dass es so weit kommen musste, vor allem wegen der freundschaftlichen Beziehungen zu Ihren Angehörigen, aber Sie sind zu weit gegangen. Vergessen Sie nicht, dass wir Sie gewarnt haben …«

Während er spricht, öffnet er die Schublade seines Schreibtisches und entnimmt ihr mehrere Gegenstände: eine Brieftasche, einen Füllhalter, eine Armbanduhr mit verbogenem Ziffernblatt … Teresa erkennt Diegos Habseligkeiten: »Großer Gott!«

Bleich und völlig niedergeschlagen sinkt sie in sich zusammen. Tiefer Kummer legt sich auf ihre Züge. Mit wohlberechneter Kälte schiebt ihr Pérez Reyes die Gegenstände hin.

»Das hat man uns geschickt. Es ist alles, was Ihr Freund bei sich hatte. Es gehört Ihnen.«

»Nein, nein. Nicht er …«

Er hält ihr einige Papiere hin. »Sie müssen hier unterschreiben.«

Teresa versucht ihre Tränen zu trocknen. Sie nimmt den Füllhalter, den man ihr hinhält, und unterschreibt mechanisch. Pérez Reyes gibt ihr die Brieftasche und die Uhr. Bevor er den dunkelgrünen Conklin-Füller in die Hand nehmen kann, greift Teresa selbst danach. Sie dreht ihn zwischen den Fingern. »Großer Gott!«

Der Falangist begeht den Fehler, ihr sein Beileid auszusprechen.

Teresa hebt den Blick. Leise, aber fest, sagt sie: »Ihnen tut nichts Leid.«

Reyes sieht sie mit einem kalten Blick an, in dem keinerlei Regung liegt, und fragt ausdruckslos: »Wie bitte?«

Mit einem Hass, der sich über Monate hinweg angestaut hat, sagt Teresa, ohne die Stimme zu heben: »Sie sind ein Mörder. Ein Rohling, der es genießt, Menschen ohne das geringste Erbarmen zu foltern und zu töten.«

Pérez Reyes mahnt sie: »Hüten Sie Ihre Zunge! Vergessen Sie nicht, wo Sie sind!«

Aber Teresa kann nicht länger an sich halten und stößt mit sich überschlagender Stimme hervor: »Sie sind ein Mörder! Ein verachtenswertes, herzloses Geschöpf! Ein Mörder, dem es Freude bereitet, Unschuldige zu quälen!«

Pérez Reyes springt auf und schreit sie an: »Halten Sie den Mund!«

»Mörder, Mörder!«

Der Falangist verliert die Beherrschung und brüllt: »Halten Sie sofort den Mund!«

»Mörder, Mörder, Mörder!«

Zwei Falangisten kommen herein. Einer von ihnen ist der beleibte Aufseher.

Mit einer Wut, die in keiner Weise zu seiner sonstigen geheuchelten Freundlichkeit passt, brüllt Pérez Reyes hysterisch: »Sperrt sie ein! Ich will das Miststück nicht mehr sehen!«

Die beiden Falangisten werfen sich auf Teresa, um sie hinauszubringen. Sie aber widersetzt sich ihnen mit der Kraft der Wahnsinnigen, schlägt und beißt wie wild um sich. Dabei schreit sie unaufhörlich: »Mörder, Mörder, ihr seid alle Mörder!«

Erbarmungslos prügeln die Männer auf sie ein und zerren sie schließlich zur Tür hinaus.

Man hat Diego den Verband abgenommen; sein Kopf ist kahl geschoren. Auf der Stirn klebt jetzt nur noch ein Pflaster über einem Stück Verbandsmull. Er steht, auf einen Stock gestützt, vor dem Schalter der Lazarettverwaltung, um seine Habe abzuholen: eine Brieftasche, ein Brillenetui samt Brille… Ach ja, die Brille. Er hatte sie ganz vergessen.

Hinter dem kleinen Fenster des Schalters ertönt eine Stimme: »Sie können gern in der Brieftasche nachschauen. Sie werden sehen, dass nichts fehlt. Hier müssen Sie unterschreiben.« Er legt ihm ein Formular vor, das Diego unterschreibt. Dann hält ihm die knochige Hand des Beamten einige Geldscheine hin. »Das ist für Sie, eine Beihilfe für Kriegsversehrte. Alles Gute, Kamerad!«

Während Diego das Geld und die Gegenstände in die Tasche steckt, sieht er seinen kahlen Schädel, der sich in der Scheibe des Schalters spiegelt, und fragt den Mann dahinter: »Entschuldigen Sie ... Hätten Sie wohl irgendeine Kopfbedeckung für mich, einen Hut oder eine Mütze?«

Der Beamte, ein schlanker, kahlköpfiger Mann mit einem dünnen Schnurrbärtchen, streckt den Kopf hinaus und mustert Diego. Er sieht den kahl geschorenen Schädel und den Verband auf der Stirn.

»Augenblick, wir finden sicher was ...«

Diego nimmt die Brille aus dem Etui und setzt sie auf. Er sieht nicht gut damit, alles verschwimmt ihm vor den Augen ... Er steckt sie ins Etui zurück.

Einen bequemen Hut auf dem Kopf, durchquert Diego, auf seinen Stock gestützt und sichtbar humpelnd, den Korridor zur Pforte des Lazaretts, vorüber an Schwestern, Soldaten, Falangisten. Außer ihnen bevölkern auch Besucher den Korridor sowie Verwundete, die bereits wieder auf dem Weg der Besserung sind und die in Begleitung von Braut oder Ehefrau auf und ab gehen.

Er tritt in die Helligkeit des Tages hinaus. Auf dem Platz lachen und rufen Jungen, die einen Ball aus Lumpen zwischen sich hin und her treten. Er bleibt einen Augenblick stehen, um ihnen zuzusehen; ihre Lebensfreude gibt ihm neuen Mut, und er denkt daran, dass das Leben irgendwie weitergeht. Er fragt einen Wachposten, und dieser zeigt auf einen Lieferwagen mit offener Ladefläche, der Schweine geladen hat. Er geht darauf zu.

Aus dem Fahrerhaus fragt der Fahrer, ein Mann von ungefähr dreißig Jahren: »He, Kamerad! Sind Sie der, der nach Zamora will?«

»Ja...«

»Gut, wir nehmen Sie bis dahin mit. Lass ihn vorn sitzen, verdammt noch mal, du siehst doch, dass er verwundet ist!«

Die Tür geht auf und ein älterer Mann von bäuerlichem Aussehen steigt aus. Diego sagt entschuldigend: »Ich kann ohne weiteres hinten mitfahren...«

»Bei den Schweinen? Ein Kriegsversehrter? Kommt überhaupt nicht in Frage. Sie setzen sich hier zu mir... Mariano, hilf ihm mal, du siehst doch, dass er allein nicht zurechtkommt.«

»Das ist nicht nötig.«

Der Mann hilft Diego beim Einsteigen und klettert dann auf die Ladefläche zu den Schweinen.

Der Wagen fährt an. Diego dreht sich um und sieht, wie das Lazarett allmählich kleiner wird.

Sie fahren über eine Landstraße, an Bäumen vorüber, deren Zweige als Vorboten des Frühlings die ersten Knospen tragen. Der Fahrer, redselig und neugierig, fragt: »Sind Sie aus Zamora?«

»Nein, aber ich habe da Angehörige... Mein Bruder ist Kaufmann...«

»Wie sind Sie verwundet worden? Entschuldigen Sie die neugierige Frage...«

Diego nimmt die Brille aus dem Etui. Sie hat eine Metallfassung und runde Gläser. Unauffällig versucht er sie mit den Daumen herauszudrücken. Dabei sagt er: »Ach, das ist schon in Ordnung. Erst hat es ganz so ausgesehen, als ob wir die Schlacht verlieren würden. Wir hatten Befehl vorzugehen und eine Stellung einzunehmen... Wir mussten also aus dem Graben raus... Sie wissen, wie das ist, die Angst umzukommen, ist in so 'nem Augenblick größer als die vor dem schmachvollen Rückzug. Wie die Hasen sind wir im Zickzack gerannt, um nicht vom Feuer aus den Mörsern und den russischen Maxim-MG getroffen zu werden; das sind die mit den Rädern und so 'ner Art Schutzschild, richtige Mordwaffen. Die Sauhunde haben das Schlachtfeld mit Kugeln förmlich gedüngt... Außerdem hatten die noch Feldartillerie und Panzer...«

Mit Unheil verkündendem Poltern fällt der Lieferwagen in jedes Schlagloch. Höchstwahrscheinlich ist er ungefedert, oder die Federn taugen nichts. Diego nutzt das laute Rumpeln für einen Versuch, die Brillengläser zu zerbrechen, indem er sie in die Falten seines Waffenrocks legt und kräftig dagegen drückt. Er fährt mit seinem Bericht fort, als wenn er zu einem Kind sprechen würde: »Wir haben laut gebrüllt, um uns Mut zu machen... An den ersten Gräben sind wir auf heftigen Widerstand gestoßen. Mitten im Mörserfeuer sind wir mit aufgepflanztem Bajonett weiter nach vorn, so gut wir konnten...« Endlich gelingt es ihm, die Gläser aus der Metallfassung zu drücken. »Ich hab mit angesehen, wie die feindlichen Kugeln und die Splitter der Sprenggranaten, die um uns herum explodiert sind, die Kameraden umgerissen haben. Die Sache wurde ziemlich scheußlich, das können Sie mir glauben... Man muss zugeben, dass die Roten verdammt tapfer gekämpft haben...«

Der Fahrer, der dem Bericht aufmerksam folgt, nickt überzeugt und sagt: »Sind ja immerhin auch Spanier.«

Diego setzt sich die leere Brillenfassung auf.

»Alles ist gut gegangen, dann aber … Mit einem Mal gab es eine entsetzliche Detonation! Alles ist in die Luft geflogen. Man kann das nur schwer mit Worten beschreiben, das muss man selbst erlebt haben, wissen Sie.«

Beeindruckt sagt der Fahrer: »Als ob das Ende der Welt gekommen wär, was?«

»Genau so! Sie sagen das sehr treffend ›Als ob das Ende der Welt gekommen wär‹. Mit einem Mal das reine Chaos, und ich hab nichts mehr mitgekriegt. Als ich wieder zu mir gekommen bin, lag ich im Lazarett und, na ja … alles in allem hab ich Glück gehabt!«

Der Lieferwagen rumpelt nordwärts, der Stadt Zamora entgegen.

Eine Tür öffnet sich, und von zwei Falangisten bewacht, durchquert Teresa einen langen dunklen und feuchten Gang. Sie trägt einen Mantel, der ihr zu groß ist. Ein schwarzes Tuch, das ihre Züge deutlich hervortreten lässt, bedeckt ihren Kopf; ihr Gesicht ist bleich, um ihre Augen liegen tiefe Schatten. In ihrer Betäubung spürt sie, wie sie der Mut verlässt, und sie denkt an ihre Tochter Berta, an Diego, an ihr Leben, das nun vorbei sein wird. Ihre Tochter … Was wird aus ihr werden ohne den Schutz der Eltern?

Das Tor, das zum äußeren Hof führt, öffnet sich. Der Tag dämmert herauf. Teresa hebt den Blick zum unfreundlichen dunkelgrauen Himmel, der allmählich hell wird.

Glühlampen in Porzellanschirmen, die an hölzernen Masten befestigt sind, werfen Licht auf den Hof. Teresa überquert ihn mit ihren Begleitern. Sie fühlt sich elend, erstarrt von der Schlaflosigkeit, von der Einsamkeit und der Kälte des Gefängnisses. Automatisch setzt sie einen Fuß vor den anderen, doch noch ist ein Rest Leben in ihr, und so fragt sie sich: *Warum ich? Was habe ich so Entsetzliches getan, dass ich den Tod verdiene?*

Die beiden Falangisten führen sie an die schlecht verputzte Steinmauer, in der sich die Einschlaglöcher zahlloser Kugeln befinden. Das von oben kommende Licht verstärkt die Spuren des langen Wachens und der Qual in ihrem Gesicht; sie ist schmaler geworden und wirkt in dem weiten Mantel klein und unbedeutend.

Man nimmt ihr das Kopftuch ab. Jetzt zeigt sich, dass man sie kahl geschoren hat. Ihr Kopf hat die Schönheit von Dreyers Jungfrau von Orléans.

Dann zieht man ihr den Mantel aus. Darunter trägt sie eine Art Schlafanzug aus grobem Gewebe, der ihr zu groß ist.

Man fesselt ihr die Hände. Ihre Rechte umschließt mit aller Kraft ein Stück Papier.

Man dreht sie um, und Teresa sieht sich ihren Henkern gegenüber. *Geschieht das hier wirklich?*

Das Erschießungskommando besteht aus fünf Soldaten, die von einem Unteroffizier befehligt werden. *Die also sollen die gefährliche Bestie unschädlich machen?*

Im Hintergrund, am Eingang zum Hof, taucht Pérez Reyes auf, der sich das Schauspiel nicht entgehen lassen will. Elegant gekleidet, sorgfältig frisiert, mit glatter Stirn und frisch rasiert, betrachtet er ungerührt die Vorbereitungen zur Hinrichtung.

Teresa scheint nichts mehr wichtig zu sein. Ihre Hilflosigkeit und Verlassenheit sind unübersehbar. Sie zittert, denn die Kälte dringt bis in ihr Innerstes. *Nein, ich werde nichts sagen, keinen heldenhaften letzten Satz – wozu? Meine letzten Gedanken werden den Menschen gelten, die mich geliebt haben, den einzigen, die mir etwas bedeutet haben, Diego und meiner kleinen Berta... Was wird nur aus ihr, wenn man mich umbringt?*

Laut und deutlich, Silbe für Silbe, ertönen die Befehle: »Fertig«, »Legt an« ...

In einer Geschichte über einen zum Tode Verurteilten, der gehenkt werden sollte, hat sie gelesen, in dem kurzen Augenblick, als man ihn ins Leere stieß, unmittelbar, bevor sich die Schlinge um seinen Hals zuzog, sei sein ganzes Leben an ihm vorübergezogen... Kaum hört sie den letzten Befehl: »Feuer!«

Gleichzeitig feuern die Gewehre: eine entsetzliche Salve, deren Echo von der fernen Stadt zurückgeworfen wird.

Sie spürt, wie ihre Eingeweide in Flammen aufgehen, kann nicht mehr atmen, erstickt, sieht einen grellen Lichtblitz und verliert das Bewusstsein.

Von Kugeln durchsiebt, stürzt Teresas Körper schlaff zu Boden. Sie ist tot.

Ihren auf dem Rücken zusammengebundenen Händen, deren Finger sich jetzt lösen, entgleitet ein Foto und fällt zu Boden. Es zeigt Diego, Berta und Teresa im Haus in den Bergen.

Lange hört man keinen Laut, als stünde die Zeit still. Noch glänzen Teresas Pupillen im Halbschatten; ein letzter leuchtender Blick.

18

DIEGO

Die Sonnenstrahlen dringen durch die Zweige und das Laub der Bäume, sprenkeln den Garten mit Flecken aus Licht und Schatten. Die Laken auf der Wäscheleine sind so blendend weiß, dass es meine Augen beim Hinsehen schmerzt... Heute ist es warm, sogar richtig heiß, es ist ein zauberhafter, leuchtend heller Julitag... Berta läuft auf das Haus zu; es ist ihr gelungen, Maria das rote Tuch zu entreißen, und jetzt lässt sie es in der Luft flattern. Noch steht der Ausbruch des Krieges nur bevor... Das Klavier ist verstimmt und die Misstöne, die es von sich gibt, tun meinen Ohren weh. Auf dem hölzernen Klapptisch steht neben meinen Papieren, den aktuellen Tageszeitungen und einigen Büchern ein Krug mit Wasser... In Gedanken versunken, lasse ich den Blick umherschweifen. In den Fingern halte ich meinen Füller. Als ich mich umdrehe, taucht Teresa im Garten auf, schöner und verlockender denn je, und ein leuchtender Glanz, ein Sonnenstrahl, der durch das Laub fällt, legt sich auf ihr Gesicht und blendet sie einen Augenblick...

»So, Endstation.«

Die Stimme schreckt ihn auf. Er öffnet die Augen und sieht blinzelnd ins Licht. Es ist schon hell. Der Fahrer lächelt ihm freundlich zu. »Du hast eine ordentliche Mütze voll Schlaf genommen… Wir sind da, Kamerad.«

Der Lieferwagen hat auf dem Platz in der Mitte der Stadt angehalten. Die Tür des Fahrerhauses öffnet sich, und Diego steigt aus. Dankbar verabschiedet er sich von seinen Reisegefährten. Der Wagen fährt durch die Straße davon. Diego setzt sich das leere Brillengestell auf und macht sich daran, auf den Stock gestützt, den Platz zu überqueren.

»Ich hätte gern ein Zimmer für zwei Nächte…«

Der Inhaber der Pension ist ein älterer Herr, dessen Haut fettig glänzt.

»Sie müssen im Voraus bezahlen.« Diego nickt, den Hut tief in die Stirn gezogen.

»Ich brauche Ihre Papiere.«

Er gibt ihm den Entlassungsschein aus dem Lazarett.

»In Ordnung. Woher kommen Sie?« Diego macht eine unbestimmte Handbewegung in die Ferne.

»Wie stehen die Dinge denn da so?«

»Na ja… Könnte besser sein. Haben Sie Telefon?«

Der Mann weist mit dem Kinn auf das Telefon an der Wand des Flurs. »Aber fassen Sie sich kurz.«

Diego dreht die Wählscheibe. Jemand meldet sich…

»Irene, bist du das?…«

Das Auto hält in der Allee. Im herbstlichen Licht wirkt die Stadt gespenstisch, wie unter einem Schleier.

Aus seinem Versteck beobachtet Diego durch die leere Brillenfassung, wie eine Frau aus dem Auto steigt. Sie trägt einen Hut. Sogleich entfernt sich das Auto, und die Frau bleibt stehen, sieht sich um. Als das Geräusch des Motors nicht mehr zu hören ist, kommt Diego aus seinem Versteck.

Es ist Irene. Obwohl sie einen dicken Tuchmantel trägt, wirkt sie schmal. Ihr kränkliches Aussehen unterstreicht ihre durchgeistigte Schönheit. Auf seinen Stock gestützt, tritt er auf sie zu. Kurz bevor er sie erreicht, nimmt er die Brille ab.

Bei Diegos Anblick bricht Irene in Tränen aus und wirft sich ihm in die Arme. Mit kaum hörbarer Stimme sagt sie: »Diego, barmherziger Gott! Barmherziger Gott!«

Er löst sich von ihr und sieht ihr in die Augen. Sein Herz setzt aus, er begreift, dass etwas Furchtbares geschehen sein muss.

»Sie haben sie umgebracht, sie haben sie umgebracht…«

Diego sieht sie an, reagiert immer noch nicht, macht eine abwehrende Bewegung, als könne er es nicht glauben, erbleicht mit einem Mal.

Irene schluchzt. Mit Mühe bringt sie heraus: »Wie eine Verbrecherin haben sie sie kahl geschoren und erschossen. Die arme Teresa! Die Ärmste!«

Als er die entsetzliche Mitteilung endlich begreift, fängt die Welt um ihn herum an sich zu drehen. Ohne den Stock wäre er zu Boden gestürzt. Tränen treten ihm in die Augen.

Den Hut in die Stirn über dem stoppelbärtigen Gesicht gedrückt – er hat sich seit einigen Tagen nicht rasiert –, beobachtet Diego mit tiefen Rändern unter den Augen das Haus seiner Schwiegereltern, das den abseits gelegenen kleinen Platz beherrscht und in dessen einer Hälfte sich das Textil- und Konfektionsgeschäft befindet. Aus der großen Haustür tritt ein uniformiertes kleines Mädchen in marineblauem Kleid und gleichfarbigem Pullover. In der Hand trägt sie eine lederne Schultasche. Pilar, die das Kind zur Schule bringen soll, begleitet sie.

Unwillkürlich überläuft Diego ein Schauer. Bevor er diesen Ort endgültig verlässt, möchte er sein Töchterchen noch einmal sehen, und sei es nur einen flüchtigen Augenblick lang.

Das Dienstmädchen und die Kleine kommen in seine Richtung. Entzückt betrachtet Diego seine Tochter Berta. Sie ist gewachsen, ist hübscher geworden und ähnelt ihrer Mutter. Bei diesem Gedanken verliert er die Fassung. Er kann nicht an sich halten und tut einige Schritte auf die Kleine zu. Berta wirkt sehr ernst. Diego bleibt stehen, um sie genauer anzusehen. Als sie an ihm vorüberkommt, treffen sich ihre Blicke, aber Berta erkennt den Vater nicht. Pilar grüßt ihn, wie es außerhalb großer Städte üblich ist: »Guten Morgen.«

Diego murmelt: »Guten Morgen, meine Tochter…«

Als sich die Kleine zu Diego umdreht, tadelt das Dienstmädchen sie: »Was guckst du so? Man starrt keine Leute an!«

Diego wendet sich ab, sodass er der Kleinen den Rücken zukehrt. Er nimmt das Brillengestell ab und wischt sich mit dem Handrücken die Tränen aus den Augen.

Aus einem der Fenster des Hauses beobachtet Irene die Szene.

Knapp zwei Dutzend Mädchen, die genau wie Berta gekleidet sind, singen im Klassenraum der katholischen Schule mit erhobenem rechten Arm *Cara al sol.* Den Gesang leitet Margarita, die in Falangistenuniform die Kinder indoktriniert.

Cara al sol con la camisa nueva,
que tú bordaste en rojo ayer…

Ein Kruzifix sowie Fotos von General Franco, dem Falangistenführer José Antonio Primo de Rivera und seiner Schwester Pilar schmücken die hintere Wand des Raums. In schwarzem Faltenrock und blauer Bluse mit aufgerollten Ärmeln, deren oberste Knöpfe sie geöffnet hat, singt Margarita voller Begeisterung. Ihr Haar ist straff nach hinten gekämmt und in einem Knoten zusammengefasst, und sie trägt keinerlei Make-up. Neben ihr singt eine Nonne aus voller Kehle, sodass man die anderen kaum hört.

Volverá a reír la primavera,
que por cielo, tierra y mar…

Inmitten der anderen Mädchen sehen wir Berta, die ganz ernsthaft singt:

Arriba escuadras a vencer,
que en España empieza a amanecer!

Margarita übt mit ihnen das Ritual der Falange ein: *»España!«*

Die Mädchen rufen in genau festgelegtem Rhythmus *»Una!«*

»España!«

»Grande!«

»España!«

Und voller Begeisterung antworten die Mädchen: *»Libre!«*

Dann stimmt Berta mit ihren Kameradinnen in den Ruf ein: *»Viva Franco! Arriba, España!«*

EPILOG

Unter Papas Aufzeichnungen fand ich so manches, das mich überraschte. Mir war nicht klar gewesen, wie gründlich er sich mit dem Schicksal meiner Mutter beschäftigt hatte. Ich hatte immer angenommen, er habe mit diesem Kapitel seines Lebens abgeschlossen. Wie sehr ich mich geirrt hatte, merkte ich, als ich seine Papiere durchzugehen begann. Es kostete viel Zeit, Ordnung in die Fülle vertraulicher Aufzeichnungen zu bringen, die er zu einer bestimmten Zeit seines Lebens angesammelt und über Jahre hinweg ungeordnet in seiner Schreibtischschublade aufbewahrt hatte.

Papa schrieb alles Mögliche mit seiner kleinen Handschrift auf Quartbogen: Gedanken, die ihm gekommen waren, Beschreibungen von Orten, Einzelheiten über das Leben von Personen, denen er begegnet war, flüchtige Erinnerungen, aus denen Sehnsucht nach der Vergangenheit sprach, den einen oder anderen Romanentwurf… Aus dieser großen Fülle habe ich alles ausgesondert, was ich zu dem einen Thema finden konnte, das mir am Herzen lag: die Geschichte meines Vaters und meiner Mutter in den Jahren, in denen in Spanien Krieg herrschte.

Gern hätte ich gewusst, warum er nicht einfach die Papiere vernichtet hatte, die ihn mit einer Vergangenheit verbanden, über die er nie sprechen wollte; heute weiß ich, dass er sie absichtlich übersehen hatte.

Von dem, was meinem Vater in jenen Jahren des Bürgerkriegs widerfahren war, hatte ich nichts gewusst; ich erinnerte mich nur an den Alltag meiner Mutter in ihrem Familienexil. Auch wenn ich bei Ausbruch des Krieges mit sechs Jahren noch sehr jung war, habe ich so manches gesehen und gehört, was ich nie vergessen werde.

Man hat mir den Tod meiner Mutter verheimlicht, und als man merkte, dass sie mir fehlte, wurde mir erklärt, sie befinde sich mit meinem Vater auf einer Reise ins Ausland, von der beide bald zurückkehren würden.

Von Papa hörte ich erst wieder, als der Krieg mit Francos Sieg zu Ende gegangen war. Er hat geschworen, nie wieder einen Fuß auf spanischen Boden zu setzen, und sich kompromisslos an diesen Vorsatz gehalten. Er hat es vermieden, über die Familie meiner Mutter zu sprechen, und lediglich mit meiner Tante Irene Briefe gewechselt, um zu erfahren, wie es mir ging.

Nach dem Zweiten Weltkrieg schickte man mich mit einem Freund der Familie nach Frankreich, und dort traf ich Papa. Er kam mir vor wie ein Fremder, und ich brauchte Zeit, mich an seine Gegenwart zu gewöhnen. Vermutlich ist es ihm mit mir ähnlich ergangen, denn ich war nicht das kleine Mädchen, das er gekannt hatte: Ich war gewachsen, hatte mich verändert und erinnerte ihn an meine Mutter. Danach lebten wir in Buenos Aires, wo Papa an der Universität Literaturgeschichte lehrte.

Über den Krieg des Jahres 36, den Bürgerkrieg, wurde zu Hause nie gesprochen, und wann immer ich Fragen stellte, antwortete mir Papa mit Schweigen oder wechselte sofort das Thema. Eines Tages nahm ich mir vor, nicht lockerzulassen, und fragte ihn, warum wir nicht darüber sprechen konnten, umso die Gespenster der Vergangenheit zu vertreiben. Seine Antwort zeigte mir, dass mein Unterfangen aussichtslos war, denn er sagte mit großem Ernst: »Lass es bitte auf sich beruhen. Es tut so weh.«

Berta